KB267868

Letenia Saga

Letenia Saga 1
ak.jin 판타지 장편 소설

초판 1쇄 찍은 날 § 2004년 2월 19일
초판 1쇄 펴낸 날 § 2004년 2월 29일

지은이 § ak.jin
펴낸이 § 서경석

편집장 § 문혜영
편집 책임 § 권민정
편집 § 이종민 · 신혜미
마케팅 § 정필 · 강양원 · 이선구 · 김규진 · 홍현경

펴낸곳 § 도서출판 청어람
등록번호 § 제1081-1-89호
등록일자 § 1999. 5. 31
어람번호 § 제1-0471호

주소 § 경기도 부천시 원미구 심곡1동 350-1 남성B/D 3F (우) 420-011
전화 § 032-656-4452 팩스 § 032-656-4453
http://www.chungeoram.com
E-mail § eoram99@chollian.net

ⓒ ak.jin, 2004

ISBN 89-5831-005-7 04810
ISBN 89-5831-004-9 (SET)

FANTASY FRONTIER SPIRIT

ak.jin 판타지 장편 소설

1
Past

Letenia Saga

레트니아 사가

도서출판
청어람

CONTENTS

이젠 하늘에 있는,

내 가장 소중한 이에게 이 책을 바친다.

Loen Reasnarte

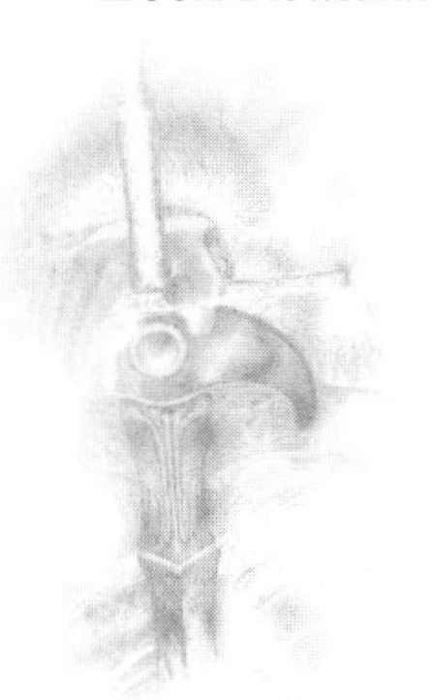

화창한 봄, 만물이 소생하는 계절. 하지만 농사꾼, 특히 우리 같은 농노들에겐 괴롭기 짝이 없는 계절이다. 특히 파종할 시기인 이런 4월의 첫 주 같은 시기는 더욱 바빠진다는 점에서 나와 지금 허리가 아프다며 집에서 꾀병을 부리는 아버지에게 있어서 꽤나 환영받지 못하는 계절이다.

제길! 아버지가 꾀병을 부리니 일이 두 배로 늘어나잖아! 그렇다고 내가 일하고 돌아오면 아버지가 식사를 준비해 두는 것도 아니다. 난 애꿎은 곡괭이만 걷어차며 성질을 부렸다. 으음, 저 옆에 나하고 비슷한 신세인 녀석이 하나 있군.

"어이! 레인! 일 할 만하냐?"

내가 소리쳐 묻자 녀석은 곡괭이질을 멈추고 내 쪽을 바라보더니 갑자기 미친 듯 발광하기 시작했다. 한심한 녀석.

"크윽! 너무 뻔한 소리는 묻지 마! 비도 안 와 죽겠는데……."

녀석, 힘들긴 힘든 모양이군. 난 피식 웃고는 하늘을 바라보았다. 빌어먹게도 맑은 하늘. 엿 같고도 엿 같은 하늘. 제길! 난 곡괭이를 치켜들어 땅으로 힘껏 내리찍었다. 저 망할이라는 말을 붙이기에 조금도 부족함이 없는 하늘은 3월 초에 진짜로 참새 눈물만큼 봄비를 뿌려놓고는 아직까지도 비를 뿌려주지 않고 있다. 비가 늦게 오는 만큼 파종할 시기가 늦어지는 건 당연한 이야기. 그럼 그만큼 수확은 줄어들고 저 피도 눈물도 없는 악덕 영주가 밀 한 톨 안 빼놓고 세금을 걷어가고 나면 우리가 먹을 것은 하나도 안 남는다는, 그야말로 피눈물이 좔좔 흘러내릴 공식이 성립하게 된다.

음, 주제에 너무 유식한 소릴 지껄였군. 난 너무 잘나서 탈이란 말야? 핫핫핫!

"야, 로엔!"

들어주기가 굉장히 괴로운 이 목소리는 분명 레인 녀석의 것이군. 내가 고개를 들어 녀석을 바라보자 녀석은 손가락으로 한곳을 가리키며 나에게 말했다.

"굉장히 수상한 녀석이 나타났다."

너한테도 수상한 녀석이 있었냐? 그거 놀랄 만한 일이군. 아무렴, 그렇고말고. 어쨌거나 난 무심코 녀석이 가리키는 쪽을 바라보았는데 잠시 후 난 내가 저 무식하고 힘만 좋은 녀석이 하는 말과 같은 기분을 느껴야 한다는 이 암담한 현실에 절망하고 말았다. 진짜 수상하잖아?

어디서 주워 입었는지 모를 시커먼 보자기. 뭐, 로망에선 클락(Cloak)이라고 강력히 주장하기는 하지만 내가 볼 때는 아무리 생각해도 미적 센스라고는 조금도 찾아볼 수 없는 시커먼 보자기다. 어쨌거나 그런 보자기 하나 뒤집어쓰고 손에는 짤막한 막대기 하나 들고 하늘을 향해 두 팔을 쭉 뻗은 이상한 자세를 취하고 있으니 그게 수상한 녀석이 아니면 뭐야?

난 잠시 이 나의 놀라운 추론 능력에 스스로 감탄하고 있다가 주변이 아까에 비해 좀 달라진 것을 깨닫고는 깜짝 놀라서 레인을 불렀다.

"야! 야! 레인!"

"응, 왜?"

이 바보 녀석! 주변이 달라진 것을 깨닫지 못했단 말야? 난 녀석을 한심하게 여기면서도 지금은 녀석의 한심함을 탓하고 있을 상황이 아니었기에 다급히 하늘을 가리키며 녀석에게 외쳤다.

"저, 저, 저기!"

"어엇!"

어이없다는 듯한 표정으로 내가 가리키는 곳을 돌아보던 레인 녀석의 눈 역시 황당하게 변했다. 내가 가리킨 쪽의 하늘에는 누가 봐도 비구름이라는 것을 부정할 수 없을 정도로 시커먼 먹구름이 몰려오고 있었던 것이다. 그, 그렇다면 저기서 미친 지랄하는 저 수상한 녀석이 설마…….

마침 그 '수상한 녀석'은 양팔을 내린 후 심호흡을 하기 시작했다. 난 득달같이 달려가 그 녀석의 멱살을 붙들었다.

"다, 당신!"

"네, 네?! 캐, 캑캑!"

녀석은 내가 멱살을 붙잡자 숨이 막히는 듯 캑캑거렸다. 난 그제야 내가 무슨 짓을 했는지 깨닫고는 그자의 멱살을 놓았다.

"아, 죄, 죄송합니다."

“괜찮습니다. 살다 보면 그럴 수도 있는 거죠 뭐.”

전혀 괜찮지 않다는 듯한 음성으로 괜찮다고 말하는 그를 내가 다시 미심쩍은 표정으로 빤히 바라보자 그는 주춤거리며 뒤로 한 걸음 물러서더니 당황한 목소리로 말했다.

“왜, 왜 그러시죠?”

그제야 정신이 번쩍 든 나는 다시금 그의 양 어깨를 잡아 흔들면서 말했다.

“당신 설마… 마법……?”

하지만 내 말은 끝까지 이어지지 못했다. 그 시커먼 보자기—클락—의 후드가 벗겨지면서 드러난 그의 얼굴이 날 다시 멍하게 만들어 버렸던 것이다. 플라티나 블론드의 긴 머리에 오뚝한 콧날, 앵두보다 더 붉은 입술과 새하얀 피부. 난 방금 들었던 그의 목소리가 꽤나 미성이었다는 것을 상기하면서 질문을 바꿔야 할 필요성을 절실히 느끼고 다시 입을 열었다.

“호, 혹시 당신……?”

“이야, 진짜 이쁘게 생겼네? 당신 혹시 여자예요?”

난 고개를 돌려 언제 왔는지 옆에서 내가 할 말을 가로채 버린 레인 녀석을 노려보았다. 이 자식, 내가 할 소리를…….

어쨌거나 그 사람은 레인의 물음에 꽤나 당황한 듯한 표정으로 고개를 저으며 말했다.

“아, 아닌데요. 전 남자입니다.”

“그런데… 당신 마법사예요?”

가만히 있다간 레인 녀석이 더 쓸데없는 말을 지껄여 댈 분위기였기에 난 레인을 옆으로 가볍게 밀치며 그에게 말했다.

"아, 네. 마법사 맞습니다."

투툭―

"아, 비가 오네?"

그때 레인 녀석이 손을 가볍게 펴 보이며 그렇게 중얼거렸다. 하늘을 보니 아무래도 한바탕 쏟아질 것 같은 분위기였기에 난 다시 그에게 말했다.

"저… 실례가 안 된다면 식사를 대접해도 될까요?"

그러자 그는 잠시 주저하는 듯한 기색을 보이다가 가볍게 머리를 쓸어 넘기며 내 물음에 대답했다.

"실례가 되지 않는다면… 그렇게 하지요."

보글보글―

수프 끓는 냄새가 기분 좋게 퍼져 나와 난 어느 정도 수프가 끓었다 싶어 국자로 떠서 맛을 보았다. 음, 이 정도면 괜찮군.

내가 수프가 담긴 냄비를 가지고 식탁으로 나갔을 때 난 아직도 아버지가 방에서 나오지 않은 것을 깨달았다. 이 인간이 먹을 때까지 꾀병을 부리려는 건가?

아버지의 방으로 들어가자 과연 침대에 대자로 뻗어 자고 있는 아버지가 보였다.

"으이구~ 아버지, 일어나요! 식사 시간 됐어요!"

하지만 아버지는 내 손을 쳐내고는 아직도 비몽사몽인 듯 중얼거렸다.

"으음, 야, 밥이고 지랄이고 간에 좀 자자."

"자더라도 밥은 먹고 자요. 또 두 번 식사 준비 하게 만들지 말고."

그러자 아버지는 손을 들어 휘휘 저으며 말했다.

"알았어. 내가 차려 먹을 테니까 좀 자자. 응?"

이 인간이 끝까지 게으름을! 그저 이럴 때는…….

"끄아아악! 이 후레 아들놈이이!"

아버지의 처절한 비명이 집 안을 가득 채움과 동시에 내가 후련하다는 듯 손을 탁탁 털면서 아버지의 방에서 나오자 의아한 표정으로 그가 물었다.

"방금 전의 비명 소리는?"

"내버려 둬요. 저런 아버지, 더 맞아야 되는데……."

난 무심한 어조로 빵을 하나 집어 반으로 쪼개며 말했다. 그제야 그도 의아한 표정을 지우고는 빵을 하나 집어 들었다. 그러고 보니 아직 이 사람 이름도 안 물어봤잖아?

"그러고 보니… 성함이 어떻게 되시죠?"

수프를 접시에 옮겨서 그에게 내밀며 묻자 그는 접시를 받아 들며 무심한 어조로 답했다.

"데이탄 헬 마스터입니다."

데이탄… 헬 마스터? 이름은 그렇다 쳐도 성이 왜 그 모양이야? 지옥의 주인이라니? 네이밍 센스 한번 끝내주는군. 오해받기 딱 쉽겠어.

아무튼 난 내 몫의 접시에도 수프를 담으며 다시 말했다.

"그렇군요. 전 로엔 리스나르트라고 합니다."

"로엔… 리스나르트?"

내 이름을 밝히자 순간 데이탄은 흠칫하며 내 이름을 다시 읊조렸다. 왜 그러는 거지? 그렇게 의문이 든 것도 잠시, 그는 언제 흠칫했냐는 듯 빵을 수프에 적시며 말했다.

“좋은 이름이군요.”

내 착각이었던 건가? 난 고개를 으쓱하고는 수프를 한 수저 떠 마시고는 다시 그에게 물었다.

“뭐, 그렇게 좋은 이름이라고는 생각 안 하는걸요. 아무튼 비구름을 부를 정도면 대단한 실력의 마법사 같은데…….”

“뭘요. 별것 아닌 하급의 주문일 뿐입니다.”

그게 하급이야? 책에서 보아오긴 했지만 마법사란 존재는 정말로 대단한 모양인가 보네? 뭐, 마법에 대해선 쥐꼬리만한 지식도 없는 나로선 콩을 팥이라 해도 믿을 수밖에 없겠지만.

“아, 한데… 오늘 묵어가실 숙소는 정하셨나요?”

“네. 이곳의 영주관에서 하루 묵어가기로 했습니다.”

어? 방금 데이탄의 입술에 희미하게 냉소가 스쳐간 듯했는데? 하지만 다시 바라본 그의 얼굴에는 아까 전과 마찬가지로 온화한 미소만이 남아 있어 난 방금 전의 생각을 지워 버리면서 말했다.

“이, 이런, 영주님의 손님이셨군요? 그런데 저 같은 천한 녀석이 이렇게 붙잡아둬서 죄송합니다.”

물론 반 정도는 비꼬는 의미가 충분히 들어가 있는 말이다. 이른바 신세 한탄이란 거지, 이 빌어먹을 악덕 영주 밑에서 생활하는 데 대한.

하지만 그는 깨닫지 못한 건지 알면서도 모르는 체하는 건지 미소를 지은 얼굴 그대로 고개를 살짝 저으며 말했다.

“아닙니다. 저도 이쪽이 좋거든요.”

그러고는 잠시 침묵이 이어졌다. 데이탄도, 나도 식사를 하는 데만 열중할 뿐 다시 말을 꺼내지 않았다. 잠시의 시간이 지난 후 자신의 몫을 깨끗하게 비운 데이탄이 입을 열었다.

“실례가 되겠습니다만 볼일이 있어서 이만 일어나야겠네요. 식사, 감사했습니다.”

“그러세요.”

영주의 손님이니 아무래도 바쁘겠지. 난 거센 빗줄기 사이로 사라지는 데이탄의 뒷모습을 잠시 바라보다가 이내 문을 닫고 안으로 들어왔다.

하아암~ 좀 졸린데 잠이나 잘까?

“로엔! 로엔! 빨리 일어나, 이 자식아!”

난 아버지가 급한 목소리로 흔들어 깨우자 자리에서 벌떡 일어났다. 때문에 아버지와 박치기를 할 뻔했지만 아버지는 지금 그런 걸 신경 쓸 상황이 못 되는 듯 물통을 내밀며 말했다.

“긴급 동원령이다. 영주관에 불났다니까 가서 불 좀 끄고 와라.”

불? 웬 불? 내가 갑자기 자다가 봉창 두드리는 소리냐는 의미를 대폭 함축한 표정으로 아버지를 바라보자 아버지는 아무 말 없이 창밖의 영주관 쪽을 가리켰다.

“어? 저건······?”

과연 아버지의 말대로 어느새 비가 그친 하늘에 화광과 연기가 충천해 있는 게 보였다. 진짜 불이잖아?

난 정신이 퍼뜩 드는 것을 느끼며 아버지가 내민 물통을 받아 들었다. 그리고는 잽싸게 밖으로 뛰쳐나가면서 뒤에서 날 보고 있을 아버지에게 외쳤다.

“집 잘 보고 있어야 해요? 또 자지 말고!”

“자긴 왜 자냐?! 당연히 불 구경 해야지!”

난 뒤에서 아버지가 외치는 말을 들으며 피식 웃었다. 하여튼 대단한 아버지라니까.

내가 영주관에 도착했을 때는 이미 많은 사람들이 불을 끄기 위해 이리저리 뛰어다니고 있었다. 그중에서 영주관에서 병사로 뽑혀 근무하는 내 친구 미하트를 발견한 나는 그쪽으로 달려가서 물었다.

"대체 어떻게 된 거야?"

"아, 로엔! 아무튼 나도 몰라. 갑자기 불길이 치솟았다니까!"

미하트는 당황한 표정으로 내게 그렇게 외쳤다. 난 녀석의 어깨를 가볍게 두어 번 쳐준 뒤 영주관의 오른쪽에 있는 우물로 달려갔다.

"늦었잖아? 뭐 하다 이제 오는 거야?!"

마침 거기서 물을 퍼 올리고 있던 레인이 내게 외쳤다. 난 잠시 어깨를 으쓱한 다음 레인 녀석이 퍼놓은 물을 영주관으로 나르기 시작했다.

한참을 그렇게 물통을 나르던 내가 영주관 위쪽을 잠시 바라봤는데 그때 기묘한 광경을 목격할 수 있었다. 영주관에서 피어오르는 연기 사이로 검은 인영이 눈에 띈 것이다. 잠시 그 인영을 바라보고 있으려니 그 인영은 이내 영주관의 오른쪽으로 이동하기 시작했다.

"야, 뭐 하는 거……? 어? 임마?!"

난 옆에서 뭐라 시끄럽게 떠드는 레인 녀석에게 물통을 떠맡기고는 그 인영이 사라진 쪽을 향해 달려가기 시작했다. 뒤에서 레인 녀석이 뭐라 떠드는 소리가 들렸지만 무시해 버렸다. 저거 분명히 영주관에 불 지른 놈이 틀림없겠지? 그렇다면 저 녀석을 잡는다면……?

"헉헉!"

한참을 달렸는데도 그 인영은 하늘에 떠 있을 뿐 내려올 생각을 하지 않았다. 얼마를 더 달렸을까? 숨이 턱까지 찬 내가 포기해 버릴까 생각하고 있는데 그 인영은 천천히 하강하기 시작했다. 좋았어!

"잡았다! 내 포상금! 헉헉!"

난 그 녀석이 거의 지상에까지 하강했을 즈음 뒤에서 녀석을 덮침과 동시에 그 인영과 함께 땅 위로 데구르르 굴렀다. 으윽!

하지만 아픔을 느낄 사이도 없이 내가 그 녀석의 얼굴을 주먹으로 후려치자 그 녀석은 어이없게도 내 주먹 한 방에 그대로 턱이 뒤로 넘어가 버렸다. 하핫! 역시 내 주먹은 솜 주먹이 아니었어!

"으윽!"

솜 주먹 맞나 보다. 젠장할!

난 낮은 신음을 흘리며 고개를 드는 녀석의 후드를 그대로 벗겨냄과 동시에 곧바로 굳어버리고 말았다. 이, 이, 이 사람은……?

"리스나르트 씨, 어째서 이런 곳에 있는 거죠?"

그건 내가 해야 할 말이라구, 데이탄 헬 마스터!

데이탄은 자신을 때린 사람이 나인지도 모르고 의아한 눈으로 날 바라보고 있었다. 그렇게 잠시 날 계속 바라보던 데이탄이 다시 물었다.

"리스나르트 씨, 어째서 이런 곳에 있는 거죠?"

방금 전에도 생각한 거지만 이건 내가 해야 할 말이라구. 난 데이탄에게서 몸을 일으키며 그에게 반문했다.

"그러는 데이탄 씨는 어째서 영주관 위의 공중에서 여기까지 날아 도망 온 거죠?"

흠칫.

데이탄이 순간 당황하는 모습이 내 눈에도 똑똑히 보였다. 하지만 그는 이내 평정을 되찾은 듯 자신은 아무것도 모르겠다는 표정으로 오히려 내게 반문했다.

"무슨 말씀을 하시는 건지… 전 모르겠습니다만……?"

가증스럽게도 발뺌을 하시겠다 이건가? 난 입가에 비웃음을 띠며 데이탄의 물음에 답했다.

"영주관에서 불이 난 후에 말입니다. 영주관 상공에 당신이 떠 있다가 날아가는 걸 제가 발견했단 말입니다. 무슨 말인지 아셨습니까? 하. 급. 마.법.사. 씨? 아니, 이젠 포상금이라 불러야 하나요?"

내 말을 듣고 있는 데이탄의 입가에서 미소가 사라졌다. 불안감을 느끼며 다시 한 대 패주기 위해 주먹을 치켜드는데 갑자기 강한 바람이 불어오기 시작했다.

"어? 어? 윽!"

내 몸은 그만 불어온 바람에 날려 데이탄의 몸 위에서 저 멀리로 나가떨어지고 말았다. 아윽, 엉덩이야! 얼얼한 아픔에 내가 엉덩이를 쓰다듬고 있는데 내 귀로 미처 신경 쓰지 못했던 데이탄의 목소리가 들려왔다.

"후우, 예상 밖이긴 하지만 이건 꽤 재미있는 변수로군. 리스나르트이 빌어먹을 가문하고 다시 연관이 될 줄은……."

지금까지의 데이탄의 목소리라고는 생각되지 않을 정도로 냉막한 음성이었다. 그런데 빌어먹을 가문? 우리 집안이 '가문' 이라 불릴 정도로 대단한 집안이었단 말야? 아버지는 분명 대대로 내려오는 하잘것없는 그저 그런 농사꾼 집안일 뿐이라고 했는데……?

그런 생각을 하면서 고개를 들어 데이탄을 바라보니 데이탄은 무표정한, 그래서 더 무서운 얼굴을 하고는 나에게 말했다.

"뭐, 누군가가 쫓아오길래 '처리' 해 주기 위해서 내려왔는데 당신 리스나르트 가의 사람일 줄은 몰랐군요. 뭐, 계획을 약간 수정해야 하긴 하지만 더 잘되었습니다.”

그렇게 말하면서 데이탄은 손에 하얀색 구체를 떠올렸다. 저게 뭐지? 그런 의문을 품기가 무섭게 데이탄의 목소리가 다시 내 귀로 들려왔다.

“평생, 아니, 영원히 잊지 못할 기억이 되실 겁니다. 세이레인의 철혈황제 길리언 씨가 꽤나 기뻐하겠군요.”

말이 끝날 즈음 데이탄은 그 하얀 구체를 나에게 던졌다. 뭐, 뭐야? 맞으면 안 될 것 같다는 불안감에 난 그 구체를 피하려 했지만 그 구체는 한 치의 오차도 없이 내 몸을 가격했다.

“크아아아아아!”

격심한 고통에 나는 비명을 질렀다. 이어 귓가에 희미하게 들리는 데이탄의 목소리를 끝으로 나는 그만 정신을 잃고 말았다.

“지옥계 시간 고정 마법 ‘불변’ 입니다. 영원한 삶의 고통 속에서 절규하시길……. 후후.”

어? 눈앞에 보이는 게 뭐지? 저 검은 실루엣은? 엄… 마? 정말 엄마예요? 엄마! 엄마! 가지 말아요!

“엄마—!”

“있지도 않은 사람을 찾는 것은 치매의 초기 증상이라고들 하지.”

내가 어머니를 외침과 동시에 벌떡 몸을 일으키자 바로 앞에서 아버지의 비아냥이 들려왔다. 이런, 몸이 땀으로 흠뻑 젖었군. 그런데 내가 어떻게 집에 와 있는 거지?

“나중에 레인에게 고맙다고 해라. 레인이 산속에 쓰러져 있는 널 업고 왔으니까.”

잠시 의문을 품고 있는데 다시 들려온 아버지의 목소리가 날 납득시켰다. 과연 그렇게 된 거로군.

그때 아버지가 내 앞에 수프 접시와 수저를 놓으며 말했다.

"너 정말 큰일 날 녀석이로구나. 이기지도 못할 상대를 쫓아가다니……. 레인이 뒤쫓아가지 않았으면 큰일 날 뻔했잖아."

"아아야!"

그 말을 끝으로 아버지는 내 정수리를 강하게 쥐어박았다. 난 머리를 쓰다듬으며 수저를 들어 수프를 떠먹기 시작했다. 아니, 한 수저 떠먹고는 곧바로 인상을 찡그려야 했다.

이, 이게 뭐야? 원료에서 맛을 직접 뽑아낸 듯한 이 맛은……?

"아버지."

"응? 왜 부르냐?"

아버지가 날 바라보자 난 수저로 수프를 가리키며 아버지에게 말했다.

"일단 게으른 아버지가 해주신 거니까 성의를 봐서라도 먹긴 먹는데요 어디 가서 절대 요리할 줄 안다고 하진 마세요."

그러자 아버지는 피식 웃으며 내 말을 받아쳤다.

"너도 이제야 진정한 음식의 맛에 눈을 뜨게 되었구나. 오냐. 다음부터는 제대로 해주마."

난 아버지의 말에 황당한 표정으로 수프가 담긴 접시를 바라보았다. 그럼 이건 날 골탕 먹이려고 만든 음식이란 거야? 이건 사람이 먹을 만한 음식이 아니라고!

"아버지."

"응? 또 왜 부르냐?"

내가 다시 아버지를 부르자 아버지는 귀찮다는 듯 퉁명스럽게 대답
했다.

"솔직히 말해 봐요. 아버지는 제 진짜 아버지가 아니죠?"

"자식, 이제야 눈치 챘구나. 넌 옛날 성 밖의 다리 밑에서 주워
온……."

이익! 더 이상은 못 참아!

"이, 이 후레자식 놈아! 농담 한번 한 걸 가지고 수프 접시를 아버지
얼굴에 내던지냐?"

완전 콩가루 집안이다, 우리 집안은.

"야, 로엔. 영주님의 호출이다."

레인과 함께 찾아온 경비병 일을 하는 내 친구 미하트가 쌀쌀맞은
목소리로 나에게 말했다. 나참, 경비 되었다고 뻐기는 건가?

"미하트."

"왜 그러냐?"

미하트는 여전히 쌀쌀맞은 표정이었다. 난 녀석의 어깨를 가볍게 두
드려 주면서 녀석에게 말했다.

"넌 그렇게 목소리 깔아봤자 분위기 안 잡히니까 앞으로 그러지
마."

그러자 미하트 녀석은 피식 웃더니 사람 좋아 보이는 본래의 모습으
로 잽싸게 돌아갔다. 어? 내가 그렇게 말한다고 진짜로 돌아가냐?

"역시 너도 그렇게 보이냐? 하아! 난 아무래도 경비가 안 맞는가 보
다."

"무슨 소리, 니가 경비 안 하면 우리 영지에서 경비 할 수 있는 사람

은 몇 안 될걸?"

내 말에 녀석은 피식 웃었다. 어쭈? 웃어?

"겉치레라도 고맙다. 좌우지간 가봐. 영주 새, 아니, 영주님의 호출이다."

음, 저 '영주 새' 뒤의 한 글자가 무척 궁금한데? 녀석, 아직도 우리랑 어울릴 때의 말투를 못 고친 거군.

아무튼 난 녀석의 말에 고개를 끄덕이며 대답했다.

"알았어. 아버지 식사 차려 드리고 곧바로 갈게."

"가능한 한 빨리 오라고 했으니까 얼른 가도록 하라구."

그 말을 남기고 미하트와 레인은 걸음을 옮겨 다른 곳으로 가버렸다. 무슨 바쁜 일이라도 있는 건가? 모르겠군. 어쨌든 난 안으로 들어와 연장을 손보고 있는 아버지에게 말을 걸었다.

"아버지."

"응? 왜?"

아버지는 내가 부르자 의아한 표정으로 나를 쳐다보았다. 난 어깨를 한 번 으쓱하고는 아버지에게 말했다.

"허리는 이제 괜찮으신 거예요?"

그러자 아버지는 허리를 이리저리 돌리기 시작하는데 이내 우득, 우드득 하는 뼈 어긋나는 소리가 아버지의 허리에서 들려왔다.

"응, 그럭저럭 괜찮은 것 같다만… 왜?"

저, 저게 괜찮은 거였어? 내가 질린 표정으로 아버지를 바라보자 아버지는 '이 자식, 열이라도 있나?' 하는 듯한 표정으로 날 바라보았다. 그제야 용건이 생각난 나는 퍼뜩 정신을 차리며 아버지에게 말했다.

"영주관에서의 호출이에요. 그러니까……."

“알았다. 밥 잘 챙겨 먹고 기다리고 있거라.”

아버지는 내 말을 다 듣기도 전에 그렇게 대답하더니 연장을 놓고 자리에서 일어났다. 어? 이게 아닌데?

난 당황한 표정으로 아버지를 다시 불렀다.

“아버지.”

“응? 왜 자꾸 부르냐?”

아버지가 귀찮다는 듯 내게 묻자 난 약간 당황한 표정으로 다시 아버지에게 말했다.

“아버지를 호출한 게 아니라 절 호출한 건데요?”

아버지는 잠시 나를 멀뚱히 쳐다보다가 한심하다는 듯 다시 자리에 앉으면서 말했다.

“그러길래 내가 밖에서는 마을 처녀 울리지 말고 처신 잘하라고 하지 않았느냐? 이번엔 또 누굴 울려서 호출당한 거냐?”

이, 이 인간이 진짜?

“누가 누굴 울려요?”

내가 당황한 표정으로 아버지에게 외치자 아버지는 가자미눈을 하고 날 잠시 노려보았다. 아버지의 입꼬리가 살짝 올라가는 게 어째 불안한데?

“저번 달에는 양조장 집 메이가 그랬고 저저번 달에는 잭슨 씨네…….”

“그, 그건 내가 울린 게 아니라…….”

내 치부가 여기서 다 까발려지는군. 듣는 사람이 없다는 것이 정말로 다행스러울 정도야.

“아무튼 그런 문제가 아닌 것 같았다구요!”

내가 발악적으로 그렇게 외치자 그제야 아버지가 가자미눈을 풀고
다시 물었다.

"그럼 그것 외에 또 무슨 일이 있다고 그러는 거냐?"

내가 아나. 난 어깨를 다시 으쓱해 보이고는 아버지에게 말했다.

"글쎄요, 저도 잘 모르겠네요. 아무튼 식사 잘 챙겨 드시고 기다리세
요. 끝나는 대로 돌아올게요."

"오냐. 만약 못 돌아오더라도 장례는 잘 치러주마."

으윽! 아주 악담을 하세요, 악담을.

아무튼 난 간단히 외출복—이라고 해봤자 평상복 중에서 좀 깨끗한 것에
불과하지만—을 챙겨 입고는 아버지에게 말했다.

"그럼 다녀오겠습니다."

"그래, 몸조심하고 잘 다녀와라."

근데 정말 무슨 일로 부르는 거지?

"남작님의 부르심을 받고 영지민 로엔 리스나르트가 대령했습니
다."

배불뚝이 자식, 그렇게 거만한 눈으로 날 보지 않아도 니가 영주인
거 잘 아니까 째려보지 마라!

내가 자기를 향해서 속으로 욕설을 퍼붓고 있다는 것을 알 리 없는
저 배불뚝이 블릭스 남작은 누가 임신 6개월이라 해도 믿을 만한 배를
쓰다듬으며 내게 말했다.

"그대가 어제 그 의문의 그림자를 쫓아간 로엔 리스나르트인가?"

"네."

빌어먹을, 그 일이 영주관에까지 알려졌단 말야? 이거 귀찮게 되었

는걸?

내가 속으로 다시 영주에게 욕을 한 두어 바가지 퍼부으면서 대답하자 영주 블릭스 남작은 천천히 고개를 끄덕이고는 내 물음에 답했다.

"그래서 그 그림자의 정체가 뭔지 알고 있나?"

물론 너무나도 잘 알아서 환장할 지경이지. 난 고개를 가볍게 끄덕이면서 블릭스 남작의 물음에 대답했다.

"네. 어제 가뭄으로 시달리던 저희 영지에 비를 뿌려준 마법사라 제가 어제저녁을 대접해 주었습니다. 그래서 이름과 얼굴을 기억하고 있습니다."

내가 말을 끝내기도 전에 난 주변이 약간 소란스러워짐을 느꼈다. 주위를 돌아보니 영주의 가신들이 놀란 표정으로 이야기를 주고받는 것이 보였다.

"그 비가 그의 마법에 의한 것이라고?"

"말도 안 돼. 내가 알기로 윈드 계열의 컨트롤 웨더는 상당한 고위 주문이라고. 그런데 그 정도의 마법사가 왜 우리 영지에⋯⋯?"

"현자의 탑은 대체 무슨 꿍꿍이를 가지고 이러는 거지?"

아아, 시끄럽군. 그때 배불뚝이가 의자의 팔걸이를 가볍게 내려치면서 말했다. 오호, 썩어도 귀족이라는 건가?

"자자, 조용히들 하시오! 그런 건 현자의 탑에 의뢰해 보면 알 수 있겠지. 리스나르트⋯ 군이라고 했나? 그래, 그의 이름은 무엇이라고 하던가?"

후우, 꼭 말해 줘야 하는 건가? 나한테 그다지 해를 끼친 일도 없는데 말이지. 하지만 눈앞의 칼 역시 두려운 것이 사실이니 하는 수 없지, 말하는 수밖에.

"그의 이름은… 데이탄 헬 마스터라고 했습니다."

"뭐, 뭐라고!"

내 말이 끝나기가 무섭게 블릭스 남작이 자리를 박차며 일어났다. 뭐, 뭐야? 내가 말해선 안 될 이름이라도 되는 건가? 아무튼 영주는 믿을 수 없다는 표정으로 자리에 주저앉으며 중얼거렸다.

"그, 그 저주받은 악마가 아직 살아 있었단 말인가?"

저주받은 악마? 기절하기 전에 좀 차가운 표정을 짓긴 했지만 악마처럼 보이지는 않았는데?

"그럴, 그럴 리가 없어! 분명 내 검으로 그의 심장을 꿰뚫어 버렸는데……. 그 심장에 박히는 검의 감촉까지도 기억나는데… 다시 살아날 리가 없어."

저 배불뚝이 영주가 그런 거창한 과거도 있었나? 지금 영주의 모습으로 봐선 절대 그런 일 근처의 과거도 없을 것 같은데? 그러나저러나 영주가 저렇게 당황한 모습을 보는 것도 상당히 재미있는걸?

블릭스 남작은 잠시 고개를 이리저리 젓더니 다시 내게 물었다.

"데이탄 그 악마의 생김새가 어떻게 생겼던가?"

"네? 네. 금발의 여자 같아 보이는 외모의 미남자였습니다. 하지만 자세히 보진 못해서… 특별히 기억나는 것은 없습니다."

이건 거짓말이다. 한 번 본 걸로도 모자라서 찬찬히 뜯어보기까지 했는데 기억 못할 리가 없지. 하지만 자세히 말한다면 귀찮아질 것 같아서 그의 얼굴에 대해 말하는 건 관뒀다. 그러자 블릭스 남작은 생각만으로도 골치가 아픈 듯 머리를 한 손으로 짚더니 내 쪽으로 팔을 뻗어 휘저으며 말했다.

"그런가? 그래, 이제 가봐도 좋다."

흥! 꼭 자기가 왕인 것처럼 이야기하는군. 어쨌거나 이 답답한 곳을
벗어날 수 있는 기회니 마다할 이유는 없겠지.

"리스나르트 군."

영주관 복도를 걷던 난 누군가가 날 부르는 소리에 뒤를 돌아보았
다. 아, 저분은……?

"네오토라님."

길리언 네오토라. 세금과 군사 면을 제외한 이 영지의 총 관리를 저
무능한 영주에게 위임받고 있는 분이다. 젊은 나이―실제 나이는 모른
다. 겉보기에 30대 초반으로 보이기에 우리들은 32~33세 정도 되지 않을까 추
측하고 있다―에도 불구하고 영지민들에게 자상하고 혹독한 부역 따위
를 시키지 않아 우리 영지민들에게 상당히 존경받고 있는 분 중 하나
이다.

"무슨 일이시죠?"

"아, 그 데이탄이란 악마에 관한 이야기인데……."

날 보는 사람들마다 데이탄 헬 마스터라는 남자를 악마라고 말하는
군. 대체 무슨 짓을 저질렀기에 악마라는 거지?

아무튼 난 묵묵히 네오토라님의 다음 말을 기다렸다.

"레인 군에게 들어보니 자네가 그 악마를 쫓아갔었다고 하더군."

어? 레인 녀석도 호출당했었단 말야? 아무튼 난 네오토라님의 말에
가볍게 고개를 끄덕이며 대답했다.

"네, 거의 잡을 뻔했었습니다만 안타깝게도……."

으윽! 갑자기 속이 쓰려오네? 아까운 내 포상금.

하지만 네오토라는 그렇지 않은지 밝은 표정으로 내 어깨를 두드리
며 말했다.

"아, 아닐세. 그 악마를 쫓아가서 죽지 않은 것만으로도 다행이지. 그런데 거의 잡을 뻔했다면……?"

"네, 지면에 착지하는 것을 제가 주먹으로 쳐서 기절시켰는데 금방 깬 그가 절 보더니 마법을 써서 기절시키더군요. 그러고 나서 깨어나 보니 집이었습니다."

네오토라는 내 이야기를 듣더니 인상을 살짝 찌푸리며 날 바라보았다. 그렇게 노골적으로 못 믿겠다는 표정 짓지 마요! 안 그래도 내 포상금을 놓치는 바람에 속 쓰려 죽겠구만.

내가 속으로 그렇게 생각하며 쓰린 속을 달래고 있는데 네오토라는 잠시 생각에 잠겼다가 불신의 의미가 강한 어조로 나에게 말했다.

"그건 좀 이상하군. 내가 겪어본 데이탄은 그렇게 인정이 많은 놈이 아니었는데……."

내 추측에선 좀 벗어나는군. 살아 돌아온 게 이상하다는 말이잖아? 그렇다는 것은 내가 죽어서 돌아왔어야 정상이라는 이야기? 내가 그런 생각을 하며 얼굴을 살짝 찌푸리자 네오토라는 내 표정에서 내 생각을 읽었는지 웃는 얼굴로 말했다.

"아아, 미안하군. 당사자를 앞에 놓고 이런 이야기를 하다니……. 뭐, 아무튼 간에 나도 마법에 대해서는 좀 아는데 그가 자네에게 무슨 마법을 썼지?"

"그건 왜요?"

내가 의아한 표정으로 네오토라를 바라보자 네오토라는 웃는 얼굴 그대로 내 반문에 답했다.

"아니, 그냥 궁금해서 말이지. 대답하기 싫으면 하지 않아도 되네."

"아니에요, 알려 드릴게요."

난 그렇게 대답하고선 잠시 생각에 잠겼다. 데이탄이 나에게 썼던 마법? 그게… 아마…….

"그가 '불변'이라고 한 것밖에는 생각이… 아얏!"

"아, 미안하네."

네오토라가 갑자기 내 어깨를 강하게 붙드는 바람에 난 살짝 비명을 질렀다. 그러자 네오토라는 눈에 띄게 당황한 표정이 되었으나 난 잠시 곱지 않은 표정으로 네오토라를 바라보았다. 내가 뭐 잘못 말한 것이라도 있나?

아무튼 네오토라는 크게 당황한 듯 말을 약간 더듬으면서 다시 내게 물었다.

"그, 그게 사실인가? 정말 지, 지옥계 시간 정지 마법 '불변'이었나?"

"듣고 보니 그랬던 것 같네요."

내가 그때의 상황을 다시 떠올리며 네오토라의 말에 답하자 네오토라는 심각한 표정으로 생각에 잠겼다. 네오토라는 심각한 표정을 짓는 데는 확실히 일가견이 있는 사람이었다. 우리 영지의 사람들도 네오토라가 심각한 표정을 지으면 99.9% 큰일이 있는 거라고 믿어버리니까. 그럼 믿지 않는 나머지 0.1%는 누군가 하면 바로 여유가 너무 넘쳐서 문제인 위대하신 내 아버지 제딘 리스나르트 씨다. 도대체 진지함이라고는 모르는 분이라니까.

아무튼 그 정도로 진지하신 분이 심각한 표정으로 생각에 잠기자 난 무언가 잘못된 게 있나 싶어 초조해지기 시작했다. 잠시 그렇게 무언가를 생각하던 네오토라는 이내 밝은 표정으로 고개를 들며 말했다.

"음, 그래, 알았네. 바쁜 시간에 붙잡아 미안하네. 이제 가보게나."

왠지 찜찜한 기분이 들긴 하지만 애써 그런 기분을 떨쳐 버리며 난 네오토라의 말에 답했다.

"그럼 안녕히……."

그런데 그 데이탄이란 작자가 그렇게 무서운 마법을 나한테 건 건 가?

그 일이 있고 나서 며칠이 지났다.

나와 아버지는 그 악마라 불리는—하지만 내게는 고맙기 짝이 없는—데이탄 덕분에 일을 재개했고 나머지 영지민들도 별다른 일 없이 영지의 일에 충실하고 있었다.

한참을 일에 집중하다 허리를 편 나의 눈에 일단의 행렬이 들어왔다. 저 정도면 상당히 긴 행렬인데? 멋진 갑옷에다가 화려한 검에 말까지……. 무슨 귀족 집안 자제라도 지나가는 건가?

난 잠시 그 행렬을 바라보다가 옆에 있는 아버지를 불렀다.

"아버지."

"으응? 왜 부르냐?"

아버지가 의아한 표정으로 내 쪽을 바라보자 난 별로 달갑지는 않지만 그래도 목적 달성을 위해서는 필요한 아부성 발언을 늘어놓았다.

"전 평소 아버지가 식견이 넓다고 믿어왔어요."

내 아부성 발언에 아버지는 피식 웃더니 말했다.

"자식, 사람 볼 줄 아는구나. 그래, 뭘 묻고 싶은데?"

나는 멀리서 지나가는—아마도 영주관으로 향하는 듯싶은—행렬을 가리키며 물었다.

"저기 지나가는 저 사람들, 누구죠?"

“어디? 글쎄다.”

아버지는 뭔가 아는 척 그들을 유심히 바라보더니 나에게 말했다.

“어디 귀족 집안 자제라도 지나가나 보구나. 나도 누군지 모르겠다.”

그냥 모르면 모른다고 하실 일이지. 글도 알고 책도 읽을 줄 아는 정말 대단한—이 점에 대해서는 우리 영지민 거의 모두가 긍정하고 있는 사실이다. 우리 영지 내에서 신분 고하, 남녀 노소를 막론하고 글을 아는 사람은 손가락+발가락에 꼽고 두어 명 남는 정도밖에는 없으니까—우리 아버지라 알고 있으리라 믿었건만……. 으음, 아버지를 다시 봐야겠군. 뭐, 나도 글을 읽고 쓰는 것 정도는 하지만.

어쨌거나 난 아버지에게 다시 내 궁금증을 토로했다.

“근데 귀족 집안 차제씩이나 된다는 사람이 뭐 볼 것 있다고 이런 구석탱이 영지까지 오는 거죠? 그것도 이 정도의 별것 아닌 배불뚝이 영주의 영지에.”

“내가 아냐? 어차피 우리 같은 사람하고는 관계없는 세계의 일이야.”

아버지가 퉁명스럽게 그렇게 대답해 난 좀 불만스럽긴 했지만 뭐라 반박하지는 못했다. 그게 사실이니까.

오늘 해야 할 일을 마친 점심과 저녁 사이의 평화스러운 시간. 침대에 누워서 쉬고 있는데 누군가의 외치는 소리가 들려왔다.

“리스나르트 군! 로엔 리스나르트 있는가?!”

난 날 부르는 목소리를 듣고 잠시 의문에 빠졌다. 이 목소리는 분명 네오토라님의 것인데 저분이 무슨 볼일로 직접 이런 곳까지 온 거지?

하지만 내 의문은 오래 지속되지 못했다. 네오토라의 날 부르는 소리가 더 이상 날 생각에 잠기지 못하도록 막았던 것이다.

"리스나르트 군, 지금 집에 없는가?!"

아, 이럴 때가 아니지. 계속된 네오토라의 부름에 난 침대에서 벌떡 일어났다.

"네! 지금 나갑니다!"

서, 서둘러야 해! 영주 녀석이 아닌 네오토라님이잖아! 서둘러 옷을 입고 나가자 네오토라님이 미하트 녀석과 서 있는 게 보였다. 그런데 정말 무슨 일이지?

"무슨 일로 네오토라님이 이곳까지 직접 오신 거죠?"

그러자 네오토라님은 약간 쓸쓸한 미소를 지으며 대답했다.

"아아, 잠시 나와 가줘야 할 데가 있네. 뭐, 나쁜 일은 아니니 걱정하지 않아도 되네."

네오토라님이 저렇게 말하니 어째 더 불안한걸? 며칠 전에 불려갔던 일 때문에 그런가? 그런 생각을 하며 내가 심히 의심스럽다는 눈으로 네오토라를 바라보자 네오토라는 상당히 당황해하며 다시 내게 말했다.

"자네에게 나쁜 일이 아니라는 건 내가 보증할 테니 같이 가주지 않겠나?"

어? 이건 명령이 아니고 부탁이잖아? 네오토라님 뒤로 미하트 녀석의 눈이 휘둥그렇게 변하는 게 보이는군. 저 네오토라님의 부탁이라 거절한다면 실례도 이만저만한 실례가 아니겠군.

"뭐, 다른 사람의 말도 아니고 네오토라님의 부탁이라면야 당연히 가야죠."

　네오토라님, 그렇게 좋아하지 말라구요. 전 지금 상당히 불안하니까.

　"네가 바로 그 로엔 리스나르트인가?"
　뭐, 뭐야, 저 거만한 꼬맹이 자식은? 이 정도면 영주 자식을 가볍게 능가하잖아? 하지만 역시 저 녀석 옆에 있는—중갑병이라고 했나? 처음 보니까 잘 모르겠다—놈들은 무서우니까 우선 대답부터 하는 게 좋겠군.
　"네, 그렇습니다만……."
　내가 한 말이지만 진짜 비아냥거린다는 듯한 말투다. 근데 영주는 어디로 갔지? 왜 네오토라님만 있는 거야?
　네오토라님이 저 꼬맹이 자식의 귀에다 대고 뭐라 말하는 것이 보인다. 나에게 나쁜 일은 아니라고 했지만 어째 믿음이 안 가는 건 왜일까?
　"어? 정말로 그래요? 신기하네? 하이엔, 시험해 봐."
　이건 저 꼬맹이 녀석의 말이다. 저 말이 떨어지기가 무섭게 뭐, 뭐야? 갑자기 저 망할 꼬맹이 녀석의 옆에 시립해 있던 금발의 기사가 검을 뽑은 다음 나한테 다가오기 시작했다. 난 당황한 표정으로 네오토라님을 바라보았지만 네오토라님은 내 간절한 표정을 한마디로 가볍게 외면함으로서 날 절망스럽게 만들었다. 네오토라님! 선량한 얼굴을 하고 사람을 속여먹다니 그럴 수 있는 겁니까? 아, 아무튼 이럴 때는 36계가 최고인데…….
　그렇게 생각하고 슬금슬금 뒤로 물러나는데 누군가가 뒤에서 내 양팔을 붙들었다. 뭐, 뭐야, 이 빌어먹을 자식들은?
　"난 죽었다."
　내 입에선 무의식적으로 그런 말이 흘러나왔다. 그 말을 들었는지 다시 내 쪽을 바라보던 네오토라님, 아니, 망할 네오토라가 미소를 짓는 게 내 눈에 들어왔다. 저 순진무구(?)한 미소를 보자 갑자기 소름이 끼쳤다. 얼마 전까지만 해도 저 미소가 지상 최고일 것이라고 철석같이 믿고 있었다니 내 자신이 한심스럽게 느껴졌다.

어쨌거나 이윽고 그 하이엔인가 하는 기사 녀석의 검이 내 목을 노리고 내려쳐졌고 나는 두 눈을 꼭 감은 채 지옥의 느낌은 과연 어떨까 라는 생각을 했다. 상식적으로 봐도 목에 검을 맞았는데 안 죽으면 그건 비정상이니까.

카앙―!

금속성의 경쾌한 소리가 내 귀에 들려오는 것과 동시에 나는 목에 강한 통증을 느꼈다. 큭! 이제 죽는 건가?

아버지, 평소 절 후레자식이라고 하셨죠? 그거 다 용서해 드릴게요. 레인, 너 나한테 빌려간 50아데나 안 갚아도 돼. 미하트, 내가 너 많이 괴롭혔지? 정말로 미안하다. 날 용서해 주렴. 난 이제 죽는다.

"……"

근데 아무리 기다려도 로망에서 읽은 것처럼 눈앞이 캄캄해진다거나 하는 느낌은 들지 않았다. 목에서 느껴지던 통증도 서서히 가라앉아서 이제는 전혀 아프다는 느낌조차 없다.

의아해하는 내 귀로 네오토라와 기타 여러 사람들의 목소리가 들려왔다.

"오오! 정말이었군."

"정말 '불변'이란 말인가?"

이것들은 웬 개 잡소리들이야?

"정말이었군, 리스나르트 군."

앞을 바라보니 네오토라가 빙긋 웃으며 날 바라보고 있는 것이 보였다. 제기랄! 그렇게 징그럽게 웃지 말란 말이다! 후우, 정말로 죽는 줄 알았네?

그런데 어째서 목에 검을 맞았는데도 죽지 않는 거지? 그런 생각이 머리 속을 퍼뜩 스치고 지나가는 순간 난 황급히 검에 맞은 목을 만져보았다.

"마, 말도 안 돼!"

난 당황한 표정으로 소리를 질렀다. 이럴 수가? 내 목에는 상처는커녕 검이 베고 지나간 자국조차 남아 있지 않았던 것이다.

"이, 이게 대체……?"

내가 당황한 표정으로, 그리고 이 상황에 대한 해명을 요구하는 표정으로 네오토라를 바라보자 네오토라가 기겁하며 말했다.

"리, 리스나르트 군, 아무리 생명의 위협을 느꼈었다고 해도 그렇게 노려보면 어떡하나? 난 리스나르트 군을 위해 한 일인데 말이지."

네오토라의 말에 난 황당함을 느꼈다. 뭐가 어쩌고 어째? 날 위해서 한 일이라니? 요즘엔 남을 위해서 뭔가를 하고 싶으면 목에 검을 들이대는 게 유행인가 보지?

난 한 글자 한 글자를 잘근잘근 씹어뱉듯 네오토라에게 말했다.

"큭! 검으로 제 목을 내려쳐 놓고 그런 헛소릴 지껄여 봤자 별로 설득력이 없는데요?"

내가 그렇게 이야기하자 나에게 검을 내려쳤던 그 기사가 내 복부를 주먹으로 후려갈기며 말했다. 크억!

"이 녀석! 미천한 주제에 네오토라님에게 이게 무슨 건방진 망발이냐!"

크윽! 정말 아프군. 아니, 그것보다 저 멸시하는 듯한 말투가 더욱 마음에 안 드는군. 이럴 때 한마디 해주지 않는다면 역시 내 자존심이 용납을 못한단 말야! 아무리 천민인 농노일지라도 자존심이란 게 있는데 말이야.

난 고의적임이 분명하게 드러나는 그런 허탈한 웃음을 터뜨리고는 다시 네오토라에게 말했다.

"하하하! 그렇군요. 천민이었지, 미천하기 짝이 없는. 그래서 나 같은 녀석은 마음대로 가지고 놀아도 된다는 거군요? 그렇죠, 네오토라 씨? 상당히 고귀한 신분이신 것 같은데 말이죠."

"이 개만도 못한 새끼가!"

퍼억!

하이엔이라고 했었나? 그 기사가 다시 내 턱을 후려갈긴다. 말을 하는 중에 얻어맞으니 눈앞에 별이 왔다 갔다 할 지경이다. 그리고 머리 속이 하얗게 변해간다. 그런데도 내 입은 이미 내 통제를 벗어나 제멋대로 움직였다.

"킥킥, 하이엔이라고 했나? 그 주먹, 상당한데? 기왕이면 아까 그 검으로 내 배를 찔러주지 않겠어? 기왕이면 깊숙하게 말이지. 너희들 기준으로는 아마도 나 같은 하찮은 존재는 살아 있을 가치가 없는 것 같은데……. 그렇다면 죽어야지. 암, 그렇고말고. 그래도 나 같은 농노들이 없으면 너희들이 그 우아함, 아니, 우아함하고는 거리가 멀… 커억! 멀겠군. 그래, 그 썩어 빠진 귀족 생활을… 아악! 유지할 수 있을까? 그거 궁금하군 그래. 하하하하하!"

"이 새끼가 그래도!"

크윽! 도대체 몇 대를 맞는 거지? 이제는 하이엔이라는 그 자식 말고도 다른 기사들까지 달려들어 날 주먹으로 때리고 발로 차기 시작했다. 그런데 이렇게 맞는데도 왜 난 죽지 않는 걸까? 어째서 기절도 하지 않는 거지?

그런 생각을 하면서 막 날 베기 위해 기사 하나가 검을 뽑아 드는 것을 멍한 표정으로 바라보고 있는데 귓가로 네오토라의 고함 소리가 들려왔다.

"모두들 그만둬라! 전하 앞에서 이게 무슨 추태냐?"

아아, 네오토라. 실컷 맞을 때까지 기다리다가 이제야 나서시는 건가? 하긴 나 같은 천민이 당신들에게 도움될 일은 없겠지. 한때의 여흥거리라면 모를까? 안 그래? 그래도 이 끝이 느껴지지 않던 폭행이 멈춘 건 마음에 드는데? 하하하! 이제 일어나는 게 순서겠지?

온몸이 쑤시는데도 불구하고 억지로 일어나니 내가 맞는 것을 보면서 웃고 있던 망할 귀족 녀석의 얼굴이 보였다. 저 녀석의 얼굴을 한 대 패주지 않고는 정말 못 견딜 것 같군. 덤으로 네오토라도.

그때 네오토라가 굳은 표정으로 나에게 말했다.

"리스나르트 군, 하이엔 등의 행동에 대해선 사과하지."

웃기고 자빠졌네.

"하하하하하하하하!"

네오토라의 말에 난 발작하듯 웃어 젖혔다. 정말로 저 잘난 상판을 한 대 패주지 않으면 미칠 것 같다. 그렇다면 실행하러 가볼까?

난 마음먹은 것을 실행하기 위해 한 걸음 앞으로 옮겼지만 이내 주위의 기사들에게 가로막혀 더 이상 앞으로 나아갈 수 없었다. 빌어먹을……. 하지만 이 미칠 것 같은 기분을 진정시키는 방법은 하나가 더 있었다.

난 다시금 비릿하게 웃으며 네오토라에게 말했다.

"사과? 사과라니요? 당신 같은 귀족이, 자기 잘난 맛에 사는 귀족이라고 하는 썩어 빠진 계급의 작자가 나 같은 비천한 노예나 다름없는 녀석에게 사과라니요? 자존심도 없으신… 쿨럭!"

"이 자식! 아직도 정신을!"

하이엔이라는 그 기사가 다시금 내 배를 후려쳤다. 건틀렛을 낀 그 손에 배를 그대로 강타당하자 난 심한 기침을 내뱉으며 바닥에 무릎을 꿇었다.

빌어먹을! 제기랄!

"다들 멈춰라!"

다시금 하이엔이란 그 개새끼 일당이 날 집단 구타하려던 찰나 다시 네오토라가 그들을 제지했다. 호오, 더 구경하시지 왜 말리시나? 그래도 당신 말야, 나한테 좋은 말 듣긴 글렀어. 그거 알아?

"존경하옵는 네오토라 씨."

"……?"

비아냥이 한껏 담긴 내 부름에 네오토라는 표정을 약간 찡그리며 내 쪽을 바라보았다. 그래, 한껏 자존심 상해보라고.

"도대체 무엇 때문에 절 이런 귀하신 몸들만 있는 장소에 데리고 오셨는지는 모르겠지만 저에게서 뭘 얻어낼 생각은 하지 않는 게 좋으실 겁니다. 당신이란 작자, 협상의 첫 번째 원칙부터 무시했어요."

네오토라의 얼굴이 눈에 띄게 일그러졌다. 통쾌한 기분에 난 다시 내 몸에 주먹과 발이 쏟아지는 것도 아랑곳하지 않고 크게 웃어버렸다.

"으윽!"

난 고통스러운 신음 소리를 내며 깨어났다. 아무리 그렇다고 해도 사람을 기절할 때까지 두들겨 패다니 네오토라가 그렇게 음흉한 놈일 줄은 생각도 하지 못했다. 하긴 안 죽은 게 다행이군. 귀족을 모독하는 중죄를 저질렀는데 말야.

어디 다친 곳이라도 없는가 싶어 몸의 이곳저곳을 살펴본 나는 다시 놀라고 말았다. 어떻게 그렇게 맞았는데 멍든 자국 하나 생기지 않는 거지? 황당한 심정에 탄식하듯 하늘을 바라본 나는 시커먼 천장만이 눈에 들어오자 다시 주위를 둘러봐야 했다. 여긴 어디야? 아마도 감옥이겠지. 그렇게 욕을 해댔으니 이건 당연한 건가?

그렇게 혼자 망상의 바다에 빠져들어 있는데 귓가에 익숙한 목소리가 들려왔다.

"식사다, 바보 같은 녀석아."

응? 이 목소리는?

소리나는 쪽으로 고개를 돌려보니 생각대로 미하트가 꽤나 반가운 냄새를 풍기는 식판을 들고 그곳에 서 있었다.

"바보 자식아, 어떡하다가 네오토라님의 심기를 건드린 거야? 모르긴 몰라도 넌 아마 사형일 거다."

빌어먹을 자식, 사형이란 엄청난 말을 그렇게 아무렇지도 않게 말하는 네 녀석이 과연 내 친구가 맞는 거냐? 아무튼 미하트 녀석의 말에 난 푸념하듯 대답했다.

"나도 몰라, 자식아. 아주 죽으라고 악담을 해요, 악담을."

"헤에, 아직 그 입은 살아 있구만?"

그렇게 피식 웃은 미하트는 창살 사이의 가로로 길게 난 틈으로 식판을 내게 넘겨주면서 말했다.

"그런데 너, 대단하다. 엄청난 구타를 당했다고 들었는데 어떻게 그렇게 멀쩡하게 앉아 있을 수 있냐? 너 혹시 몸이 강철로 되어 있는 거 아냐?"

녀석의 물음에 난 뚱한 표정을 지었다. 내가 그걸 어떻게 아냐?

"나도 모르겠다. 확실한 건 내 몸은 강철은 아니라는 거지."

"뭐야, 그게?"

내 성의없는 대답에 미하트는 한층 더 궁금한 표정을 지어 보였으나 난 퉁명스럽게 다시 미하트에게 대답했다.

"대충 알아들어. 나도 모르지만 안다고 해도 설명하기 귀찮아."

"망할 자식."

미하트는 내 말에 어깨를 으쓱하고는 밖으로 나가며 말했다.

"뭐, 아무튼 간에 식사 잘하고 잘 가라."

"뭐어?"

난 황당한 표정으로 녀석에게 반문했다. 저 썩을 놈이……. 나야말로 이렇게 물어보고 싶다. 그건 또 무슨 개소리야? 아무튼 간에 난 김이 무럭무럭 올라오는 수프 접시와 검은 빵을 바라보았다. 아톤 산도 식후경이라 했지? 일단은 먹고 보자.

수프 접시를 깨끗하게 비우고 이제 검은 빵에 손을 뻗으려는 차에 익숙한, 하지만 별로 듣고 싶지 않은 역겨운 목소리가 내 귀를 자극했다.

"식사는 잘하고 있나, 리스나르트 군?"

"젠장할, 밥맛 뚝 떨어지는군. 뭐, 어쨌든 당신의 입으로 제 성이 더럽혀지는 건 그다지 반기고 싶은 상황이 아니군요. 제발 이름으로 불러주시겠습니까, 네오토라 씨?"

내가 그렇게 정중히 말하자 네오토라가 피식 웃었다. 어쭈? 웃어?

"원한다면. 그래, 로엔 군. 내가 말한 건 생각해 봤나?"

"대답은 어제 분명하게 했을 텐데요?"

확고한 의지가 담긴 내 대답에 네오토라가 알 수 없다는 듯한 표정으로 다시 물었다.

"정말 알 수가 없군. 내 말에만 따라주면 부유한 생활과 귀족의 지위를 약속한다는데 어째서 거부하는 거지?"

난 한심하다는 듯한 표정으로 네오토라를 바라보았다. 저 녀석은 평소에 그 흔한 로망도 한 권 안 봤나? 정말로 그걸 몰라서 묻는 거야, 아니면 알면서 모르는 체하는 거야?

"당연한 대답이 나올 질문을 하시는군요. 엄청난 부라는 것은 사람을 타락시켜요. 그리고 귀족이 된다는 것은 사양하고 싶군요. 전 당신처럼 썩어 빠진 인간이 되고 싶지는 않거든요."

음, 내가 말했지만 정말 명언이야. 내가 그렇게 말하고는 당당한 표정을 짓자 네오토라는 잠시 쓴웃음을 짓다가 다시 미소를 지었다. 저 자신감 넘치는 표정은 뭐지? 믿는 게 있다는 말인가?

"호오, 상당히 진취적인 생각을 가지고 있군 그래. 하지만 진심에서 우러나오는 충고 하나 해줄까?"

정말로 뭔가 있는 모양이군. 난 애써 태연을 가장하면서 네오토라에게 말했다.

"지껄이는 거야 당신 자유니까 말릴 생각은 없습니다만……."

네오토라의 입꼬리가 더욱 위로 올라갔다. 도대체 저 근거없는 자신감은 어디서 나오는 거야?

"너무 진취적인 생각은 자신보다 훨씬 먼저 그 주변을 부숴 버리지."

네오토라의 말에 난 망치로 한 대 얻어맞은 듯한 기분이 되었다. 젠장! 그 생각을 못했군! 난 패배를 자인하고 고개를 푹 숙이며 네오토라에게 말했다.

"…하겠습니다. 제기랄."

"오오, 상당히 머리 회전이 빠르군. 그럼 거래는 성립이다."

내 대답에 네오토라는 다시 승리자의 미소를 지었다. 재수없어, 저 웃음. 빌어먹을! 그런데 어떻게 저 자식은 나에게 귀족의 위를 줄 수 있다는 거지? 막대한 부라면 저 자식이 갑부라는 것으로 치부하면 끝날 일이지만…….

문득 그런 생각이 든 나는 네오토라에게 말했다.

"그런데 한 가지 질문해도 될까요?"

"내가 답할 수 있는 정도의 것이라면."

내 물음에 네오토라는 어깨를 으쓱하며 말했다. 난 방금 전에 생각했던 물음을 그대로 네오토라에게 던졌다.

"당신이 어떻게 귀족이라는 높으신 지위를 평민인 저에게 줄 수 있다는 거죠?"

내 물음에 네오토라는 짐짓 표정을 굳히고는 말했다.

"이거 미안하게 되었군. 방금 로엔 군이 물은 건 내가 답할 수 있는 범위를 벗어난 것이라서 대답해 줄 수 없겠네. 뭐, 어차피 나중에는 알게 되겠지만."

"구린 게 있다는 이야기겠지요, 그건?"

정곡을 찔렀군. 내 말에 네오토라가 움찔하더니 말했다. 음, 포커 페이스는 아니었군, 저 얼굴.

"질문의 정도가 지나치군. 지나친 호기심은 화를 자초하지."

"지금 당신이 절 해칠 수 있으리라고는 생각하지 않습니다만……."

솔직히 이 말은 반쯤 사실일 거다. 아까 구타당할 때 얼굴을 수없이 맞았는데도 입술조차 터지지 않았으니까.

"그건 그렇군. 하지만 적어도 고통은 줄 수 있겠지."

네오토라가 내 말에 잠시 생각하다가 다시 씨익 웃더니 말했다. 아까부터 계속 느끼는 거지만 저 웃음, 재수없다. 예전에 저 웃음이 한없이 멋지다고 느꼈다니 정말 구역질이 나올 것 같다. 어쨌거나 이제 이기지도 못할 언쟁을 하는 것도 슬슬 질리는군.

난 피곤하다는 듯 고개를 안쪽으로 돌리며 네오토라에게 말했다.

"그만 하죠. 어차피 다 끝난 이야기 더 해봐야 피곤할 뿐이니까. 이제 꺼져 주시겠습니까?"

"좋아, 아까 내가 말한 조건을 지킨다는 전제 하에 말이지?"

그러자 네오토라는 순순히 내 말에 고개를 끄덕였다. 이건 의외군. 하지만 짜증나는 건 마찬가지. 그래서 난 짜증이 가득 묻어 있는 표정으로 네오토라에게 말했다.

"더 이상 당신의 얼굴을 보는 것도 짜증만 날 뿐입니다. 당신이 스스로 내건 조건을 지키는 이상 나 역시 지킬 겁니다. 난 당신 같은 역겨운 사람이 아니니까요. 그런데 언제 풀어줄 거죠?"

그러자 네오토라는 창살의 문을 열고는 목적을 달성한 자의 웃음을 지으며 말했다.

"지금 풀어주지. 그런데 역겹다니, 너무한걸?"

뭐야, 이거? 아무리 뭔가 있다지만 이렇게 쉽게 풀어줘도 되는 거야? 이 상황에서 자기가 날 어떻게 하지는 못할 테니 이젠 역공의 차례인가?

“제 솔직한 감상일 뿐이죠. 그런데 너무 쉽게 풀어주시는 것 같은걸 요? 내가 지금 당장 나가서 당신을 죽이면 어쩌려고 이러죠?”

내 으름장에도 네오토라는 그저 웃기만 할 뿐 별 반응을 보이지 않았다. 저 표정은 쉽게 무너지지도 않는 건가? 신기할 정도야.

어쨌거나 네오토라는 내 말을 받아 말했다.

“그렇게 된다면 아까 내가 너에게 협박조로 말한 것이 곧바로 실행되겠지.”

망할, 본전도 못 건지는군. 난 표정을 있는 대로 찌푸리며 감옥에서 나왔다.

“다녀왔습니다, 아버지.”

“그러냐?”

내 인사에 아버지는 연장을 손질하던 자세 그대로 무심하게 말했다. 젠장할! 먼지나게 두들겨 맞고 돌아온 아들한테 해주는 말이 고작 이거냐?

“아버지.”

내가 다시 아버지를 부르자 그제야 아버지는 내 쪽을 돌아보며 말했다. 아들이 무슨 짓을 당하고 왔는지 관심도 없는 건가?

“응? 왜 그러냐? 또 뭔가 묻고 싶은 게 있는 거냐?”

“아뇨, 그냥. 아버지는 정말 제 아버지가 아닌 것 같아서요.”

내가 아버지에 대한 내 솔직한 심정을 늘어놓자 아버지는 나를 잠시간 지그시 노려보다가 피식 웃으며 말했다.

“그동안 의심이 많이 줄은 줄 알았더니 아니구나. 18년 동안 키워준 자신의 아버지를 계부가 아니냐고 의심하다니……”

할 말 없군. 난 고개를 절레절레 흔들고는 다시 아버지를 불렀다.

"아버지."

"왜 자꾸 귀찮게 부르는 거냐?"

아버지는 정말로 귀찮다는 듯 다시 연장 쪽으로 시선을 돌리며 대답했다. 난 이마에 핏줄이 돋는 것을 애써 억누르며 아버지에게 말했다.

"저 없는 사이에 누가 아버지의 목숨을 위협하거나 하지는 않았나요?"

"아아, 그런 일이 있기는 있었지. 위험하지는 않았지만."

대답 한번 시원해서 좋군. 그런데 있었다고? 그런 주제에 어떻게 저렇게 태평한 거야? 거기다 위험하지는 않았다니…….

난 한숨을 내쉬고는 여전히 연장을 손질하는 데 여념이 없는 아버지에게 물었다.

"그래서 어떻게 되었어요?"

"……."

내 물음에 아버지는 대답 대신 자신의 뒤를 가리켰다. 무심결에 그 손가락을 따라 시선을 돌린 나는 경악하고 말았다. 세상에! 당신, 진짜 우리 아버지 맞는 겁니까? 내 시선이 향한 거실의 한쪽 구석, 그러니까 잡동사니를 쌓아두는 곳에 무려 일곱 명이나 되는 기사—과연 기사라 부를 실력이 되는지는 모르겠지만—들이 차곡차곡 포개져 있었던 것이다. 그러고도 상처 하나도 없는 아버지를 난 잠시 존경해야 할지 아니면 두려워해야 할지 고민하다 말했다.

"아버지."

"자꾸 부르지 마라. 정들라."

이마에 다시금 핏줄이 돋는 게 느껴졌지만 난 초인적인 인내심을 발휘해서 가까스로 참아낼 수 있었다. 하여튼 내 성질 돋우는 데는 타의 추종을 불허한다니까. 아, 지금 문제는 이게 아니었지?

"숨기지 말고 솔직히 털어놔요. 다 용서해 드릴 테니까."

"뭘 말이냐?"

내 말에 아버지가 뚱한 표정으로 내 쪽을 바라보자 난 로망에 자주 나오는 상투적인 스토리를 하나둘 늘어놓기 시작했다.

"아버지의 과거 말입니다. 옛날에는 엄청 세고 잘 나가던 유명한 기사였는데 큰 죄를 짓고 작위를 박탈당했다거나 아니면… 뭐, 흔한 이야기 있잖아요, 그런 거."

아버지는 주절주절 잘도 늘어놓는 날 다시 지그시 바라보더니 피식 웃으며 말했다.

"솔직히 강하고 잘 나가는 건 사실이지만 그 외에 네가 생각하는 그런 건 없으니까 쓸데없는 걱정은 안 해도 된다. 난 레나스 영지의 가난한 중소 농민 집안인 리스나르트 가의 제딘 리스나르트니까. 넌 그 제딘 리스나르트의 아들인 로엔 리스나르트고."

"그럼 아버지는 귀족 폭행이라는 저 최악의 사태를 해결할 만한 어떤 빽도 없단 말이군요?"

거의 절망적인 표정이 되어버린 내 물음에 아버지는 너털웃음을 터뜨리며 대꾸했다.

"자식, 그런 게 있으면 내가 지금 여기 있겠냐?"

그 여유만만한 표정에 난 결국 울화통을 터뜨리고 말았다.

"그럼 대체 저걸 어떻게 해결하실 거예요? 믿는 것도 없이 귀족 계급임이 거의 확실한 기사를 일곱이나 두드려 패놓고!"

"뭐, 죽기밖에 더하겠어?"

"으이구!"

한숨밖에는 나오는 게 없다. 내가 못살아, 정말!

약 세 시간 정도가 지난 후 잘 포개어져 있던 기사들—솔직히 진짜 기사인지는 아직도 의심이 가지만—이 하나둘 깨어났다. 그들은 잠시 여기가 어딘가를 확인하는 듯하더니 이내 이곳저곳이 퉁퉁 부어오른 상당히 꼴사나운 얼굴로 아버지를 노려보았다.

으음, 저 정도로 노려보면 눈에서 광선이 나와도 별 이상할 게 없겠군.

"너… 귀족을, 그것도 왕국의 기사를 이렇게까지 건드려 놓고도 무사할 줄 아느냐?"

한 기사의 으름장에 아버지는 코방귀만 뀌었다.

"홍! 네까짓 쓰레기 귀족은 무섭지도 않아. 그 실력으로 기사가 된 게 신기하군."

"뭐야? 쓰레기 농노 주제에 날 모욕했어?"

그 기사는 아버지의 비아냥거리는 대꾸에 발끈했다가 이내 아버지의 차가운 시선을 받자 다시 수그러들었다. 그러자 아버지가 낮고 냉정한 어조로 그 기사들에게 말했다.

"실력으로 날 이길 자신이 없으면 닥치고 거기 빵이나 처먹어. 그게 아니면 돌아가든가. 뭐, 귀족을 건드렸으니 아마도 난 조만간에 죽게 되겠지만 말야."

난 어이가 없다는 표정으로 아버지를 바라보았다. 아버지, 진짜 겁을 상실했어. 전부터 알고는 있었지만 지금 그걸 느끼니 이건 또 색다르네?

"아버지, 죽는 게 두렵지 않아요?"

"응. 왜?"

젠장! 너무 당당하니까 할 말이 없어지잖아? 난 다시금 어이가 없는 표정으로 아버지를 바라보았다. 저기 집단으로 주저앉아 궁상 중이던 기사들도 황당했던지 입을 얼빵하게 벌리고 다물 줄을 몰랐다. 나는 한숨을 푹 쉬면서 말했다.

"아버지, 아무리 두렵지 않다고 해도 그렇게 쉽게 대답해 버리면 제가 할 말이 없어지잖아요. 그리고 죽는 게 두렵지 않은 사람이 어디 있어요?"

내가 못 미덥단 표정을 하고 말해서 그런지는 몰라도 아버지는 뚱한 표정으로 내게 대꾸했다.

"너야 전부터 나한테 할 말 별로 없었잖아. 그리고 뒤의 질문에 대한 대답이라면 어차피 죽는 거 일찍 죽으나 늦게 죽으나 그게 그거 아냐?"

아버지, 초탈하셨군요? 아니, 득도했다고 해야 하나? 아무튼 여기에 대해선 더 이상 왈가왈부해 봤자 입만 아플 것 같아서 화제도 돌릴 겸 나는 맨 앞에 서 있는 기사에게 질문을 던졌다.

"거기 귀족 분들, 제 질문에 대답 좀 해주시겠습니까?"

"평민 따위에게 해줄 말은 없다."

내 말에 아까 발끈했던 기사가 이를 바드득 갈면서 대꾸하자 난 어깨를 으쓱했다. 이런이런, 비협조적이라면 곤란한데? 난 정말로 궁금한 게 있다고.

"뭐, 대답 안 하셔도 별 상관은 없지만 전 듣고 싶으니 질문하죠. 그럼 첫 번째 질문, 저 네오토라 씨의 정체는 도대체 뭐죠?"

내 질문이 꽤나 그들의 신경을 건드린 모양이다. 맨 앞에 서 있던 기사는 애써 태연을 가장하는 데 성공한 듯 보였지만 그 뒤에 있는 기사는 얼굴이 하얘지다가 새빨개지는 게 확연히 드러나 버렸으니까. 그 기사는 이내 시뻘게진 얼굴로 집안이 떠나가라 소리를 질렀다.

"이, 이 건방진 녀석! 어디서 감히 너 따위는 쳐다보지도 못할 위대하신 그분의 성을 입에 올리느냐?"

난 그 기사의 말에 낮게 휘파람을 불었다. 빙고. 확실히 평범한 신분은 아니라는 거군. 거기다가 앞에 '위대하신' 이라…….

"뭐, 성이 안 된다면 이름을 올리도록 하죠. 그리고 첫 번째 질문에 대한 대답, 잘 들었습니다. 앞에 '위대하신' 까지 들어가는 걸로 봐서 아마 우리 세이레인의 5대 공작가나 왕족쯤 된다는 이야기겠지요? 아마도 왕족쯤이… 크억!"

내가 거기까지 주절거렸을 때 난 내 눈앞에 뭐가 번쩍하는 것을 느끼며 뒤로 나동그라졌다. 아, 아프잖아! 오늘 스타일 장난 아니게 구기는구먼. 아무튼 맨 얼굴로 건틀렛을 낀 손에 얻어맞으니 장난 아니게 아픈걸?

내가 얻어맞은 볼을 손으로 문지르며 그 기사를 노려보자 내 얼굴을 후려친 기사는 씩씩거리며 말했다.

"이, 이 불충스런 녀석! 감히 길리언 아스나드 폰 미드가르드 네오토라님의 이름을 함부로 입에 올리다니 그 주둥이를 찢어버리겠다!"

"아하, 왕족이셨군요? 제가 실례했습니다."

난 그렇게 비아냥거려 주고는 피식 웃어버렸다. 저거 바보 아냐? 자기 상관의 정체를 알고 싶어하는 자에게 자신의 입으로 상관의 이름을 불러주다니……. 그나저나 그 정도일 줄은 몰랐는데 솔직히 놀랍군.

황제의 직계 혈통만 쓸 수 있다는 '미드가르드' 에 국가에 큰 공을 세운 사람에게만 내려진다는 '아스나드' 까지 붙는다니 이거 장난이 아니잖아?

그런데 왕족이나 되는 인간이 뭣 하러 여기까지 내려와 있는 거지? 난 내 궁금증을 해소하기 위해 자리에서 일어난 다음 그 기사에게 물었다.

"그럼 두 번째 질문."

그 기사 녀석이 나를 잡아먹을 듯 노려보았다. 그 살기 어린 시선에 나는 잠시 움찔했지만 그래도 밑질 건 없다는 생각에 말을 이었다.

"그럼 저 왕족 전하께서는 어이하여 이런 곳에 와서 영지 관리 따위를 하고 계시는 거죠? 상당히 궁금한걸요?"

"이 개새끼가!"

내 말에 다시 기사의 주먹이 날아왔다. 나도 당하고만 살 수는 없지. 내가 기사의 주먹을 무시하고 카운터를 먹이기 위해 주먹을 쥐는 찰나 기사의 주먹이 멈췄다. 아니, 정확히 말하면 무언가에 의해 멈추어졌다.

기사의 주먹을 막아낸 손의 주인공은 바로 내 아버지였다. 내가 당황한 표정으로 아버지를 바라보고 있는 가운데 아버지가 조용한 목소리로 말했다.

"누가 마음대로 내 아들을 때려도 좋다고 했나?"

"왕족 모독죄는 즉결 처분이다!"

그 기사가 씩씩거리면서 대답하자 곧 이어 아버지가 대답했다.

"그래? 그렇다면 귀족 살인죄는 어떻게 처벌되지?"

"당연히… 사형이지."

그 기사가 아버지의 물음에 무언가를 느낀 듯 주먹을 거두며 말하자 아버지는 기사의 주먹을 받아낸 오른손을 천천히 내리며 말했다.

"아까처럼 되기 싫으면 가만히 있어. 이번에는 싸늘한 시체로 만들어서 포개 버릴 테니까."

엄청난 도발이었다. 저들도 바보는 아닌 이상 그것을 알고 있었고 곧바로 일곱 기사 모두가 동시에 검을 뽑아 들었다.

"저 건방진 자식! 감히 왕국의 기사에게 협박을 해?"

"너야말로 시체로 만든 뒤 토막 쳐 개의 먹이로 주겠다!"

기사들이 아버지의 말에 발끈해 검을 뽑아 들면서 순식간에 우리 집 안은 일곱 명의 기사와 두 명의 평민이 대치하는 싸움터로 변해 버렸다. 덕분에 나는 상당히 긴장한 채로 나와 대치하고 있는 일곱 명의 기사들을 죽 훑어보아야 했다. 아버지 덕분에 이거 꽤나 골치 아프게 되었는걸?

그때 밖에서 들려온 소리가 나를 구원했다.

"로엔 리스나르트, 로엔 리스나르트 있는가?! 길리언 네오토라님의 호출이다! 그리고 안에서 대기하고 있던 기사들! 너희들 역시 귀환하라 명하셨다!"

그 목소리에 그 기사들은 잠시 나와 아버지를 죽일 듯 노려보다가 검집에 검을 집어넣었다. 이를 가는 소리가 내 귀에까지 들려오는 게 어지간히도 분한 모양이다.

"젠장할! 하필 저 녀석을 베어버리려는 때에……."

"너, 지금은 그냥 가지만 반드시 다시 와서 없애 버리겠다!"

기사들은 결국 제각기 한마디씩 내뱉으며 밖으로 나갔다. 그냥 나가면 안 되나? 왜 꼭 토를 달면서 나가지? 어쨌거나 그들의 으름장에도 아버지는 그저 씨익 웃을 뿐 아무런 말도 하지 않았다. 제 덕분에 살아 난 줄 알라구요, 아버지. 으이구, 정말로 대책없는 만사태평이라니까.

모르겠다. 아무튼 오라니 가볼밖에.

"아버지, 저 다녀올 테니 밥 잘 챙겨 드시고 어디 나갈 일 있으면 문 단속 잘하고 나가세요."

"오냐."

아버지는 남의 속도 모르고 태평하게 그렇게 대답했고 난 결국 한숨 을 푹 내쉬고는 밖으로 나갔다. 나가 보니 처음 보는 얼굴의 남자가 말 아홉 필을 데리고 서 있는 것이 보였… 마, 말?! 저 비싼 말을 그것도 아홉 필이나? 난 경악하며 머리를 굴려 사태 파악을 하기 시작했다.

일곱 필은 아마도 저 기사 같잖은 기사들 것일 거고 한 필은 저 사람 이 탈 거라고 치면 한 필이 남네? 설마 내가 타야 하는?

내가 상당히 의심스런 눈초리로 그 사람을 바라보자 그는 의아한 눈 초리로 날 바라보더니 이내 내게 말고삐 하나를 넘겨주며 말했다.

"네가 그 로엔 리스나르트인가? 왜 그런 얼굴로 날 보는 거지?"

난 하는 수 없이 그가 넘겨주는 말고삐를 받으면서 속으로 절규했 다. 다른 게 문제가 아니라 난 말을 전혀 탈 줄 모른다고!

여섯 번 정도 떨어졌지, 아마? 아무튼 간신히 말에 오르는 데 성공한 나는 내 옆에서 간단히 말에 오른 채 날 경멸하듯 내려보는 기사들을 잠시 노려봐 주었다.

"이 새끼가 누굴 노려보는 거야!"

열받지? 너희들이 한 그대로 돌려주는 거야. 바보들…….

난 내 예상과 한 치의 오차도 없이 반응하는 기사들을 비웃으며 잠시 킥킥거리다가 한 기사가 검을 뽑아 들자 이내 입을 다물어 버렸다.

어쨌거나 이거 영 불안하네? 말을 탄다는 게 이렇게까지 집중력을 필요로 할 줄은 몰랐는걸? 거기다가 조금 자세가 잘못되기라도 하면 이내 충격이 머리까지 전달되어 버리고.

그렇게 조심조심 말을 몰아가고 있는데 내 옆에서 내가 굉장히 싫어하는 사람의 목소리가 내용조차 재수없는 의미를 담고 내 귀에 들려왔다.

"이거 속도를 조금 더 올려야겠는데? 너무 느리잖아."

어떤 개자식이야? 나는 고개를 홱 돌려 그 말을 한 사람을 노려보았다. 돌아보니 길리언 아스나드 폰 미드가르드 네오토라라는 빌어먹을 정도로 이름이 길어 사람 피곤하게 하는—물론 성격도 피곤한 녀석이다—녀석이 날 바라보며 빙글빙글 웃는 게 보였다. 안 돼! 여기서 더 이상 빨라지면 난 아마…… 난 그에게 최대한 애처로운 표정을 지어 보이며 공손하게 말했다.

"전하, 전 이것만으로도 벅찹니다만……."

솔직히 오늘 처음 말 타보는 인간이 지금까지 두 번밖에 안 떨어진 건 말 그대로 행운이다. 물론 처음 말등에 오를 때 여섯 번 떨어진 건 예외로 하고서 말이다. 그런데 여기서 속도를 더 올리라는 건 나에게 말에서 떨어져 죽으라는 말하고 별로 다를 게 없는 말이다. 그래서 내키진 않았지만 내 딴에는 최대한 동정심을 불러일으킬 수 있는 얼굴로 네오토라에게 말했던 것인데 네오토라는 내 얼굴을 보고는 떨떠름한 표정을 지으며 옆에 있던 기사에게 말했다.

"지금보다 속도를 '약간' 더 올린다."

"전군! 행군 속도를 올린다!"

그 기사의 외침에 내 옆으로 몇 명의 기사가 휙휙 스쳐 지나갔고 난 보조를 맞추기 위해 황급히 말의 배를 가볍게 걷어찼다. 으아아아! 이거 장난 아니잖아! 난 당황해서 대열을 이탈해 광분하는 말을 진정시키려 노력했지만 이미 말은 내 통제를 벗어나 있었다. 떠, 떨어질 것 같아!

그때 내 옆으로 네오토라가 다가오더니 말고삐를 잡아챘다. 그러자 어떻게 된 일인지 말은 이내 흥분을 가라앉히더니 툴툴거리며 길리언이 이끄는 대로 대열로 합류하기 시작했다. 그제야 길리언이 내게 말고삐를 다시 넘겨주었고 볼썽사납게 말의 목을 끌어안고 떨어지지 않기 위해 사력을 다하던 난 조심스럽게 몸을 일으키고는 말고삐를 넘겨받았다.

"별로 감사하고 싶지는 않지만 그래도 고맙군요. 아니, 황송하다고 해야 하나요?"

"뭐, 별로."

내가 로망에서 읽었던 왕궁 예절을 떠올리며 비꼬듯 말하자 길리언은 머쓱한 표정을 지으며 그렇게 대답했다. 왠지 등 뒤가 따가운 게 누군가가 날 죽일 듯 노려보는 것 같은데?

"네 아버지와 작별 인사도 못하게 해서 미안하군."

내 옆에서 말을 몰고 가던 길리언이 뜬금없는 말을 해 난 뚱한 표정으로 길리언을 바라보았다. 그렇게 미안하면 다시 레나스로 돌아가지? 하지만 고작 그 따위 말만 하고 죽기에는 하나밖에 없는 내 목숨이 너무 아까워서 난 대답 대신 질문을 했다.

"아닙니다. 어쩔 수 없는 일인 셈 치면 되죠. 그런데 어째서 길리언 님 같은 왕.족.께서 이런 구.석.진. 영지에서 고작 영지 관.리. 같은 일을 하고 있는 거죠?"

"저 처죽일!"

은근히 저 옆에서 이쪽에 귀를 기울이고 있는 배불뚝이 영주 녀석, 꽤나 열받을 거다. 역시나 중요한 단어들에 악센트를 넣은 내 말을 들은 배불뚝이 영주는 날 잡아먹을 듯 노려보기 시작했다. 난 그것을 가볍게 무시함으로서 영주의 화를 머리끝까지 치솟게 만든 다음 다시 길리언을 바라보았다. 길리언은 내 말이 꽤나 재미있었던지 킥킥 웃어대다가 옆에서 영주가 지껄이는 말에 다시 정색하고는 내 물음에 답했다.

"아아, 미안하군. 구체적인 이유는 말해 줄 수 없고… 그래, 앞으로 왕국의 일을 처리하기 위한 예행 연습쯤으로 생각해 두면 되겠지."

"네에네에, 그러십니까?"

속으로 은근히 바랐던 영주의 정체에 대한 대답은 아니었기에 난 시큰둥하게 대답하고는 엄청 불안하게 흔들리는 몸의 균형을 맞추는 데 다시금 내 모든 신경을 쏟기 시작했다. 그나저나 우리 영지에서 하루 정도 걸리는 글루디오 영지에 가는 것도 이렇게 힘든데 성도 세톤까지 가려면 아주 죽어나겠군. 그나저나 글루디오 영지라……. 생각해 보니 이 영지가 아주 독특한 시스템으로 운영되고 있다고 책에서 읽은 기억이 난다. 중앙에서 영주를 임명하는 것이 아닌 '혈맹'이라는 용병단 비슷한 단체 중 성을 점령한 막강한 무력을 가진 '혈맹'이 영주가 되는 것이라고 했었지? 그렇게 된 것은 이상하게도 이 영지를 제외하고는 이미 대륙에서 사라졌다는 언데드 몬스터를 포함한 수많은 몬스터가 유독 이 영지에서만 출몰해서 중앙에서 파견한 기사단만으로는 처치 곤란할 정도여서 그렇다던가? 뭐, 어쨌거나 상당히 특이한 영지인 것은 분명하다.

그렇게 망상에 잠겨 있던 나는 앞쪽이 갑자기 소란스러워진 것을 느끼고는 상념에서 깨어났다. 무슨 일이지?

그때 길리언이 곤란한 듯 중얼거리는 소리가 들려왔다.

"이런, 글루디오 영지에 유난히 몬스터들이 많다는 것은 들었지만 이렇게 맞닥뜨릴 줄은 몰랐군. 뭐, 아무튼 스켈레톤 떼거리 정도라면 별문제는 없겠군. 음, 로엔 군, 약속은 잊지 않았겠지?"

"당연히 잊… 지 않았죠."

중얼거리던 길리언이 갑자기 내 쪽을 돌아보면서 말하자 난 내키지 않는 입을 억지로 열어 대답했다. 빌어먹을, 잊어먹지도 않는군. 하긴 오늘 출발하기 전에 한 일을 잊을 리가 없지. 그런 말도 안 되는 것을.

지금 길리언이 거론하고 있는 '약속' 이란 오늘 세톤을 향해 출발하기 전에 길리언과 내가 서명한 하나의 문서를 지칭하는 것이다. 간단히 일부의 내용만 요약해 본다면 '알파' 로 표현되어 있는 나는 길리언이 어떤 명령을 하든 수행해야 하며 '베타' 로 표현된 길리언은 대신 나와 내 가족이 불편없이 살 수 있도록 배려해 주어야 한다. 또한 왕족 상해, 혹은 그 이상의 죄가 아닌 이상은 무슨 일이라도 묵인해 준다는 것이다. 아, 그리고 '오메가' 로 표현된, 타인이 나와 내 가족을 해하려 할 경우 길리언이 지켜준다는 것도 포함되어 있었다. 솔직히 내 입장에선 억울하기 짝이 없는 일이지만 그렇게 손해도 아닌지라 눈물을 머금고 문서에 서명을 해버렸다. 생각해 보면 길리언이 이런 아무 조건 없이 그냥 강압만 해도 신분도 낮은 데다 든든한 빽 하나 없는 난 별수 없이 따라야 하는 것이다. 그런데 진짜 길리언은 왜 이런 문서를 만들어 내게 서명하게 한 거지?

어쨌거나 지금 그 '약속' 의 내용을 바탕으로 길리언은 내게 저 앞에 나타난 해골들을 처리하라고 하고 있는 것이다. 솔직히 말도 안 된다. 싸움이라고는 주먹다짐을 제외하고는 해본 적도 없는 내가 무슨 수로 저 무식하게 생긴 해골바가지들을 이긴단 말인가? 내가 그런 궁상맞은 생각을 하며 길리언을 바라보자 길리언이 자신이 차고 있던 두 개의 검 중 하나를 뽑아주며 나에게 말했다.

"잊지 않았다니 다행이군. 그럼 처리해야지?"

"빌어먹을."

난 그렇게 투덜거리며 길리언이 내미는 검을 받아 들고는 앞으로 나섰다. 하는 수 없지. 아버지, 저는 왕국의 수도란 곳을 구경조차 하기 전에 이미 황천행을 하게 되었습니다. 젠장, 이럴 줄 알았으면 아까 아버지하고 작별 인사 한다며 돌아가자고 행패라도 부려보는 건데.

난 길리언이 뽑아준 검을 받아 들고 천천히 저 해골들의 앞으로 향했다. 내가 잠시 저 말라비틀어진 뼈다귀들을 어떻게 처리해야 하나 고민하며 막막하게 바라보고 있는데 길리언의 구원과도 같은 목소리가 내 귀에 들려왔다.

"너희들은 구경만 하고 있을 생각인가? 어서 말에서 내려 저것들을 처리하지 않고 뭐 하는 건가?"

"네!"

그 외침에 해골들을 견제하고 있던 기사들이 앞으로 나서며 본격적으로 전투에 돌입하기 시작하자 난 뒤에서 그들이 싸우는 것을 잠시 유심히 관찰했다. 음음음, 그냥 저렇게 잘라 버리면 되는 거군. 내가 싸우는 모습을 관찰하느라 해골에 대한 긴장을 조금 늦추었을 때 갑자기 한 해골이 나에게 칼을 휘두르며 달려들었다.

"으악!"

나는 엉겁결에 비명을 지르며 검을 들어 그 해골이 내 머리를 향해 내려친 칼을 막았는데 막는 순간 호구가 찢어지는 듯한 아픔에 검을 놓칠 뻔했다. 아이고, 호구야! 이건 반칙이라고!

하지만 해골은 내 기분 따위는 생각해 줄 마음이 없는지 기습 공격이 실패하자 한 걸음 뒤로 물러나 내 팔을 노리고—사실 정확히는 어디를 노렸는지 모르겠다. 난 검법이나 도법, 혹은 그에 근접한 칼질조차 배워본 적이 없으니까—다시 칼을 휘둘렀다.

—캬아아악!

그놈참, 소리 한번 고약하게 지르는군. 난 급박한 상황에서도 그런 사치스러운 생각을 하며 검을 휘둘러 날아오는 칼을 막아냈다.

"크윽!"

손목 나가는 줄 알았네? 뼈다귀밖에 없는 게 힘은 왜 이렇게 센 거야? 하지만 힘이라면 나도 한힘 하지.

"으랏샤!"

내가 팔에 힘을 넣어 해골의 칼을 밀어 올리자 해골이 그 기세에 칼을 머리 위로 들어 올린 순간 안으로 파고들어 해골의 목뼈를 강타했다.

우지직—!

뼈가 으스러지는 소리가 나면서 해골의 목이 그대로 날아갔고 해골은 잠시 흐느적거리더니 그대로 뒤로 넘어가 버렸다. 쓰러뜨린 건가? 해골이 잠시 움찔하다가 그대로 동작을 멈추자 이에 약간 자신감이 생긴 나는 다른 해골을 찾기 위해 고개를 이리저리 돌렸다.

"로엔 군!"

그때 뒤에서 길리언의 목소리가 들려와 나는 왜 그러나 싶어 소리가

들려온 쪽을 바라보았다. 그리고 내 뒤를 가리키며 무언가 외치는 길리언을 보는 순간,

"크어억!"

목덜미에 무언가가 강하게 내려치는 느낌이 들면서 나는 고통과 함께 정신을 잃었다.

"으윽! 무지하게 아프군."

나는 목덜미에서 느껴지는 엄청난 고통에 이런 호사스런 소리를 하면서 정신을 차렸다. 응? 차렸다? 어라? 나, 안 죽었나? 목덜미를 얻어맞고 기절했던 것까지는 기억이 나는데…….

난 그런 생각에 아직도 아픈 목덜미를 쓰다듬어 봤다. 그리고는 당황하고 말았다. 이거 어떻게 된 거야? 맞은 흔적조차 없다니? 적어도 상처 정도는 있어야 하는 게 정상 아닌가?

아직도 약간 뻐근한 느낌이 남아 있는 목덜미를 어루만지며 그런 생각들을 하고 있는데 얼마 전까지는 가장 듣기 좋은 소리 중 하나였지만 지금은 가장 듣기 싫은 소리 중 하나에 속하는 목소리가 들려왔다.

"아아! 깨어났군, 로엔 군."

"…길리언!"

그제야 이곳이 어딘가의 방임을 인식했다. 내 주위에 아무도 없었기에 난 그렇게 길리언의 이름을 마구 불렀다. 길리언은 내가 누워 있는 침대가에 앉더니 무언가 검은 액체가 들어 있는 물 컵을 건네주며 비꼬는 듯한 말투로 말했다.

"정말 대단하더군, 로엔 리스나르트 군. 저 해골의 언월도에 목을 베이고도 살아 있다니 말이지. 자네는 불사의 육체를 가진 건가?"

난 뜨악한 표정으로 길리언을 바라보았다. 누구 약 올리는 건가? 칼에 목을 베이고도 살아남아? 세상에 그런 인간이 어디… 있군. 저 길리언의 말이 사실이라면 말이지만.

나는 방금 떠오른 궁금증을 풀기 위해 길리언에게 물었다.

"방금 그 말, 농담이겠죠?"

길리언은 믿지 못하겠다는 내 말에 웃으며 고개를 저었다. 나는 이 엄청난 현실을 부정하기 위해 길리언이 건네준 물 컵에 들어 있던 걸 단숨에 마셔 버렸다. 하지만 난 곧 그 액체를 마신 것을 후회하게 되었다.

"우욱! 뭐가 이렇게 쓴 거야?"

정말 썼다. 내 평생 동안—비록 17년 반밖에는 안 된다 하더라도—이렇게 쓴 것은 처음 먹어봤다. 난 구토감을 애써 가라앉히며 길리언이 나에게 독약을 준 것이 아닌지 의심되었다. 이내 내 표정을 보고 애써 웃음을 참는 듯 보이는 길리언을 발견하고는 대충 상황을 짐작하고 처절한 표정으로 물었다.

"지금 준 거, 독약이죠? 그리고 칼에 목을 베었으면 죽는 게 정상 아닌가요?"

길리언은 계속 웃긴다는 표정을 지으며 고개를 끄덕여 첫 번째 답에는 긍정을, 다시 고개를 끄덕여 두 번째 답에도 역시 긍정을 표했다. 저 죽일!

"만드라고라 엑기스로 만든 극독인데 사람에 따라 효과가 다르게 나타난다더군. 뭐, 독을 견뎌낼 수만 있다면 몸에 꽤 좋다고는 하지만 아직 이걸 마시고 살아남은 사람은 보질 못했거든? 그래서 왕실에서 사형을 집행할 때 사약으로 사용하기도 하지. 그나저나 아직 독의 증상이 나타나지 않는 걸 보니 자네한테는 득이 된 듯한데?"

난 다시금 뜨악한 표정으로 길리언을 바라보았다. 그러니까 간단히 말해서 난 실험체라 이거지? 하지만 웃고 있는 길리언을 보니 더 이상 추궁하고 싶은 기분도 들지 않아서 난 한숨을 내쉬고는 길리언에게 말했다.

"후, 당신을 쳐죽이고 싶은 마음은 굴뚝같지만 아버지를 봐서 참기로 하죠. 그런데 어떻게 된 겁니까? 당신 말대로라면 난 당연히 죽어야 할 상황인데도 죽지 않았고, 더군다나 상처조차 없다니 이건 누가 봐도 정상이 아니라구요. 거기다가 방금 당신이 말한 독약을 먹고도 아무렇지도 않고 당신은 그 '약속'이란 걸 나에게 종용한 것을 봐서 이 상황에 대해 뭔가 알고 있는 것 같은데 그 알고 있는 것을 말해 주시지 않겠습니까?"

내 물음에 길리언은 웃음을 그치고 정색하더니 말했다.

"데이탄 헬 마스터 그자가 자네에게 건 마법 때문에 그런 거네. 역시 그자는 악랄한 자였어. 그런 자네를 이용하려 하는 나도 악독하기는 마찬가지지만……."

데이탄 헬 마스터? 그가 내게 건 마법이라면 불변, 그것 하나뿐일 텐데? 하지만 그게 대체 무슨 효과가 있기에……?

"대체 무슨 의미죠? 전 전혀 이해할 수가 없습니다만……."

난 의문이 생겼다. 데이탄이 내게 건 마법 때문에 그렇다면 어째서 그가 악독한 자라는 거지? 알 수가 없군. 그가 쓴 마법 때문에 지금 이런 상황이 되어버린 거라면 내게는 오히려 득이라면 득이지 실일 수는 없는 마법인데 말이지. 이런 생각을 하며 길리언을 바라보자 길리언이 대답했다.

"후우, 아마도 내 생각과는 다른 생각을 하는 모양인데 자네는 이제 죽고 싶어도 죽을 수가 없어. 늙고 싶어도 늙을 수가 없고."

"그게 무슨……?"

내가 당황한 표정으로 길리언을 바라보자 길리언은 가볍게 한숨을 내쉬고는 어두운 표정으로 다시 나에게 말했다.

"지옥계 시간 고정 마법 '불변' 이라 했지? 이 마법은 그 사람의 신체적 변화를 영원히 정지시키는 마법이야. 물론 먹지 않으면 배고픔을 느끼고 신체적 대사는 원활히 지속되지만 결코 물리력, 혹은 마법력에 의해 신체가 변형되질 않아. 물론 성장 역시 정지해 버리고. 남에게든 어떻게든 죽을 염려가 없으니 좋은 마법이라고도 할 수 있지. 그렇지만 자네는 왜 이 마법이 많고 많은 계열 중 하필 지옥계에 속하는 줄 아는가?"

난 길리언의 심각한 표정에 살며시 고개를 저었다. 그러자 길리언은 그럴 줄 알았다는 듯 고개를 끄덕이더니 다시 내게 물었다.

"데이탄 그자가 마법을 쓸 때 자네에게 한 말이 있을 거야. 혹시 뭐라 했는지 기억나나?"

나는 엉겁결에 고개를 끄덕이고는 그때의 상황을 생각했다. 분명,

"평생 잊지 못할, 아니, 영원히 잊을 수 없는 기억이 될 거라고."

"역시."

길리언은 내 대답이 자신이 예상한 그대로였는지 고개를 끄덕였다. 길리언, 혼자만 이해하고 말지 말란 말야! 나에게도 설명을 해줘야 할 거 아냐! 내 처절한 표정에서 내 생각을 눈치 챘는지 길리언이 말했다.

"아까 내가 말한 것이 데이탄 그 악마가 자네에게 그런 말을 지껄여 댄 이유이네. 지금은 상관없겠지만 앞으로 수백 년이 지나가면 자넨

절대 사람들 틈에 끼어서, 아니, 어딘가에 정착해서 살 수 없게 되어버릴 거야.”

그거야 당연하지. 수백 년 후라면 난 땅속에서 백골이 되어 있을 테니까. 난 그렇게 생각하면서 길리언을 바라보았지만 곧바로 이어진 길리언의 말은 나의 생각을 무참하게 뭉개 버리고 말았다. 제기랄!

“아까 내가 말했지. 죽고 싶어도, 늙고 싶어도 그렇게 될 수 없다고. 자네는 이제 불로불사의 살아 있는 모든 사람이나 생물들이 동경하는 것을 손에 넣었어. 하지만 그게 과연 기쁜 일일까? 과연 행복한 것일까? 사람들은 시간이 지나도 전혀 변하지 않는 자네를 의식적으로 멀리할 거고 또한 질투하겠지. 그러면 자네는 자네를 멀리하고 질시하는 사람들을 떠날 수밖에 없을 것이고 자신을 모르는 사람들을, 그리고 모르는 지역을 찾아서 이리저리 떠돌 수밖에 없겠지. 그리고 또다시 그런 악순환이 계속되겠지. 그러다 보면 언젠가는 그 떠돌이 생활에서 정착할 곳조차 남지 않게 될 거고, 그렇다면 자네는 영원히 비참하게 떠돌 수밖에 없을 거야. 그 다음부터는 죽음을 동경하게 될 걸세, 아마도. 말이 좀 길었군. 이해했는가, 로엔 군?”

난 그제야 이해했다는 표정으로 고개를 끄덕였다. 그런 거였군. 하지만 너무 철학적이라 머리가 아픈걸? 아직 전부 다 이해하지는 못했지만 길리언이 뭘 말하고 있는지 정도는 이해할 수 있었다. 내 무언의 대답에 길리언은 계속 이어서 말했다.

“하지만 하다못해 나같이 이용해 먹는 사람이라도 있어준다면 그나마 좀 낫겠지. 안 그런가?”

오호, 그래서 결론은 자기 정당화였던 건가? 그래, 이제 안 죽는다는 걸 알았으니까 마음껏 반항해 주마. 아버지가 죽임당하지 않을 만한 선에서.

내가 그런 생각을 하면서 씨익 웃자 길리언이 상당히 불안해하는 표정을 지었다. 반항의 신호탄을 상징하는 그 첫 번째 시도로 난 방금 전의 질문에 대한 대답으로 고개를 저어주었다. 저 콧대 높으신 길리언 전하께서 표정이 일그러지시는군. 성공이야! 크핫하!

방에서 나와 주위를 살피니 우리 일행의 숙소는 큰 성의 내부인 모양이었다. 추측하건대 아마도 이곳이 글루디오 영지의 '켄트 성' 인 모양이었다. 지금의 영주가 누구더라?

난 내 궁금증을 해소하기 위해 순찰을 도는 듯 지나가는 경비에게 말을 걸었다.

"안녕하세요? 좋은 날입니다."

갑작스런 내 인사에 경비는 약간 황당하단 눈초리로 날 바라보다가 내가 길리언의 일행이라는 것을 깨달았는지 황급히 내 인사에 답했다.

"아, 네. 안녕하십니까? 그런데 좋은 날씨는 아닙니다. 지금 비가 오거든요."

"네?"

내가 무의식적으로 창밖으로 시선을 옮기자 밖에서는 정말로 시원하게 비가 내리고 있었다. 헉, 이런 망신이……. 아참, 그것보다 내 궁금증을 풀어야지. 난 다시 정중한 어조로 경비에게 물었다.

"실례지만 지금의 영주님 존함을 물어도 되겠습니까?"

"예? 아, 영주님의 존함 말씀입니까? '블러디 가디언' 혈맹의 '크레이언 더 리퍼' 님이십니다."

내 물음에 경비는 자랑스럽게 영주의 이름을 말해 주었다. '블러디 가디언' 이라면 예전 글루디오로 침공해 왔던 라비니어스의 대군을 대패시킨 혈맹 말인가? 로망에서 읽었지. 그런데 이름이 이상한걸? '크레이언 더 리퍼'? 크레이언은 그렇다 쳐도 더 리퍼란 성은 대체……?

다행히 경비가 내 생각을 읽었는지 친절하게도 궁금증을 풀어주었다.

"'더 리퍼' 는 주위 사람들이 부르는 영주님의 별칭이십니다. 실제 성은 '홀랜드' 이십니다."

그랬군. 별칭이라……. 저 위대한 소드 마스터 이스카 폰 블릭스의 '듀크 오브 소드 마스터' 와 같은 건가?

궁금증을 해결한 나는 경비와 작별하고 나서 2층의 테라스로 나왔다. 그런데 거기에는 미리 와 있는 사람이 있었다. 그 사람은,

"영주님."

배불뚝이 영주였다. 그러고 보니 난 우리 영주의 이름조차 모르고 있었네? 내가 생각해도 한심하군.

그런 생각을 하고 있는데 영주가 이쪽을 바라보았다. 얼굴을 가볍게 찌푸리고 있는 것이 내가 어딘가 마음에 들지 않는 모양이었다. 뭐, 저 딴 남작밖에 안 되는 영주 마음에 들고 싶은 생각은 나로서도 전혀 없지만. 아무튼 잠시 날 바라보던 영주가 내게 말했다.

"리스나르트… 군이었지? 내게 무슨 볼일이 있어서 여기까지 온 건가?"

상당히 고압적인 말투다. 이거 화나려고 하네? 영주에게 볼일이 없으면 여기 오지도 말라는 건가?

나는 영주의 물음에 일없다는 의미로 가볍게 고개를 저어준 다음 영주의 옆에 서서 하늘을 바라보았다. 하늘에는 짙은 먹구름이 끼어 있

었고 거기에 더해 약간의 비까지 추적추적 내리고 있었다.

그렇게 하늘을 바라보고 있던 내게 또 하나의 의문점이 생겨났다.

"영주님."

"왜?"

이 말투, 상당히 마음에 걸린다. 무슨 이유에선지 몰라도 내가 정말로 마음에 들지 않는 모양이다. 혹시 아까 그 일을 마음에 품고 있는 건가? 그게 아니라면 왜 날 그렇게 못마땅해하지?

그러나 난 궁금한 것이 있었기에 마음에 걸리는 점을 묻어두고 영주에게 물었다.

"얼마 전에 우리 영지에 오셨던, 지금 함께 수도로 가는 그 귀족 분은 누구신지요?"

그 꼬맹이, 상당히 건방진 놈이었지. 암, 내 목에 검을 휘두르게 만들다니 말이지. 다시 내 얼굴을 바라보던 영주가 얼굴을 찌푸렸다. 정말로 내 말은 전부 다 못마땅한 모양이다. 그러면서도 대꾸는 잘 해준다. 이상한 사람이네?

"황태자 전하시다."

뭐, 뭐, 뭐야? 황태자 전하?

난 경악해서 입을 딱 벌리고는 영주를 바라보았다. 하긴 그 정도는 돼야 수십 명의 근위 기사를 끌고 다닐 만하지. 하지만 황태자 정도 되는 사람이 왜 이런 구석진 영지까지 직접 온 거지?

내가 속으로 다시 의문을 품고 있는데 영주가 덧붙여 말했다.

"네오토라님이 부르셔서 여기까지 오신 것이다."

헉! 독심술이라도 익히고 있는 건가? 그런데 아무리 길리언이 왕족이라지만 황태자 정도의, 더구나 차기 황위를 승계받을 것이 확실한 높은 사람을 자기 마음대로 오라 가라 할 정도로 대단한 사람이란 말야?

그렇게 생각하면서 내 나름대로 길리언의 지위를 추측해 보고 있는데 영주가 피식 웃더니 다시 말했다.

"네오토라님은 현 황제 폐하의 형님 되시는 분이시다. 황태자 전하의 백부시지."

진짜 독심술을 익히셨나 보군. 사람이 궁금해하는 것을 잘도 떠벌리네? 그나저나 저 영주란 인간은 어떻게 된 인간이길래 황태자도 오라 가라 할 정도의 길리언을 영지의 관리인으로 부리고 있던 거지? 내가 아버지에게 듣기로 영주는 가장 낮은 남작의 작위인 하급 귀족이라 들었는데…….

영주는 나직한 목소리로 다시 이어 말했다.

"그리고 나는 이스카 폰 블릭스. 이 정도면 바보라 해도 알겠지?"

난 그 말에 분명 영주가 독심술을 익혔을 거라 확신했다. 사람의 속을 그렇게 잘 파악하고 말해 주다니……. 그런데 이스카 폰 블릭스? 이스카 폰 블릭스……? 어디서 많이 들어본 이름인걸? 어디 보자, 언제 들어봤더라?

난 어디서 이 이름을 들어봤나 잠시 생각에 잠겼다가 이내 경악하고 말았다. 서, 설마 그 수많은 로망의 주인공이자 대륙제일의 검사에 드래곤 슬레이어로 영광의 '듀크 오브 소드 마스터'의 칭호를 받은 그 이스카 폰 블릭스 더 듀크 오브 소드 마스터가 이런 배불뚝이라고? 믿을 수 없어!

내가 벌린 입을 다물 줄 모르고 영주를 바라보자 영주는 쓰게 웃었다.

"믿기지 않을 테지, 아마도."

다, 당연하지! 적어도 내가 아는 이스카 폰 블릭스는 300년도 더 전의 사람이라고!

나는 간신히 정신을 수습한 후 영주에게 떨리는 목소리로 물었다.

"여, 영주님이 제가 아는 그 이스카 폰 블릭스 더 듀크 오브 소드 마스터가 맞으시다면 어째서 300년이 넘도록 살아 계신 거죠?"

"……."

내 물음에 영주가 우울한 얼굴로 날 바라보았다. 믿을 수 없게도 배만 잔뜩 나온 그 몸매와는 다르게 얼굴은 굉장히 멋있어 보였다. 음, 이것이 바로 나이스 그레이라는 것인가?

어쨌거나 우울한 얼굴로 날 바라보던 영주가 내 물음에 간단히 답했다.

"너와 같은 이유일 것이다, 아마도."

순간 난 망치로 머리를 한 대 얻어맞은 듯한 충격을 느꼈다. 설마 그렇다면……? 그때 이스카님이 그렇게 놀랐던 것도 이해가 되네?

나는 떨리는 목소리로 다시 이스카에게 물었다.

"이스카… 이스카님도?"

"아아, 그렇다. 그 빌어먹을 악마 데이탄 헬 마스터. 그의 심장을 찌르면서 얻게 된 불사의 생이지. 하지만 이제는 살아가는 자체로도 지쳐 가고 있다. 유일한 낙이라면 저 길리언이 좀 더 성장하는 것을 보는 것이랄까?"

'리스나르트 군, 자네도 아마 나와 같은 길을 걸을지도 모르지. 지금의 난 삶 자체를 저주하는 그런 삶을 살아가고 있다. 자네는 그렇지 않을지도 모르겠지만, 아니, 그렇게 되어야 하겠지' 하고 말하는 이스카의 말끝에는 왜인지 모를 묘한 여운이 남아 내 머리 속을 복잡하게 만들었다.

다음날, 하늘은 언제 먹구름이 끼었냐는 듯 맑게 개어 있었다. 켄트 성의 기사단 전원이 나와서 배웅하는 가운데 나는 몇몇 로망의 주인공 중의 하나이자 살아 있는 전설의 기사단 '블러디 가디언' 들을 만나보는 감격을 맛볼 수 있었다.

그리고 우리는 글루디오 영지를 떠났다. 그러나저러나 이놈의 말이란 동물은 참으로 적응이 안 되는군. 앞뒤, 좌우로 흔들흔들하는 게 정말로 불안하다. 난 균형을 유지하는 데 온 정신을 집중하다가 길리언이 날 보며 음흉한 미소를 짓고 있는 것을 발견했다.

왠지 불안한걸, 저 음흉한 미소는?

그 생각이 듬과 동시에 길리언이 왼손을 높이 들며 명령을 내렸다.

"전군, 속도를 올린다!"

어째 내 불길한 예상은 틀리는 법이 없나? 젠장할!

글루디오 영지를 완전히 벗어나기 전에 지나가다 좀비 다수를 만났지만 워낙 느린 녀석들이라 그냥 지나쳐 버렸다. 그리고 이상한 거미 같이 생긴 것들도 만났는데 이놈들은 죽이는 데 고생깨나 해야 했다. 무슨 다리가 그렇게 길어? 게다가 독까지 있다니…….

아무튼 그렇게 빠르게 글루디오 영지를 벗어나던 도중 우리는 이상한 석조 건축물을 볼 수 있었다. 큰 돌 다섯 개를 서로 의지하도록 비스듬히 세워 기대어놓고 그 주위에 큰 기둥 세 개를 삼각형 모양으로 세워놓은 건축물이었는데 그 가운데에는 계단이 있었다.

나는 일단 불안하지 않게 두 손으로 말의 목을 꼭 붙잡은 다음 궁금증을 이기지 못하고 길리언에게 물었다.

"저 이상하게 생긴 것은 뭐죠?"

내 물음에 길리언은 그 이상하게 생긴 건축물을 흘낏 보고는 말했다.

"던전이다. 7층까지 있다고 하는데 5층 아래로 가면 데스나이트에 네크로맨서까지 돌아다니기 때문에 위험하다고 하더군. 게다가 없는 몬스터가 없는 모양이야. 언데드도 저 데스나이트와 네크로맨서 때문에 생겨나는 것으로 추정하고 있고. 세이레인의 던전 탐사자들이 위험한 던전 순위 제1순위로 꼽는 던전이지."

"그렇군요."

내가 무의식 중에 고개를 주억거리며 대답하자 설명을 마친 길리언은 앞서가는 일행을 흘낏 보더니 말을 가볍게 재촉하며 말했다.

"그리고 보니 이거 설명하느라 약간 뒤처졌군. 얼른 가세나."

그러면서 앞서 나가는 길리언을 쫓아가기 위해 나도 말에 박차를 가했는데 이놈의 말은 언제나 내 의도를 반쯤 과장으로 해석하는 듯하다.

"우우와아아악!"

이 썩을 놈의 말! 이번 여행이 끝나면 다시는 안 탄다!

Angel Advent

Angel Advent

　어느새 우리는 글루디오 영지를 벗어나 사우스그레이 평원에 위치한 앤텀 영지로 향하고 있었다. 길리언의 설명에 의하면 앤텀은 라비니어스와 국경을 접하고 있는 후작령으로 1명의 팰러딘과 120여 명의 기사, 그리고 3만의 상비군이 라비니어스의 침략에 대비해 주둔하고 있다고 한다. 그런데 그런 군사 기밀―어차피 라비니어스는 다 알고 있겠지만―을 함부로 말해 줘도 되는 거야? 아니면 그만큼 날 믿는다는 건가? 말을 타고 있는 만큼 속도는 어느 정도 빨랐지만 역시 글루디오 영지와 앤텀 영지 사이의 거리는 꽤 멀어서 일행은 결국 노숙을 하게 되었다.

　먼저 왕족 전용의 막사를 세우고 저녁을 지어서 먹은 다음 불침번을 정한 후에야 자유 시간이 되었다. 내가 자유 시간 동안 무엇을 할까 고민하고 있는데 길리언이 내게로 다가와 말했다.

"로엔 군, 지금 할 일 없으면 나와 같이 어디 좀 가지 않겠나?"

그 순간 나는 내게로 향하는 따가운 시선들을 느끼고 주위를 둘러보았다. 노숙할 준비를 하던 기사들이 '그런 거라면 내가' 라는 눈빛으로 나, 정확하게 말하면 나와 길리언을 바라보고 있는 게 보였다. 이, 이거 거절하지 않으면 생명이 위험할지도……?

결국 주변의 위협에 지고 만 나는 길리언에게 말했다.

"네오토라님, 전 지금 해야 할 일이 있어서 그러는데… 근위 기사님들과 함께 가시죠?"

내 말에 길리언은 단호하게 고개를 흔들며 말했다. 무슨 일이기에 이러는 거야?

"아니야. 역시 로엔 군이 아니면 안 돼. 아, 그리고 혹시 모르니까… 그렇지, 자네, 지금 뛰어가서 블릭스 공작님을 모셔오도록."

나에게서 가장 가까이 있던 기사에게 명령한 길리언은 나에게 말했다.

"다른 사람은 할 수 없는 일이거든. 어쩔 수 없어."

"무슨 일인데 저 같은 하찮은 '평민' 밖에 할 수 없는 일이라는 거죠?"

말속에 가시를 한껏 박아서 말하자 길리언이 표정을 살짝 찌푸리더니 말했다.

"이제 수도에 가면 자네도 귀족이 될 텐데 왜 자꾸 이러나? 약속을 잊은 건 아니겠지?"

그 말도 안 되는 약속을 내가 잊을 리가 있나? 아마 죽어서도 잊지 못할 텐데……. 내가 그 '약속' 생각을 하며 이를 갈고 있을 때 이스카가 왔다.

"부르셨습니까, 네오토라님."

"아, 네. 블릭스 공작님, 저하고 여기 로엔 군과 같이 '그곳' 에 좀 다녀와야겠습니다."

그곳? 다른 사람이 알면 안 되는 곳인가? 아무튼 길리언의 말에 이스카가 얼굴을 굳히더니 별로 내키지 않는다는 어조로 말했다.

"그렇게 말씀드렸는데도 아직 포기하지 못하신 겁니까?"

그러자 길리언이 날 잠깐 돌아보더니 다시 이스카에게 말했다.

"저번에는 블릭스 공작님 혼자라 얻을 수 없었지만 이번에는 로엔 군이 있으니 분명히 잘될 겁니다. 어서 채비를."

"그러죠."

길리언의 말에 이스카가 어쩔 수 없다는 표정을 짓고는 왔던 길로 돌아가자 길리언은 날 돌아보면서 온화한 표정으로 말했다.

"로엔 군, 자네는 날 따라오게. 우리도 준비를 해야 하니까."

길리언이 날 데려간 곳은 자신이 쓸 곳으로 배정받은 막사였다.

"여기는 대체 왜 데려온 거죠?"

내가 팔짱을 끼고 주위를 둘러보며 길리언에게 물었지만 길리언은 내 말에 대꾸하지 않고 잠시 뭐가 들어 있는지 모를 상자를 뒤적이기 시작했다.

"어? 이게 아직 여기에 있었나?"

길리언의 의아한 목소리에 뭔가 하고 바라보니 그것은 건틀렛이었다. 표면이 붉은빛으로 반짝이는 그 건틀렛은 대단히 화려해 보였다. 하지만 마땅찮은 표정으로 그 건틀렛을 바라보던 길리언은 건틀렛을 내게 내밀며 말했다.

"이건 내게 필요없는 거니 자네가 쓰게."

난 그 건틀렛을 받아 이곳저곳을 살펴보았다. 손가락 부위도 세심하게 처리된 것으로 보이는 그 건틀렛을 살펴보던 내 머리 속에 예전부터 아버지가 누누히 강조해 오던 명언 한마디가 떠올랐다.

"세상에 공짜는 없다."

그런 생각에 퍼뜩 정신이 든 내가 상당히 의심스러운 눈초리로 길리언을 바라보자 길리언은 다시금 상자를 뒤적이다가 내 시선을 느낀 듯 나에게 말했다.

"왜 그렇게 바라보는 건가?"

정말 쓸 데가 없어서 주는 건가? 하지만 이 인간을 믿을 수가 있어야지. 난 다시 마음을 다잡고는 길리언에게 물었다.

"이번에는 또 무슨 속셈이죠?"

"속셈이라니?"

내 물음에 길리언이 황당하다는 듯 나에게 반문했다. 나는 상당히 풍부한 예시를 곁들여서 길리언의 의문을 풀어주었다.

"왜, 그렇잖아요. 얼마 전에는 만드라고라 엑기스인가 뭔가 하는 극독을 시험 삼아 나에게 먹였고, 또 그전에는 나에게 좋은 일이라며 불러내 놓고는 내 목에 검을 내려쳤죠. 그런 화려한 전적을 가진 당신이니 이런 화려한 건틀렛을 아무 대가도 없이 나에게 주는 그런 좋은 일을 할 리가 없다는 생각이 드는데요?"

길리언은 잠시 내 얼굴을 멍하니 바라보더니 이내 피식 웃으며 말했다.

“맞아. 난 좋은 사람은 아니지. 하지만 그건 정말로 내가 쓸모없어서 주는 거니 가지도록 하게. 난 가지고 있어봐야 사용할 수가 없거든.”

길리언의 말에 나는 머뭇거리면서 건틀렛을 양손에 착용했다. 설마 죽지는 않겠지? 길리언이 난 죽고 싶어도 죽지 않는다고 했으니까.

“음?”

이거 느낌이 좋은걸? 난 건틀렛을 착용해 보고는 이내 그 착용감에 감탄하고 말았다. 들 때와는 달리 무게도 거의 느껴지지 않고 안에 헝겊을 여러 장 댄 듯 금속성의 차가운 느낌도 나지 않았다. 그리고 가장 좋은 건 역시 아까 살펴본 대로 정교하게 제작되어 있어 움직이기에도 전혀 불편함이 없었다.

그렇게 내가 건틀렛의 착용감에 감탄하고 있는데 그런 나를 유심히 관찰하던 길리언이 의아스럽다는 듯 날 불렀다.

“어, 어이.”

“왜요?”

내가 아무렇지도 않게 답하자 길리언은 당황한 듯 내게 다시 물었다.

“그거… 아무렇지도 않아?”

“예? 예, 아주 편한데요? 가볍고 움직이기 불편하지도 않고.”

내 말에 길리온은 멍한 표정으로, 아니, 어이가 없다는 표정으로 날 바라보았다. 왜 그래? 왜 기분 나쁘게 못 본 거라도 본 것처럼 사람을 보는 거지?

어쨌거나 길리언은 이번엔 정말로 당황한 표정으로 다시금 내게 물었다.

“정말 그것뿐이야?”

"그런데요? 뭐가 잘못되기라도 했나요?"

내가 정말로 아무렇지도 않다는 듯이—실제로 아무렇지도 않았으니까—대답하자 길리언은 고개를 흔들며 중얼거렸다.

"믿을 수가 없군. '라이트닝 쇼크' 주문이 걸려 있는 건틀렛을 차고도 아무렇지도 않다니……. 정말 아무렇지도 않은 건가? 하다못해 따끔거린다거나 뭐 그런 것도 없어?"

저 인간, 왜 저래? 정말 아무렇지도 않은데 말이지. 역시 뭔가 수작을 부려놓았는데 나한테 그 반응이 나타나지 않아서 이상하단 말인가? 아무튼 대답은 해줘야겠지?

"정말 아무렇지도 않은데요? 역시 여기에 뭔가 수작을 부려놓은 거죠?"

길리언은 내 대답에 다시 멍한 표정이 되었다가 곧 정신을 차린 듯 고개를 흔들며 웃기 시작했다.

"아하하하! 그래, 그런 거였나? 우연도 이런 우연이……."

아무래도 위대하신 황제 폐하의 형님께서 맛이 살짝 가신 듯하군 그래. 이럴 때는 역시 뭐니 뭐니 해도 충격 요법이 최고라고 아버지게서 그러셨지.

내가 길리언에게 충격 요법을 쓰기 위해 건틀렛을 낀 채로 한 대 패줘야겠다는 생각을 하고 막 실행에 옮기려는데 아쉽게도 이스카님이 들어왔다.

"네오토라님, 준비는 다 끝냈습… 네오토라님, 어째서 표정이 그러하신지……?"

이스카도 나와 같은 생각을 한 듯 어이가 없다는 표정으로 웃고 있는 길리언에게 말했다. 역시 살짝 맛이 간 게 분명해, 길리언은.

어쨌거나 길리언은 이스카의 말을 듣고 나서야 정신을 차렸는지 이스카에게 말했다.

"아, 아닙니다. 좀 황당한 일이 있어서요. 그건 그렇고, 준비는 다 끝내셨습니까?"

"그렇습니다."

그렇게 대답하는 이스카에게서 난 어딘가 위화감을 느꼈다. 그러고 보니 이스카님, 갑옷을 입고 있잖아?! 갑옷을 입고 있는 모습이 영주관에서 그 산만한 배를 쓰다듬을 때의 이미지하고는 전혀 달라 보였다. 그러니까, 뭐랄까? 전설 속의 인물이라는 느낌이 팍팍 든다고나 할까? 아무튼 멋있었다. 그 배도 어떻게 한 건지 전혀 나온 티도 나지 않고 말이지.

그런 생각들을 하고 있는데 이스카가 길리언에게 물었다.

"그런데 네오토라님, 우연이라니, 무엇을 말씀하시는 겁니까?"

이스카의 물음에 길리언이 내가 차고 있는 건틀렛을 가리키며 말했다.

"이제야 찾아냈습니다, 저 건틀렛의 주인. 우연인지 필연인지, 그도 아니면 신의 장난인지는 모르겠습니다만 말이죠."

그제야 이스카는 내 손을, 정확히 말해 내가 끼고 있는 건틀렛을 바라보며 약간 놀란 듯한 표정으로 말했다.

"리스나르트 군, 그 건틀렛? 맙소사! 리스나르트 군, 정말로 아무렇지도 않은 건가?"

이 인간들이 이제 세트로 날 놀라나? 난 어이없다는 표정을 지으며 이스카의 물음에 답했다.

"같은 대답을 몇 번이나 하게 만드시는군요. 다시 말해서 전 아무렇지도 않습니다. 괜찮아요.”

약간 짜증이 섞여 있는 내 대답에 이스카도 좀 전의 길리언처럼 살짝 맛이 간 듯한 반응을 보이기 시작했다.

“허허허.”

이런, 이스카님도 충격 요법이 필요하겠는데?

내가 이런 생각을 하는 동안 이스카는 웃음을 멈추고는 약간 어이없어하는 표정으로 길리언에게 말했다.

“정말 이것참, 수년 동안 찾아 헤맸어도 찾지 못했는데 이거야말로 진정한 신의 장난이라 할 수 있겠군요.”

“그런 것 같습니다.”

도대체 무슨 소리들을 하는 건지 모르겠다. 자기들끼리만 이해하지 말고 나에게도 알아듣게 설명을 해줘야 할 것 아냐! 그러나 뒤이어 들려온 길리언의 말은 내 작은 소망을 무참히도 짓밟아 버리는 것이었다. 우씨, 짜증나!

“아, 잡담은 그만 하고 이제 그곳으로 가죠.”

이스카가 그렇게 말하자 길리언은 아차 하는 표정으로 아까까지 뒤적이던 자신의 커다란 상자를 바라보았다. 그러자 이스카는 어떻게 된 일인지 알겠다는 듯 손으로 이마를 짚으며 한심하다는 듯 말했다.

“그 정리하지 않는 버릇은 아직도 고치지 못하신 겁니까?”

“그, 그게… 아, 아하하!”

별다른 변명거리를 찾아내지 못한 듯 길리언이 뒷머리를 쓰다듬으며 당황한 표정으로 쓰게 웃자 나와 이스카는 하나같이 한심하다는 표정으로 길리언을 바라보았다.

잠시 길리언의 그 거대한 상자를 뒤집어엎는 소동 속에서 길리언은 가까스로 원하던 물건을 찾아내고는 한숨을 내쉬었다. 그것은 하나의 스크롤이었는데 굉장히 중요한 물건이라고는 생각되지 않게 마구 구겨져 있어 길리언의 평소 물품 수납 상태를 의심스럽게 했다. 어쨌거나 나는 아무것도 모른 채 이스카와 길리언이 이끄는 대로 끌려갔다.

숲을 한참 헤치고 나아가자 두 사람이 간신히 어깨를 맞대고 들어갈 수 있을 만한 자그마한 동굴이 나타났다. 그 앞에서 스크롤을 펼쳐 뭔가를 확인하던 길리언이 고개를 끄덕이고는 말했다.

"여기가 맞군. 자, 그럼 전 여기서 기다리고 있을 테니 블릭스 공작님, 로엔 군과 둘이 다녀오십시오."

"그러죠. 혹시 습격자가 나타날지, 모르니 조심하십시오."

이스카는 길리언의 말에 그렇게 답하고는 거침없이 동굴 안으로 들어갔다. 이거 아무리 이스카와 함께라지만 좀 겁나는걸? 내가 그런 생각을 하며 동굴 안으로 들어가는 걸 망설이고 있는데 길리언이 내 어깨를 툭 치며 말했다.

"뭐 하는 건가, 들어가지 않고?"

"그러는 길리언이야말로 어째서 들어가지 않으려는 거죠?"

내가 상당히 의심스런 눈초리로 바라보며 묻자 길리언은 그저 빙글빙글 웃기만 했다. 그때 어느새 나왔는지 이스카가 내 뒤에서 딱딱하기 그지없는 목소리로 말했다.

"시간 도약의 주문이 걸려 있어 보통 사람은 저 안에 들어갈 수 없다. 기간은 정확하게 모르겠지만 약 100여 년 정도."

"'그것' 이 있기에는 딱 좋을 만한 장소에 적합한 주문의 콤비이지."

난 길리언의 말에 더욱 의심스러운 표정을 지어 보였다. 그러니까 도대체 그 '그것' 이 뭐야?! 거기다 시간 도약의 주문이라니? 뭘 시켜먹는 건 좋은데 뭔지는 알고 시켜먹어야 할 거 아냐?

내가 상당히 처절한 얼굴을 하고 길리언을 바라보았는지 길리언은 갑자기 안색이 시퍼렇게 질리더니 나에게 말했다.

"이, 이보게, 그렇게 무서운 얼굴 하지 말게나. 나도 들어가기 싫어서 이러고 있는 게 아니니까."

길리언의 말에 난 당혹스러운 표정으로 길리언을 바라보았다. 내 얼굴이 그렇게까지 무서웠나?

"네오토라님을 그렇게 노려보지만 말고 어서 들어오기나 하도록."

이, 이스카님까지……. 난 결국 고개를 푹 숙이고는 동굴 안으로 한 발을 들여놓았다. 그러자 갑자기 눈앞이 흐릿해지는 것 같은 느낌이 들면서 몸이 붕 뜨는 것 같은 기분 역시 느껴졌다.

"뭐, 뭐야, 이건?"

쿠웅―!

둔중한 소리가 나는 것과 동시에 난 엉덩이에 강한 통증을 느꼈다. 젠장할! 그런데 여긴 어디지? 이스카님은 또 어디로? 놀라서 넘어진 탓에 부딪친 엉덩이를 어루만지며 일어서서 주위를 두리번거리고 있는데 갑자기 웬 남자의 목소리가 귓가에 들려왔다.

[그림자의 신전에 온 것을 환영합니다, 아스트랄 마스터의 주인이여.]

에엥? 이건 또 웬 개소리지? 난 당혹감에 다시금 둘러보았지만 역시 보이는 것은 아무것도 없었다. 귀, 귀신인가? 고스트?! 아니면 스펙터?!

그때 방금 들려왔던 목소리가 다시 들렸다.

[개소리라니? 너무 심하다고 생각하지 않나요? 거기다 귀신이라니요?]

"우, 우와앗!"

뭐, 뭐야? 나는 깜짝 놀라서 다시 뒤로 넘어지며 엉덩방아를 찧었다. 생각을 읽다니 독심술이라도 익힌 건가? 아니면 진짜 귀신?! 나는 엄습하는 공포감을 떨치기 위해 주위를 둘러보며 외쳤다.

"누구냐? 정체를 밝혀라! 귀신이라면 하다못해 모습이라도 드러내!"

[이보세요, 전 고스트도, 그리고 스펙터도 아니니 안심하세요.]

그럼 와이트냐? 내가 그런 생각을 하자 다시금 대답이 들려왔다.

[그게 당신의 상상력의 한계입니까?]

이거 상당히 웃기는 놈일세? 난 황당한 표정으로 나타나지 않는 대상을, 다시 말해 허공을 바라보았다. 그러자 다시금 목소리가 들려왔다.

[으윽! '년' 도 아니고 '놈' 이라니, 이건 곤란한걸요? 전 여자입니다.]

난 다시금 황당한 표정을 지었다. 여자였단 말야? 이 목소리가, 그리고 이 말투의 대체 어디가? 아니, 그건 둘째 치고 기분이 상당히 나쁘군. 남의 마음을 함부로 읽어대다니…….

[아, 기분 나쁘셨다면 사과드립니다. 그리고 전 확. 실. 히. 여자니까 이상한 상상은 하지 말아주시면 감사하겠습니다.]

그녀의 말에 난 호기심에 정말로 그녀가 여자가 맞는지 시험해 보고 싶어졌다. 그렇지. 이상한 상상이라…….

[꺄, 꺄악! 생각을 해도 그런 지저분한 생각을……! 당신, 생각보다 저질이군요?]

곧바로 반응이 나오는 걸로 봐서는 여자가 맞는 모양이군. 어쨌거나 난 내가 저질이라는 상당히 불유쾌한 추측에 대한 확신을 막기 위해

항변조로 그녀에게 말했다.

"이봐, 이런 생각을 한다는 건 내가 건전한 인간 남자라는 증거라구!
그리고 저질이라니? 이 멋지고 우아하고 품위있고 거기다 현명하기까
지 한 내가 어딜 봐서 저질이라는 거야?"

내가 생각해도 참으로 멋지고 우아하고… 이하는 생략한 대답이었
지만 그녀가 듣기에는 그렇지 않았던 듯 내게 돌아온 건 구토음뿐이었
다.

[우웨엑! 우웩!]

아마도 저녁으로 뭘 잘못 먹은 모양이군. 그렇게 생각하다 난 짜증
이 이는 것을 느꼈다. 멀쩡한 사람 데리고 와서 이게 뭐 하는 짓거리
야?

이 기분 나쁜 곳을 벗어나고 싶어진 나는 조용히 그녀를 불렀다.

"이봐."

[네.]

그녀는 내 기분을 읽은 듯 순순히 답했다. 난 손을 휘휘 저어서 더
이상 상대하기 귀찮다는 의미를 전달하며 그녀에게 말했다.

"나 가지고 놀지 말고 어서 여기서 내보내 줘."

[안 된다면요?]

어쭈리? 이젠 공갈까지? 그렇다면 나도 방법이 있지.

난 느긋하게 팔짱을 끼고는 단호한 표정으로 그녀에게 말했다.

"아까 네가 말했던 그 '이상' 하고도 '저질' 스런 상상을 해주겠어."

[…….]

이건 예상하지 못했던 듯 그녀는 아무 말도 하지 않았다. 뭐, 단순히
내가 아까 전에 했던 건전한 상상을 보고 싶지 않다는 것뿐일 수도 있

지만 지금 내게는 그런 소소한 건 신경 쓸 이유가 전혀 없었다.

잠시의 시간이 지나도록 그녀가 아무 말도 하지 않자 난 최후통첩을 하듯 그녀에게 말했다.

"역시 안 된다는 거지? 좋아, 지금부터 그 '이상' 하고도 '저질' 스러운……."

[자, 잠깐만요! 보, 보내 드릴게요!]

내 말에 그녀는 다급하게 내게 말했다. 진작 그렇게 나올 일이지. 그런데 내가 한 큰일 치르는 상상이 뭐가 이상하고 저질스럽다는 거야? 사람이 큰 거든 작은 거든 제때 일을 치르지 못하면 그건 병으로 이어진다구.

그녀의 말에 난 팔짱을 풀고는 그녀에게 말했다.

"좋아, 지금 당장 날 원래 있던 자리로 보내줘."

[어차피 그렇게 할 생각이었어요. 하지만 지금 당장은 안 돼요.]

그건 또 무슨 소리야? 보내준다고 해놓고는 또 지금 당장은 안 된다니, 이건 보내주지 못하겠다는 소리하고 마찬가지인 거 아냐?

그녀는 그런 내 생각을 읽은 듯 다시금 말했다.

[저에게 주어진 임무를 끝내야 하는데 그러려면 당신이 필요하거든요.]

아하! 그래서 처음에 그런 닭살 돋고도 고풍스런 스타일로 나온 거로군? 그런데 그게 무슨 임무지? 오래 걸리는 거라면 곤란한데 말야.

[걱정하지 말아요. 오래 걸리지는 않으니까. 자, 받아요.]

그렇게 목소리가 말한 순간 내 눈앞에 몸 전체를 감쌀 수 있는 구조로 되어 있는 은빛 망토가 하나 나타났다. 난 얼떨결에 망토를 받아 들었다가 그 망토의 촉감이 이상하게 차가운 데에 놀라 그 망토를 바라보았다.

이, 이거 금속이잖아? 의아하게 생각한 난 그녀에게 이 망토에 대해 물었다.

"이게 뭐지?"

[미스릴을 얇게 펴서 제련한 다음 각종 마법을 부여해서 만든 망토입니다. 게다가 주인을 가리게 되어 있어 인식된 주인 외에는 입을 수 없게 제작된 망토지요. 이걸 입을 수 있는 사람은 이제 당신이 죽기 전까지는 당신뿐입니다.]

그녀의 말에 난 당황하고 말았다. 미, 미스릴이라면 같은 무게의 금과 비교해도 두 배는 족히 비싸다는 마법 금속 아냐? 거가다가 로망에서 읽은 바에 의하면 미스릴은 한 번 제련하고 나면 거의 변하지 않는다고 들었는데 이걸 망토로 만들어내다니…….

거기까지 생각해 낸 난 문득 한 가지 의문이 들어서 다시 허공을 바라보며 그녀에게 물었다.

"근데 어째서, 왜 이런 걸 나한테 주는 거지?"

[당신이 차고 있는 건틀렛 '아스트랄 마스터' 와 이 망토 '섀도우 키퍼' 는 반드시 같은 사람을 주인으로 섬겨야 하기 때문입니다.]

그녀의 대답에 난 무심결에 시선을 아래로 내려 차고 있던 건틀렛을 바라보았다. 그래서 아까 길리언과 이스카가 그렇게 놀란 거였던 건가? 뭐, 어쨌거나 아스트랄 마스터와 섀도우 키퍼라니 네이밍 센스가 엉망이군, 이 건틀렛과 망토 만든 사람. 뭐, 아무튼 공짜니 이름이야 상관없지만.

난 그렇게 생각하고는 다시 허공을 바라보며 물었다. 젠장, 목소리가 들리는 건 그렇다 치더라도 어디에 있는지 보이지가 않으니 좀 짜

줄나네?

"이걸로 일은 다 끝난 거야?"

[네.]

겨우 이 망토 하나 주려고 사람을 여기까지 끌고 와서 놀려먹고 거기다 생쇼까지 벌였단 말야? 기왕이면 보석이라든지 금화라든지 기타 돈이 될 만한 것도 같이 주면 좀 좋냐 이 말이야!

[……]

"으, 으갸갸갸!"

그 순간 그녀가 내 생각을 읽었는지 난 동굴 천장에서 떨어져 내린 수많은 보석들에 깔려 허우적대기 시작했다. 제, 젠장! 보석타령 하다가 보석에 깔려 죽겠군. 그런 생각을 하고 있는데 다시 그녀, 정확히 말하면 그녀로 추정되는 목소리가 말했다.

[이 정도면 충분하겠지요?]

"너, 너무 많아서 과하다는 느낌이 드는걸? 좀 치워주면 고맙겠는데?"

내가 보석 더미에 깔린 채 조금씩 기어 앞으로 빠져나오려 허우적대며 그녀에게 말하자 그녀는 복수라도 할 심산인 듯 치울 생각은 않고 다시 내 의향을 물어왔다. 썩을!

[좀 줄여달란 말씀이신가요?]

"아, 적당한 크기의 걸로 한 50여 개만 남기고 다 없애줘."

그러자 순식간에 보석 더미는 사라져 버렸다. 난 '과욕은 인생 망치는 지름길이다' 라는 격언을 뼛속 깊이 체험하며 한숨을 내쉬었다. 자, 이제는 보석을 주워 담는 게 순서겠지? 뭐, 정확히는 모르겠지만 이 정도의 보석이라면 평생 먹고 사는 데는 지장없겠군. 후우, 이제 돌아가

야지. 마지막으로 난 미스릴제라는 은빛 망토를 집어 들며 목소리에게
말했다.

"이봐."

[네.]

그녀가 복수는 충분히 했다는 듯 아까보다 쾌활한 목소리로 내 물음
에 답하자 난 보이지도 않는 그녀의 모습을 바라보듯 허공을 바라보며
다시 말했다.

"네 용건, 이제 다 끝난 거지?"

[네.]

간결해서 좋군. 난 고개를 끄덕이고는 다시 그녀에게 말했다.

"그럼 원래대로 보내줘."

[네.]

좋아, 고분고분 대답하는 게 맘에 드는걸? 역시 여자는 순종적인 맛
이 있어야… 으갸아!!

쿠웅―!

아까와 같이 눈앞이 흐릿해지는 듯하더니 난 다시금 엉덩이로 바닥
에 착지하고 말았다. 아이구, 엉덩이야! 어째 저 계집애는 '적당히' 란
걸 모르는 거야?

"에구구! 엉덩이 아파 죽겠군."

그렇게 엉덩이를 쓰다듬으며 일어나는데 갑자기 등 뒤에서 호러틱
한 목소리가 들려왔다.

"리스나르트 군, 어딜 갔다 이제 오는 건가?"

"으으아아아악!"

깜짝 놀라 비명을 지르며 뒤를 돌아보니 이스카가 어이없다는 표정

을 지으며 내 뒤에 서 있는 게 보였다. 휴, 간 떨어지는 줄 알았네? 이스카님, 그렇게 갑자기 부르시면… 에에?

이스카가 내 손에 들려 있는 미스릴 망토를 뚫어져라 쳐다보고 있었던 것이다. 내가 쑥스럽게 웃으며 그 망토를 펼쳐서 착용하자 그 모습을 바라보던 이스카가 궁금한 듯 내게 물었다.

"리스나르트 군, 그 망토 어디서 가지고 온 건가?"

난 이스카의 물음에 사실대로 대답해야 할지 아니면 거짓말을 해야 할지 고민에 빠졌다. 으음, 이럴 때는 그냥 성실하게 대답하는 게 정신 건강상 좋겠지?

"동굴에 들어가는 순간 눈앞이 흐릿해지면서 몸이 어딘가로 옮겨졌는데 거기서 웬 '남자 목소리인 주제에 여자라고 우기는 목소리' 가 나타나더니 이 건틀렛하고 짝이라면서 주더군요."

흐음, 정말이야. 그렇고말고. 난 뻥을 섞지 않았지만 이스카는 내 말에 의심스럽다는 듯 눈을 가늘게 뜨고 날 바라봐 날 심히 억울하게 만들었다.

"음, 아무리 봐도 그 망토, 미스릴제인 것 같은데……."

의심스럽다는 게 아니라 이 망토의 재질이 문제였던 모양이네? 어쨌거나 난 이스카의 물음에 성실하게 대답했다.

"네. 그 '여자인 척하는 남자의 목소리' 가 말하길 미스릴을 제련한 다음 마법을 부여해 만들었다고 하더군요."

내 말에 이스카는 손으로 턱을 괴더니 무언가를 생각하는 듯한 표정으로 중얼거렸다.

"저 비싼 미스릴로 망토를 만들다니… 기술은 둘째 치고라도 가격이 말도 못하게 비싸겠군."

이스카의 말에 난 궁금증에 빠졌다. 말도 못하게 비싸다니 대체 얼마나 하길래 그러는 거지?

"가격, 얼마나 할 것 같은데요?"

내가 궁금함을 참지 못하고 이스카에게 묻자 이스카는 잠시 생각에 잠겼다가 가볍게 대답했다.

"글쎄, 모르겠군. 희귀하고 비싸기로 소문난 미스릴에다가 금속으로 망토를 제작하려 했으니 보통 기술로는 어림도 없지. 거기다 마법이 부여되어 있다고 하니… 그렇다면 돈으로는 표현하기 힘들 것 같군."

"그래도 돈으로 표현한다면요?"

내 조금은 건방진 이 질문에 이스카는 가볍게 인상을 찡그리며 생각하더니 이내 내가 놀랄 만한 가격을 말했다.

"음, 모르긴 몰라도 성 한 채 가격은 되겠구만."

허, 허억! 고작 망토 하나가 그렇게 비싸단 말야?! 나는 입을 떡 벌리고 이스카의 얼굴을 멍하니 바라봤다.

예전 우리 집이 평소 이스카에게 바쳤던 세금이 일 년에 약 1,000아데나 정도 된다. 그리고 우리 집 한 달 생활비가 세금 빼고 약 100아데나에서 150아데나 정도밖엔 안 되는데 수억 아데나라면 이건 머리로도, 마음으로도 상상이 되지 않는 액수다.

그때 이스카의 다시금 의미없이 툭 던진 한마디가 결정타가 되어 내 머리 속을 하얗게 만들었다.

"아, 자네가 차고 있는 그 건틀렛도 아마 그 정도 가격은 될 거라네. 물론 팔고 싶다고 한들 팔리지도 않을 테지만……"

이, 이 이상한 이름의 건틀렛마저도 그렇게 비싸다니, 그리고 이런 비싼 가격의 건틀렛을 나한테 그냥 줘버리는 이 인간들은 대체……?

어쨌거나 난 그 건틀렛을 차고 망토를 입고 있다. 이제 나는 부자다. 그것도 말로는 표현할 수 없을 정도로 거부다. 성 한 채 가격은 실하게 나갈 물건들을 몸에 걸치고 있으니까 이건 확실할 것이다. 거기다 아직 가격은 모르지만 크기로 봐서 비쌀 게 분명한 보석도 50여 개나 가지고 있다. 결론을 말하자면 나 부자 됐다.

아무튼 이스카가 아직 자기가 찾던 물건을 찾지 못했다고 해서 나와 이스카는 계속해서 안으로 들어갔다. 계속 안으로 들어가자 육중하게 보이는 철제 문이 하나 나와 난 어떻게 해야 할지 갈피를 잡지 못하고 이스카를 바라보았다.

그러자 이스카는 문 앞으로 나서더니 그 문에 손을 닿을 듯 말 듯하게 뻗고는 낮게 외쳤다.

"……!"

무, 무슨 말이지? 내 기억으로는 분명 들어본 적이 없는 말이다. 혹시 로망에서 자주 언급되던 그 고대어인가? 어쨌거나 저 철제 문이 열리는 걸 보니 저 문, 마법의 문이 확실한 모양이다.

문이 열리는 순간 문 안쪽에서 찬란한 빛이 쏟아져 나와 내 눈을 부시게… 하지는 않았고 그냥 파르스름한 불빛만 보였다. 이거 로망의 너무 읽어서 그런가? 이상한 것만 자꾸 기대하게 되는군.

"자, 들어가지."

이스카가 그렇게 말하고는 앞장서 들어가자 난 엉겁결에 이스카를 따라 안으로 들어갔다.

"……."

그 안에는 보석으로 치장된 검과 갑옷, 기타 무구들이 몇 개 놓여 있었고 가운데의 바닥에는 안에 육각의 별 모양을 그려놓은 원이 새겨져 있었다. 그리고 그 위에는 책 한 권과 함께 검 하나가 놓여져 있었다. 모르긴 몰라도 저 주변에 처박혀 있는 검 하나만 가지고 나가면 먹고 사는 데는 지장없겠군.

그런 내 생각을 눈치 챈 듯 이스카가 날 바라보며 주의를 주었다.

"혹시나 해서 말해 두는데 주변에 쌓여 있는 저 무기들은 건드리지 말게나. 예전에 왔을 때 건드렸다가 엄청나게 고생했으니."

네, 네. 알겠습니다. 난 속으로 투덜거리며 이스카에게 고개를 끄덕였다. 이스카는 그제야 안심한 듯 고개를 끄덕이고는 조심스럽게 그 원 가까이로 다가가 책과 검을 집어 들었다.

그때 '목소리'가 들려왔다.

[그 책과 검을 가져가도록 허락한 적은 없습니다만……]

저, 저 목소리는? 난 깜짝 놀라서 허공을 향해 손가락질하며 외쳤다.

"아까 전의 그 여장 남자!"

[누가 여장 남자라는 겁니까? 전 분명히 여.자.입니다.]

그러자 그녀는 불만스럽다는 듯 내게 여자라는 단어를 충분히 강조하며 말했지만 난 가볍게 무시해 버렸다.

"아까 전의 자네의 말이 이해가 가네."

이스카도 나와 생각이 같은지 나에게 작은 목소리로 말했다. 그럼그럼, 그렇고말고. 대체 저 목소리의 어디가 여자 목소리라는 거야? 당연히 남자 목소리지. 뭐, 남자 목소리치고는 좀 높고 미성인 감이 없지 않지만 말이지.

[……]

나의 너무도 당연하고도 논리적인 생각에 할 말이 없어진 모양인지 그녀는 아무런 반박도 하지 못했다.

잠시 시간이 지난 후 그녀가 한숨을 내쉬며 말했다.

[하는 수 없죠, 제 모습을 보여 드리는 수밖에.]

난 그녀의 말에 휘파람을 휘익 불었다. 그거 좋지. 이번에야말로 확실히 남자라는 게 증명될 거다.

잠시 기다리고 있으려니 갑자기 가운데의 원 위에서 빛이 뿜어져 나오기 시작하며 그 사이로 부드러운 곡선의 실루엣이 나타나기 시작했다. 그리고 그 실루엣은 차츰 형태를 갖추더니 검고 긴 생머리를 가진 엄청난 미녀의 모습으로 구체화되기 시작했다. 마, 말도 안 돼! 저런 목소리의 주인공이 이런 미녀라니!

난 입을 따악 벌리고 그녀를 바라보다가 고개를 돌려 이스카를 바라보니 아니나 다를까, 이스카 역시 입을 다물 줄 모른 채 그녀를 바라보고 있는 것이 보였다. 내가 다시 그녀에게로 시선을 돌리자 내 시선을 느낀 그녀는 내게 한 눈을 찡긋하더니 말했다.

"말 됩니다, 나 '섀도우 키퍼'의 주인님."

"뭐, 뭐야?"

그녀의 말에 난 다시 한 번 당황해 버리고 말았다. 저 늘씬하고 이쁜 여자가 이 빌어먹게도 비싸고 엄청난 네이밍 센스를 자랑하는 망토 '섀도우 키퍼'라고?

그렇다면 혹시 이 '섀도우 키퍼'와 맞먹는 센스를 자랑하는 이 '아스트랄 마스터'도?

[저 '섀도우 키퍼' 따위와 비교하시다니… 미워요, 주인님~♡]

난 손으로 이마를 덮으며 고개를 푹 숙였다. 이건 꿈일 거야. 아니, 꿈이 확실해.

“블릭스 공작님, 무사히 잘 돌아오셨군요. ‘그것’ 은 가져오셨나요?”

동굴 밖으로 나오자 밖에서 우리를 기다리던 길리언이 반갑게 맞아주었다. 하지만 이스카는 아무 말 없이 검과 책을 길리언에게 건네주고는 근처 바위에 걸터앉아 고개를 푹 숙인 채 정신적 타격을 회복하려 하는 듯했고 나 역시 이스카와 비슷한 표정으로 이스카의 옆에 서서 심리적인 재건을 시도했다. 이건 고문이야. 제길.

어쨌든 우리들의 태도에 길리언은 당황했는지 이스카에게 물었다.

“도, 도대체 둘 다 왜 그러는 겁니까? 안에서 무슨 일이라도 있었나요?”

이스카는 길리언을 힐끔 보더니 아무 말도 하지 않고 내 건틀렛을 가리킨 다음 다시 고개를 푹 숙였다. 난 이스카의 행동에 반응이라도 하듯 짜증 섞인 어조로 ‘그녀들’ 에게 말했다.

“야, 너희들 부르잖냐. 어서 나와봐.”

[너희들이라뇨? 저따위 계집애랑 같이 묶어서 취급하지 말아주세요!]

[아니, 내가 해야 할 말을 왜 네가 하는 거야? 로엔님, 저따위 계집애는 꽁꽁 묶은 다음 돌을 달아서 저 남쪽 바다에 던져 버리고 오자구요!]

내 말에 순식간에 주변이 하얗게 빛나는 듯하더니 이내 각각 금발 머리와 검은 머리를 가진 두 여자가 망토에서 튀어나오며 나에게 항의하기 시작했다. 그 시간은 비록 잠시였지만 길리언의 눈을 점으로 만들기에는 부족함이 없는 시간이었다.

그건 그렇고, 남쪽 바다에 던져 버리자……? 이거 상당히 끌리는 제안인걸? 기왕이면 둘 다 던져 버리는 게… 으갸갸!

[로엔님, 말씀을 해도 그렇게 심한 말씀을!]

[맞아요. 저런 못생긴 계집애를 바다에 던져 버린다는 데는 아무런

이견도 없지만 이렇게 예쁘고 지적이고 우아하고… 등등, 이 세상의 모든 좋은 수식어를 갖다 붙여도 모자랄 저를 남쪽 바다에 던져 버린다니요? 너무 심하다고 생각하지 않아요?]

난 두 여자의 말에 다시금 고개를 푹 숙였다. 짜증난다. 그리고 한심하다.

[뭐야? 이년이 보자 보자 하니까 못하는 소리가 없어? 너 한번 해볼래?]

[그래, 해보자! 오늘에야말로 못생긴 주제에 드럼통에다 건방지기까지 한 널 이 세계에서 영원히 추방시켜 버리고 말겠어!]

난 두 여자의 한심한 작태를 바라보며 미칠 것 같은 기분에 휩싸였다. 비싼 만큼 부작용도 있다는 건가? 아무래도 여기서 한마디 정도는 해주는 게 앞으로를 위해서도 편하겠지.

"너희들!"

[네에, 주인님~♡]

내가 부르자 두 여자는 순식간에 태도가 돌변하더니 상냥하게 대답했다. 나는 그 잽싼 변신에 오한이 돋는 것을 내 자신도 놀랄 정도의 인내력으로 참아내고는 두 여자에게 조용히 말했다.

"정말로 남쪽 바다에 던져 버리기 전에 닥치고 들어가."

[네에.]

내 협박이 통했는지 두 여자는 군소리없이 사라졌다. 그 표정이 시무룩하던 것이 마음에 좀 걸리긴 했지만 앞으로 편하려면 이 정도는 감수해야겠지. 아무튼 길리언에게 한 가지 물어볼 것이 생겼군.

"길리언님."

"으, 응? 왜 부르는가?"

눈이 점이 되어버린 채 두 여자의 싸움을 지켜보던 길리언이 내 말에 정신이 들었는지 의아한 표정으로 날 바라보자 난 방금 전에 생겨난 의구심을 길리언에게 그대로 털어놓았다.

"이 '아스트랄 마스터' 라는 건틀렛, 이렇게 될 줄 알고 저한테 떠넘긴 거죠? 귀찮아지기 싫어서."

"아니. 난 이 건틀렛의 이름도 모르는데? 그 건틀렛 이름이 '아스트랄 마스터' 였나?"

좀 뒤늦게 대답이 나오는 게 상당히 수상쩍은데? 하지만 왕족이라 따질 수도 없고 이것참, 곤란한걸?

어쨌거나 이 골치 아픈 건틀렛과 망토를 어떻게 처리해야 할지 고민하며 나와 이스카, 그리고 길리언이 일행이 머물고 있는 곳으로 돌아왔을 때는 이미 멀리서 동이 터오고 있었다.

그리고 우리를 기다리고 있던—정확히 말하자면 '우리' 에서 나와 이스카는 제외인 듯했다—존재가 볼썽사납게 울면서 길리언에게 달려들었기 때문이다.

"으아아앙! 길리언 삼촌! 어디 갔다가 이제 오는 거예요! 무서워서 혼났잖아요!"

저게 현재의 황제가 죽고 나면 이 나라를 짊어지고 이끌어갈 거라는 황태자란 말야? 한심해서 말도 안 나오는군. 이스카도 나와 같은 생각이었던지 그 모습을 보고는 내 옆에서 깊은 한숨을 내쉬었다.

아무튼 길리언은 자신의 품에서 어리광을 부리는 황태자를 다독이며 말했다.

"황태자 전하, 전하는 함부로 눈물을 보이면 안 된다고 하지 않았습니까? 어서 눈물을 그치십시오."

"아아앙! 그래도, 그래도……."

왠지 저 어리광을 보고 있으니 짜증이 나려 하는군. 난 그 어리광을 보지 않기 위해 시선을 돌려 버렸는데 그런 내 귀로 길리언이 다시 한 번 황태자에게 말하는 것이 들려왔다.

"황태자 전하."

"훌쩍."

아무래도 길리언은 저 황태자를 달래는 데는 도가 트인 것 같군. 고압적인 태도로 '황태자 전하' 라고 한 번 말하기가 무섭게 울음을 그치다니……. 옆의 이스카에게 시선을 돌려보니 이스카 역시 나처럼 황태자를 못 본 척 시선을 다른 데로 두고 있었다. 과연 울보에 떼쟁이라 해도 황태자라 이거로군.

내가 그런 생각을 하며 이스카를 바라보는 동안에 길리언은 황태자를 호위 기사와 함께 막사로 보내고는 나와 이스카에게 말했다.

"밤을 샜으니 피곤하겠군. 로엔 군은 이젠 좀 쉬게나. 그리고 블릭스 공작님, 공작님은 저와 같이 막사로 가십시다."

"네, 그러죠."

그렇게 말하고는 이스카와 길리언은 길리언의 막사 쪽으로 사라져 버렸다. 뭐, 뭐야? 쉬라니? 대체 어디서 쉬라는 말이야?

황당한 표정으로 이스카와 길리언이 사라진 곳을 잠시 바라보던 나는 이내 피곤함이 몰려옴을 느꼈다. 확실히 밤을 샜더니 피곤하기는 하군. 난 하는 수 없이 근처에 기대고 잘 만한 나무를 찾아보았다. 이내 곧 약간 기울어져 자란 기대기 좋은 나무를 하나 발견했다. 저기서 잘까? 난 그곳으로 가서 망토로 몸을 감싸고는 나무에 기대 잠을 청했다. 후~ 아무리 금속으로 만든 망토라지만 보온 처리 정도는 되어 있을 테니 춥진 않겠지.

이내 몰려온 잠이 머리 속을 점령해 가는 것을 느끼며 난 눈을 감았다.

"으으윽! 잘 잤다!"

한잠 늘어지게 자고… 가 아니라 온몸이 뻐근한 걸 느끼며 잠에서 깨어나 힘차게 기지개를 켜려던 나는 양팔이 부드러운 무언가에 감겨서 잘 움직이지 않아 주위를 둘러보았다. 하지만 난 해답 대신 당황하고 말았다. 이 잘나신 인간들이 왜 날 바라보고 있는 거야?

난 잠시 멍하게 날 바라보고 있던 인간들을 바라보다가 그 사이에 '하이엔' 이라는, 내 배가 꽤 친숙해하는 주먹을 가지고 있는 인간이 섞여 있다는 것을 깨닫고는 이내 표정을 찡그렸다. 이 인간들이 대체 왜 이러는 거지?

잠시 곤혹스러운 표정을 짓고 있던 나는 다시금 무언가에 감겨 빠지지 않는 두 팔을 움직이려 애쓰다가 이내 내 팔을 감고 있는 게 무엇인지 깨닫고는 하이엔과 그 일당들에게 한심한 표정을 지어주었다. 으휴, 이 시끄럽기만 한 두 여자들 때문에 그랬구만? 그나저나 어째서 이 두 시끄러운 여자들이 내 양 옆에 찰싹 붙어서 자고 있는 거야?

내가 급히 망토와 함께 붙잡힌 양팔을 그 두 여자에게서 빼내자 그것이 약간 거칠었는지 두 여자가 거의 동시에 잠에서 깨어났다.

[아함! 자는데 어떤 인간이 깨우는 거야?]

[으으윽! 오래간만에 누워서 잤더니 몸이 굳었나 봐.]

그 두 여자는 잠에서 깨어나 기지개를 켰다. 그리고는 자리에서 일어나 무언가를 찾는 듯 주위를 둘러보기 시작했다. 뭘 찾는 거지? 궁금해진 나는 두 여자의 어깨를 툭 치면서 물었다.

"너희들, 뭘 찾는 거야?"

그러자 그녀들은 귀찮다는 듯 내 쪽은 보지도 않고 손을 휘휘 내저으며 나에게 대답했다.

[그거야 말할 것도 없이 내 품 안에서 주무시던 주인님… 앗! 찾았다!]

그녀들은 그렇게 외치면서 각자 내 한쪽 팔을 껴안았다. 그러다가 각각 잡은 팔의 반대쪽 팔에 매달린 존재를 눈치 챘는지 살벌한 표정으로 상대를 노려보면서 말하기 시작했다.

[너, 어째서 로엔님의 팔에 매달려 있는 거지?]

[그러는 너야말로 어째서 주인님의 팔에 매달려 있는 거야?]

그 말을 시작으로 둘은 내 팔에서 동시에 떨어져 나와 삿대질을 해대면서 싸우기 시작했다. 완전히 방관자가 되어버린 나는 슬그머니 그 둘에게서 물러 나와 어딘가로 도망칠 궁리를 하기 시작했다.

"잠깐!"

그때 누군가가 내 팔을 잡아챘다. 고개를 돌려 바라보니 그는 좀 전에 날 멍한 표정으로 바라보던 무리에 섞여 있던 하이엔이었다. 그에게 좋은 감정이 있을 리 없는 난 당연하게도 상당히 쌀쌀맞은 목소리로 대답했다.

"왜 제 팔을 잡으신 것인지, 귀하신 귀족님께서? 그것도 저같이 하찮은 평민의 팔을."

빠직—!

잠시 하이엔의 얼굴이 꿈틀했으나 다시 원래의 표정으로 돌아와 나에게 물었다.

"저 여자들, 누구인가? 밤사이에 나타난 것도 그렇고 널 주인님으로 부르는 것도 이상하군. 네 노예인가?"

"아쉽게도 아닙니다만……."

하이엔의 얼굴에 희색이 돌았다. 에휴~ 무슨 생각 하는지 내가 다 안다. 보나마나 저 둘에게 잘 보이려고 하는 거겠지. 뭐, 확실히 미인은 미인이니까. 근데 잘 보여봤자 어차피 물건이라 소용없을 텐데…….

아무튼 하이엔은 내 노예가 아님에도 불구하고 그녀들이 나에게 '주인님'이라 부르는 것이 상당히 이상했는지 다시 나에게 물었다.

"그러면 어째서 저 두 미녀들이 너를 주인님이라고 부르는 거지?"

"제가 그걸 어떻게 압니까? 저는 하이엔님처럼 높으신 귀족도 아닌데 말입니다."

말로는 충분히 공경했지만 말투와 표정으로는 전혀 공경하지 않았다. 하이엔도 이 정도 빈정거림을 못 알아들을 정도로 바보는 아니었는지 와락 내 멱살을 잡아 들며 주먹을 치켜들었다.

"이 자식이! 평민 주제에 네오토라님이 좀 귀여워해 주니까 그걸 믿고 귀족에게 말로 행패를 부려?"

그 네오토라님이란 사람은 날 귀여워해 주는 게 아니라 날 이용해 먹는 건데? 내가 그렇게 생각하며 고개를 절레절레 흔들자 하이엔은 내가 자기를 놀렸다고 생각한 건지 아니면 날 두들겨 팰 건수 하나를 잡았다고 여겼는지 치켜든 주먹을 내 얼굴을 향해 날렸다.

저거 반항하면 주변에서 나와 하이엔을 보고 있는 기사들까지 날 패려 들겠지? 그냥 한 대 맞고 마는 게 낫겠군. 난 그렇게 생각하고 주먹이 내 얼굴을 향해 다가오는 것을 이를 악물고 바라보고 있는데 갑자기 하얀 손이 내 얼굴과 주먹 사이를 가로막았다. 그리고 곧바로 그 손과 주먹이 사라졌는데 그와 거의 동시에 누군가가 뒤에서 내 몸을 끌어안듯 당겼다.

"크아악!"

하이엔의 비명이 가히 숲 전체로 퍼져 나갈 수 있을 만한 크기로 울려 퍼졌다. 무, 무슨 일이 일어난 거야?! 잠시 당황했으나 황급히 정신을 수습한 내가 하이엔을 바라보니 저기서 싸우다가 어느새 왔는지 하이엔의 팔을 '아스트랄 마스터' 가 등 뒤로 꺾고 있는 것이 보였다. 내가 위험에 처하면 그것도 알 수 있는 건가? 그렇게 생각하고 있는데 '아스트랄 마스터' 가 외쳤다.

[감히 누구의 얼굴을 치려 하는 거야?]

그러자 내 등 뒤에서 날 끌어안고 있던 검은 머리의 여자 '섀도우 키퍼' 가 그 말에 호응하며 외쳤다.

[감히 나 '섀도우 키퍼' 의 주인님을 치려 하다니!]

얘네들, 이상한 데서 죽이 잘 맞네?

내가 그렇게 생각하며 이 사태를 어떻게 풀어 나가야 할지 고민에 빠져 있는데 구원자가 나타났다. 바로 이스카였다. 어제의 그 나이스한 갑옷은 어디다 뒀는지 예전의 그 배불뚝이 모습으로 나타났다. 도대체 어제의 모습이랑 매치가 안 되는군. 무엇보다 저 배부터 말이지.

어쨌거나 이스카는 지금의 상황이 대충 짐작이 된 듯 호통 쳤다.

"이게 무슨 소란이냐?!"

이스카의 호통에 아스트랄 마스터에게 팔이 꺾여져 있던 하이엔이 발악하듯 외쳤다.

"저, 저 미천한 평민 새끼가 절 모욕했습니다. 그렇지? 다들 봤지?"

웃기고 있네. 먼저 시비 건 건 너잖아.

난 그렇게 생각하며 코웃음으로 하이엔의 말에 응수했지만 이내 주변에서 나서지 못하고 구경만 하던 녀석들이 주제에 귀족이랍시고 하이엔을 옹호하기 시작했다.

"그, 그래, 맞아요."

"저 평민 녀석이 하이엔을 모욕했어요."

가재는 게 편이다 이건가?

그런 생각을 하며 내가 팔짱을 낀 채 그들의 말을 무시해 버리자 이스카는 그런 날 보더니 쓴웃음을 지었다. 아무튼 이스카는 하이엔의 팔을 꺾고 있는 아스트랄 마스터를 보더니 그녀에게 정중히 말했다.

"아름다우신 레이디, 당신에게 그런 패악한 모습은 어울리지 않으니 그만 그 팔을 놓아주시지 않으시겠습니까?"

음, '아름다우신' 까지는 납득이 가는데 도무지 그 다음은 이해하기가 힘들군. 레이디라……

아무래도 내 생각을 읽었는지 하이엔의 팔을 놓아주던 아스트랄 마스터의 얼굴이 환하게 밝아졌다가 샐쭉해져서 날 노려보는 게 보였다. 이거 내 등에 찰싹 붙어 있는 새도우 키퍼의 얼굴이 기대되는군. 아마도 웃고 있을 게 확실하겠지만.

이런저런 생각을 하고 있는 나에게 이스카가 말했다.

"아, 그리고 리스나르트 군, 네오토라님께서 찾으신다. 어서 가보도록."

"그러죠. 여기서 쓸데없는 일로 시간 낭비 하는 것보다는 나을 테니까요."

내 대답에 하이엔 녀석이 눈을 치켜뜨고 날 노려보았다. 후우, 잡아

먹어라, 잡아먹어.

　"아, 왔군, 로엔 군."
　황태자 전하라는 어린애와 놀아주고 있었는지 길리언이 내가 막사의 휘장을 들추며 들어서자 황태자의 손을 놓으며 내게 말했다. 난 어떻게 예를 취해야 할지 갈피를 잡지 못하고 그저 멍하니 서 있었다. 이거야 원, 왕족이나 귀족에게 행하는 예를 취해본 적이 있어야 뭘 하든지 하지. 길리언은 좀, 아니, 많이 특수한 경우니까 예외로 치지만.
　"멍하니 서서 뭐 하는 거야, 어서 앉지 않고?"
　"그, 그래도… 황태자 전하의 앞인데……."
　내가 우물쭈물하며 대답하자 길리언은 잠시 멍하게 내 얼굴을 바라보다가 이내 무언가를 깨달았다는 듯 오른손 주먹으로 왼 손바닥을 탁 치며 말했다.
　"아, 그렇군. 지금은 나와 단둘이 있는 게 아니지?"
　그럼 저 황태자 전하라는 인간을 잊어버리고 있었단 말야? 내가 그렇게 황당한 눈으로 길리언을 바라보자 나와 길리언의 얼굴을 바라보던 황태자가 내 얼굴을 손으로 가리키며 길리언에게 물었다.
　"삼촌, 저 옷 이상하게 입은 쟤는 누구야? 처음 보는 사람인데 새로 온 기사야?"
　으윽! 난 황태자의 말에 한 방 먹은 표정으로 그런 건방진 말을 지껄인 황태자를 바라보았다. 하긴 허름한 옷에 이런 화려한 건틀렛과 망토를 입었으니 부조화도 이런 부조화가 없지. 암, 그렇고말고.
　어쨌든 길리언은 그 물음에 웃음을 참는 기색이 역력한 표정으로 황태자의 물음에 대답했는데 그건 더 가관이었다.

“예. 이번에 새로 온 기사인데 돈이 없어서 저런 망측한 복장으로 다닙니다. 황태자 전하께서 이해해 주십시오.”

“돈이 없어? 왜 돈이 없어? 다른 기사들은 다 돈 많던데?”

길리언의 말이 이상한 듯 황태자가 의아한 표정으로 다시 길리언에게 물었다. 그래, 난 귀족도 아니고 기사도 아니라 돈 없다. 어쩔래? 젠장.

길리언은 황태자의 말에 킥킥대며 웃다가 내가 은근슬쩍 험악한 표정을 지어 보이자 웃음을 참느라 거의 울음에 가까워진 표정으로 말했다.

“저 기사는 평민이라 그러한 것이옵니다.”

“아, 평민이라서 돈이 없는 거구나? 나중에 삼촌이 저 기사 옷 좀 사 주세요. 삼촌 돈 많잖아요.”

젠장, 그런 표정으로 납득하지 말란 말이다! 내가 속으로 부드득 이를 갈고 있는데 그런 내 속을 아는지 모르는지 길리언이 고개를 끄덕이며 말했다.

“그리하겠습니다.”

빌어먹을, 황태자와 둘이서 짜고 아주 날 거지로 만드는군. 길리언은 벌레 씹은 표정을 하고 있는 날 보며 찡긋하고 웃었고 난 어디 하소연할 데도 없이 속으로 애꿎은 이만 북북 갈았다.

그런데 왜 사람을 불러놓고는 웃음거리로 만드는 거야? 설마 이러려고 날 부른 것은 아니겠지? 길리언도 킥킥 웃다가 가히 가관인 내 얼굴을 보고야 날 부른 까닭이 생각났는지 황태자에게 말했다.

“이제 황태자 전하께서는 돌아가서 주무시지요. 어젯밤부터 지금껏 한숨도 주무시지 않으셨잖습니까? 이러시면 몸을 망치십니다.”

엄청난 '시'의 남발이 내 귀를 어지럽게 했다. 그래도 저 황태자라는 녀석은 길리언이 무슨 말을 하는지 알아들은 모양이다. 하긴 지금껏 귀에 못이 박히도록 들어왔을 테니.

아무튼 황태자는 그 말에 길리언에게 칭얼대기 시작했다. 어린애냐?

"그치만… 그치만… 그치만……."

"황태자 전하."

"아, 알았어."

음, 역시 길리언이 길을 잘 들여놓은 모양이군. 표정을 굳히면서 한마디 하니 그대로 칭얼대는 걸 멈추다니 말야. 역시 어린애는 초기에 교육을 잘 시켜놔야…….

아무튼 황태자가 나가자 난 단도직입적으로 길리언에게 물었다.

"왜 불렀어요, 길리언?"

"아, 그나저나 그 두 미녀 분은 어디 가셨나? 왜 같이 안 들어왔어?"

은근슬쩍 길리언이 말을 돌렸다. 하지만 그렇다고 넘어갈 내가 아니지. 난 정색을 하고 길리언에게 말했다.

"그 두 여자는 밖에서 놀고 있습니다. 아마도 싸우고 있겠죠. 그건 그렇고, 왜 부르신 겁니까?"

"아, 이야기하기 전에 일단 앉게나. 서 있으려니 불편하지 않나?"

성질나게 자꾸 말 돌리네? 하지만 난 그에게 이래라저래라 할 처지가 못 되는 까닭에 일단 자리에 앉고는 다시 길리언에게 물었다.

"왜 부르셨죠?"

"그리고 보니 자네 옷이 그게 뭔가? 수도에 그런 옷을 입고 갈 수는 없으니 내가 그 망토에 딱 어울리는 걸로 한 벌 주지. 마침 나와 체형도 비슷한 것 같으니 내 걸 입으면 되겠군."

　젠장할, 사람 약 올리려고 불러놓은 거야? 난 길리언의 말에 인내심의 한계를 느끼고는 내 처지도 잊고 길리언에게 소리를 질렀다.

　"자꾸 말 돌리지 말고 용건을 확실하게 말하란 말입니다!"

　내가 버럭 화를 내자 길리언은 놀란 듯 눈을 크게 뜨고 내 얼굴을 바라보았다. 앗차! 내가 너무 흥분했군.

　난 내가 무슨 일을 저질렀는지 곧 깨닫고는 길리언에게 고개 숙여 사과했다.

　"제가 너무 흥분했군요. 죄송합니다. 하지만 말 돌리지 말고 용건을 확실하게 말씀해 주십시오."

　"아닐세. 내가 잘못했어. 좋아, 진짜 용건을 말해 주지."

　길리언은 그렇게 말하고는 나에게 푸른 보석을 하나 꺼내어 보여주었다. 뭐지, 이건? 크기도 별로 크지 않은 게 비싸 보이지도 않는데? 다른 용도로 쓰이는 건가?

　"이건… 뭡니까?"

　내가 조심스럽게 길리언에게 묻자 길리언은 갑자기 검을 뽑아 그 보석을 내려쳤다.

　빠악—!

　보석의 파편이 아름답게 비산했다. 그 모습에 난 어이없는 표정으로 길리언을 바라보았다. 이, 이 아까운 보석을…….

　"아까 내 막사 안에서 발견한 걸세. 마력석이지. 이 돌에 마법을 걸어 여러 가지 용도로 사용할 수 있지. 이 정도 크기론 이미지 전송은 불가능할 거고 아마도 도청용으로 사용되지 않았을까 하네만……."

　진지해진 길리언의 말에 나는 눈을 크게 뜨고 그 마력석을 바라보았다. 이런 조그만 보석이 도청하는 데 사용된다고? 나는 처음 듣는 이야기에 의구심을 감추지 못하고 길리언에게 물었다.

"도청이라구요? 어째서 황위 다툼에서 밀려난 황제의 형 따위를 도청한다는 거죠?"

내 말에 길리언이 쓴웃음을 지으면서 말했다.

"이보게, 황위 다툼이라니? 말 함부로 하지 말게나."

아니었나? 보통 황제의 동생이 아닌 형이 황제가 되지 못했다는 것은 황위 다툼에서 밀려났다는 이야기로밖에는 들리지 않는데……. 아무튼 길리언은 정색을 하고는 의아한 표정을 짓는 나에게 말했다.

"이건 기밀 사항이기는 하지만 말해 주지. 난 내 동생이 황위에 오르고 나서 몇 년 후에 레나스로 내려왔지. 여긴 변방이라 날 경계할 만한 사람도 없는 데다가 내가 정신적으로 의존하는 분 중 하나인 듀크 오브 소드 마스터 이스카 폰 블릭스님이 이 레나스 영지의 영주님으로 계셨기 때문이야. 하지만 내 동생이 왕위에 오르기 전까지만 하더라도 난 엄연히 이 나라의 군권을 한 손에 쥐고 있던 자랑스런 우리 세이레인 신성 기사단의 총사령관이었다구. 이번에 황태자 전하께서 친히 날 데리러 오신 것도 황제 폐하께서 내게 군부의 총사령관으로 임명하겠다고 요청해 오셨는데 내가 그걸 거절하자 이번에는 거절하지 못하도록 다른 분도 아닌 황태자 전하를 내게 보내신 거지."

호오, 그런 비사가 있었군. 그런데 그런 중요한 이야기를 나한테 이야기해도 되는 건가? 이런 이야길 해준다는 건 웬만큼 믿고 있는 사람이 아니면 불가능할 텐데……. 아무튼 난 복잡한 표정을 짓고 있는 길리언에게 물었다.

"그런데 오늘 이 도청용 마력석을 발견했고 이 마력석으로 미루어 볼 때 그걸 눈치 챈 사람이 있다는 게 거의 확실하다는 말이겠죠? 그러니 내가 계속 당신 곁에서 붙어 다니면서 혹시라도 당신을 노리는 사람으로부터 당신을 보호하라 이 말이로군요. 그렇죠?"

내가 말을 마치고 길리언의 동의를 구하자 길리언이 고개를 끄덕였다.

"상황 판단이 빠르군. 지금 한 말은 아무에게도 말하지 말게. 지금 내가 한 말을 아는 사람은 이스카와 나, 그리고 자네, 이렇게 셋밖에는 없어."

음, 기밀 중에서도 특급 기밀이라 이거군. 그나저나 수도에 도착해서 도청한 사람을 찾아낸 다음 싹 쓸어버려도 별 문제 없을 것 같은데 역시 그렇게 하지 못한다는 건 상대가 만만찮다는 말이로군.

그렇게 생각한 난 고개를 끄덕이고는 길리언에게 말했다.

"뭐, 입을 열어서 이익 될 것은 없는 듯하니 그렇게 하지요. 그나저나 옷 준다고 하셨죠? 어디 황제 폐하의 형님 되시는 분 옷은 얼마나 멋진가 한번 입어볼까나?"

내 말에 길리언은 쓴웃음을 지으며 자신의 짐 중 옷이 든 것으로 보이는 가방을 꺼냈다. 흐흐흐, 평생 가도 못 입어볼 줄 알았던 귀족의 옷도 입어보는구나. 비록 중고품이긴 하지만 출세했다, 로엔 리스나르트.

길리언의 옷 중 내 미스릴 망토와 잘 어울리는 푸른색 옷을 빼앗아 입고는—그런데 내가 이 옷을 집어 들자 길리언의 얼굴이 상당히 처절했다. 그렇게 아까웠나?—덤으로 식사까지 하고 밖으로 나왔다.

하늘을 바라보니 석양이 깔리고 있었… 뭐? 나는 하늘이 붉게 변해 있는 것을 깨닫고는 한순간 멍해져 버렸다. 낮잠을 자서 그런가? 시간이 꽤 빨리 가는 것 같군. 뭐, 아무래도 상관없지만 말야. 나는 아침에 잠을 잤던 나무로 가서 기대고 앉았다.

"특급⋯ 기밀이라⋯⋯."

그런데 특급 기밀이라 하기에는 뭔가 좀 석연치 않은 부분이 있는 걸? 기밀이라는 것은 밖으로 알려지면 안 되는 것이잖아? 그런데 이 영지 저 영지 다 들쑤시면서 수도에 가는 것을 기밀이라고 하기에는 좀 말이 안 되는 것 같은데⋯⋯. 무엇보다 지금 우리가 글루디오 영지를 지나온 것만 해도 다른 영지에 다 알려지고도 남았을 텐데⋯⋯.

아, 그리고 보니 이것도 이상하군. 글루디오 영지를 거쳐 온 것은 다른 영지들이 모를 리가 없을 텐데 마중을 나오지 않았다는 것도 상당히 이상하군. 무엇보다도 황태자 전하와 그 백부, 즉 황제 폐하의 형님의 행차인데 말이지. 거기다가 영광의 듀크 오브 소드 마스터 이스카폰 블릭스님까지 치면 말 다 한 것일 테고. 도대체 뭐가 기밀이라는 거야? 제국군 총사령관이 된다는 거? 젠장, 더 생각해 봐야 머리만 아프니 관두자. 저 길리언의 깊으신 속을 내 우매한 머리로 어찌 알 수 있겠냐? 아무튼 내일부터 다시 움직여야 하니 오늘은 일찍 자두자. 그나저나 이 두 여자들은 어디로 간 거야?

"⋯⋯."

솔직히 이런 말 하긴 싫지만 이 상황은 정말로 싫다. 어째서 어제와 똑같은 패턴으로 이 두 여자들이 달라붙어 자고 있는 거야?

난 한숨을 내쉬고는 고개를 들어 하늘을 바라보았다. 아직 어둑어둑한 게 동도 트지 않은 새벽이었다. 하아, 어제 너무 일찍 자서 그런 건가?

난 내 옆에 달라붙어서 자는 두 여자를—이 여자들은 옷도 그리 두꺼워 보이지 않는 데다가 아무것도 덮고 있지 않은데 춥지도 않은가?―조용히 떼어내고 그 위에다 망토를 덮어주었다. 음, 이렇게 자는 모습을 보니 둘 다 확실히 예쁘기는 예쁘군. 그럼 저쪽으로 가서 집에서 매일 하던 대로 가볍게 몸이나 풀어보자.

"178! 허억! 179! 허억! 180! 허억! 헉! 181! 182……."

으윽! 역시 나에게 팔굽혀펴기 연속 300개는 무리였단 말인가? 이 힘든 팔굽혀펴기를 한 번도 쉬지 않고 500개를 가뿐하게 끝내는 괴물이 우리 아버지라니 왠지 싫어지는 현실이다. 어쨌거나 아직 아버지만큼도 하지 못하는 것을 보니 난 아직 단련이 덜 되었단 이야기군. 고작 240개라……. 그런 생각을 하며 난 피식 웃었다. 그럼 다음으로 넘어가서.

그렇게 몸 풀기를 끝내고 근처 냇가로 가서 얼굴을 씻는데 갑자기 등 뒤에서 누군가가 나에게 말했다.

"기초 체력이 상당하군. 몸도 상당히 균형이 잡혀 있고."

"와앗!"

푸하! 하마터면 세수하던 물을 마셔 버릴 뻔했다. 그런데 도대체 누구지? 날 놀라게 하다니……. 거기다 처음 듣는 목소린데?

대충 얼굴을 닦고 일어서서 뒤돌아보자 그곳에는 당연하겠지만 처음 보는 얼굴이 있었다. 검은 머리에 검은 눈동자, 각진 턱 선, 좀 날카로운 눈매, 나이는 한 30 정도? 상당히 특이한 케이스의 얼굴이군. 그렇게 나름대로 인상을 파악한 나는 잠시 생각에 잠겼다. 이런 경우에 로망에서는 분명… 그렇지! 처음 보는 사람한테 하는 가장 기본적인 첫 번째 질문!

"누구시죠?"

　너무도 당연한 질문에 그 사람은 의외로 당황한 표정을 지었다. 으음, 이런 새벽에 갑자기 나타나다니 수상한 사람인가?

　어쨌거나 그 사람은 뭔가 변명을 하려는 듯 우물쭈물거렸다.

　"아, 나는… 그게 말이지……."

　"분명히 수상한 사람이겠죠?"

　내가 그렇게 다시 묻자 그 사람은 얼굴을 환하게 밝히며 말했다.

　"맞아, 그래. 수상한… 아니, 이봐, 난 수상한 사람이 아니라구!"

　지금 와서 발뺌해 봤자 소용없는데……. 수상한 사람 맞군.

　내가 상당히 의심스런 눈으로 그 남자를 다시 바라보자 그 남자도 내 시선에서 내가 어떤 생각을 하고 있는지 깨달은 듯 뒷머리를 긁적이며 말했다.

　"젠장할, 그래. 나 수상한 사람 맞아."

　뭐야, 저 사람은? 저렇게 인정하니 또 아닌 것 같잖아? 이런 경우 보통은 부정하는 게 정상 아닌가? 저러니 수상한 사람이 아닌 것 같기도 하고……. 수상한 사람이 아닌가?

　난 고개를 갸우뚱하면서 그에게 다시 물었다.

　"그렇게 인정하니까 또 수상한 사람이 아닌 것 같아 보이는데요?"

　그러자 그는 손사래를 치며 내 말을 받았다.

　"아냐, 나 수상한 사람 맞… 쌍, 사람 가지고 노는 거냐? 왜 이랬다 저랬다 해?!"

　그 사람은 자기 말에 자기가 헷갈린 것을 가지고 나한테 화를 내기 시작했다. 왜 나한테 성질이지? 별 이상한 사람 다 보겠군.

　아무튼 그 사람은 잠시 화를 가라앉히는 듯하더니 나에게 물었다.

　"너, 저 일행 중의 한 사람이지?"

"그런데요?"

아무래도 모양새를 보아하니 나에게서 뭔가 알아내려고 하는가 보군. 이런 때는 입 다물어주는 게 저 사람에 대한 예의지. 암, 그렇고말고.

내가 그렇게 마음먹고 다시 그 사람을 바라보자 그는 못 미덥다는 듯 내 얼굴을 바라보고는 다시 나에게 물었다.

"저 일행 중에 길리언 아스나드 폰 미드가르드 네오토라님 계시지?"

"모르겠는데요? 전 하이엔이라는 기사님을 수행하는 미천한 평민이라……."

내가 드디어 미쳐 가는구나. 저 빌어먹을 하이엔이라는 놈의 수행원을 자처하다니 이건 가문의 수치다, 수치야.

내 말에 그 남자는 고개를 갸웃거리더니 나에게 말했다.

"음, 그럼 다시 묻겠는데 30대 중반의 나이에 얼굴의 턱 선이 좀 갸름하고 코는 적당한 크기에 눈매가 약간 둥그스름하고 입술 아래에 조그마한 흉터가 있는 사람 본 적 없니?"

당연히 봤지. 얼굴 모양이라면 그렇게 생긴 사람이 많아서 누구라 말할 수 없지만 입술 밑의 흉터가 있는 사람이라면 바로 길리언의 얼굴이 그렇게 생겼지. 초절정 꽃미남이라고 하긴 그렇지만 나보다는 잘생긴 얼굴이기도 하고. 악! 이걸 인정하려니 좀 열받는군.

어쨌거나 이것도 모른 척해줘야겠지?

"못 봤는데요?"

내 대답에 그 남자는 한 손으로 턱을 받치고는 잠시 무언가를 생각하더니 혼잣말로 중얼거렸다.

"그럴 리가 없을 텐데? 분명 길리언님이 이쪽으로 오실 거라고 전언을 보내셨는데……."

뭐? 길리언이 전언을? 이건 함정인가? 그도 아니면 진짜로? 종잡을
수가 없군. 일단 물어보자. 그게 제일 **빠르겠다.**

"이보세요, 당신 정체가 뭐죠? 왜 그 이름 긴 귀족 분을 찾는 거지
요?"

이 정도만 하면 내 의도를 알아채겠지. 바보가 아니라면 말야.

그 남자는 내 물음에 곤혹한 표정을 지으며 말했다.

"음, 밝히기가 좀 곤란한데… 너, 그분을 아는 거냐?"

바보는 아니었나 보네? 난 그의 물음에 살짝 고개를 저어서 그 남자
를 당황하게 만든 다음 여유있는 표정으로 그에게 말했다.

"지금 당신이 하고 있는 짓이 보통 악당들이 하는 전형적인 짓이란
거 알아요?"

물론 중간에 '로망에' 라는 말이 빠지기는 했지만 어쨌든 이어진 내
말에 그는 더욱 당황한 표정으로 말했다.

"이, 이런, 지금까지 살아오면서 욕 한 번 먹어본 적이 없는 나에게
악당이라니 이거 너무 심하다고 생각지 않나?"

"지금까지 한 번도 욕 안 먹어보셨으면 제가 지금 먹여 드릴까요?"

나참, 세상에 욕 한 번 안 먹어본 사람이 어디 있어? 가시가 박힌 내
말에 그가 잠시 눈을 크게 뜨고는 날 바라보았다. 하지만 이내 그는 피
식 웃으면서 나에게 말했다.

"상당히 당돌한 꼬마로군. 나에게 그런 식으로 말할 수 있다니 말이
야."

윽! 심하다! 아무리 자기보다 나이가 어리다지만 나보고 꼬마라니!
난 엄연히 17년 반이나 살아온 '미청년' 이라고! 이대로 있을 수는 없

지! 리스나르트 가의 가훈! 망치로 맞으면 워 해머로 돌려준다!

"지금까지는 아무도 그런 식으로 말을 해준 적이 없었나 보죠? 그럼 저에게 고마워하세요. 제가 새로운 경험을 하게 해드렸잖아요?"

"이, 이런 식의 색다른 경험은 아무래도 사양하고 싶은데……."

그가 떨떠름한 표정으로 그렇게 말하자 난 승리의 미소를 지었다. 그런데 뭔가 좀 이상한데? 앗차! 지금의 논점에서 상당히 일탈해 버렸잖아!

지금에서야 이 사실을 깨달은 나는 그에게 말했다.

"지금 뭔가 빗나간 듯한 느낌이 들지 않아요?"

"빗나간 '듯' 한 게 아니라 실제로 빗나갔어."

내 물음에 그가 한심하다는 표정을 지으며 그렇게 말해 이번에는 내가 떨떠름한 표정을 지어야 했다. 아무리 정말로 그렇다고 하지만 꼭 그렇게 집어서 말해야 속이 풀리는 성격인가?

아아, 이게 아니지. 집중. 집중.

"어쨌거나 정체를 밝히기가 곤란하다면 돌아가 주시면 감사하겠는데요?"

내가 팔짱을 끼면서 그렇게 말하자 그가 곤란하다는 표정을 지으며 나에게 말했다.

"그건 별로 내 마음에 드는 해결책이 아닌데? 부탁인데 가서 길리언 님을 좀 불러주겠니?"

"길리언이란 분이 누구인지는 모르겠지만 당신이 누군지를 정식으로 밝힌다면 그 부탁을 심각하게 재고해 보죠."

내 말에 그는 다시 무언가 생각하는 듯 하더니 하는 수 없다는 듯 나에게 말했다.

"테이시온 드 리크레디아, 내 이름이다."

테이시온 드 리크레디아? 내가 알기로 우리 나라의 귀족은 가운데에 폰을 사용하는 것으로 알고 있는데? 저기 토라의 귀족도 마찬가지고. 난 의아한 표정을 지으며 그의 이름을 한 번 되뇌고는 물었다.

"테이시온 드 리크레디아? 이상한 이름이네요? 보통 귀족이라면 이름 사이에 '폰' 이 붙는 게 정상인데 '드' 라니……."

"아, 난 좀 특이한 케이스지. 아무튼 내 이름을 알려 드리면 아실 거야."

그가 내 물음이 별로 이상하지 않은 듯 그렇게 답해 난 무의식 중에 고개를 끄덕였다. 진짜 특이한 케이스네? 이름 사이에 '드' 가 붙다니…… 뭐, 이름만큼 특이한 귀족인 것 같기는 하지만.

"어쨌든 노력해 보죠. 그럼 전 이만……."

난 세수를 하기 위해 벗어두었던 건틀렛을 집어 든 다음 돌아가려고 했다. 그런데 그때 뒤에서 테이시온이 날 불렀다.

"어이, 꼬맹이!"

으윽! 저 인간이 또?

나는 살벌함으로 무장시킨 눈빛으로 그를 노려보아 내가 화났음을 그에게 알렸다. 그러자 그는 내 눈빛이 의도하는 바를 십분 이해했는지 말했다.

"아, 꼬맹이라 불러서 화난 모양이군. 사과하지. 그런데 내가 이름을 밝혔으면 그쪽에서도 밝히는 것이 예의 아닐까?"

난 그의 말에 고개를 끄덕여 동의를 표했다. 확실히 그 말이 맞군. 이름이 듣고 싶다면 말해 주지, 최대한 쌀쌀하게.

"로엔, 로엔 리스나르트. 이게 제 이름입니다."

길리언의 막사로 가니 한 기사가 지키고 서서 경계를 서고 있는 것
이 보였다. 난 그에게 다가가서 말을 걸었다.

"지금 네오토라님 안에 계시죠?"

"아직 주무시는 중이시다. 무슨 일인데 그러냐?"

네오토라의 막사에서 경비를 서던 근위 기사가 약간은 고압적인 태
도로 말했다. 하지만 난 당연하게도 그 태도에 위압감이 들 이유가 없
었기에 당당하게 대답했다.

"일급 기밀에 관한 이야기입니다. 들어가게 해주십시오."

그러자 그 기사는 웃기지도 않는다는 얼굴로 날 바라보며 비웃었다.

"흥! 너 같은 평민이 일급 기밀은 무슨 일급 기밀? 잔소리 말고 꺼져
라."

저 자식이! 난 이마에 힘줄이 돋는 것을 애써 눌러 참고는 저 빌어먹
을 기사 자식에게 들어먹힐 명분을 만드느라 고민하기 시작했다. 그렇
지. 길리언을 등에 업고 최대한 고압적인 태도로 저 녀석을 협박하면
될지도 모르겠군.

난 그렇게 계산을 끝내고는 다시 기사에게 말했다.

"제가 평민이라도 네오토라님이 절 가까이하신다는 것은 아시겠죠?
제가 나중에 네오토라님에게 뭐라 한마디만 해도 당신은 이 짓을 관둬
야 할걸요?"

다행히도 길리언을 등에 업은 내 말이 먹혀들어 갔는지 그 기사는
약간은 수그러든 태도로 나에게 말했다.

"좀 전의 기밀이라던 말, 거짓은 아니겠지?"

난 그의 말에 잠시 하늘을 바라보았다. 그러고 보니 날이 상당히 밝

왔군. 이런 때에는 그저 안면 몰수하고 거짓말을 하는 거지.

"당연하죠. 어느 분의 앞이라고 거짓을 말하겠습니까?"

"좋아, 들어가 봐."

기사가 길을 비켜주자 나는 막사의 휘장을 제치고 안으로 들어갔는데 들어가자마자 길리언이 자지 않고 있다는 사실을 알고는 심장이 튀어나올 정도로 놀랐다. 설마 다 듣진 않았겠지?

"아, 안 자고 있었어요?"

내가 놀란 가슴을 진정시키며 묻자 길리언은 아직도 잠기운이 남아 있는 눈으로 내게 말했다.

"밖에서 떠드는 소리가 상당히 시끄러워서 말이네. 그래, 그 일급 기밀이란 게 뭐지? 빨리 말해 보게나."

커헉! 다 들어버린 건가? 난 약간 당황해서 길리언을 바라보았지만 길리언은 그 일에 대해서 더 이상 뭐라 할 생각은 없는 모양이었다. 난 속으로 가슴을 쓸어 내리고는 아까 만났던 사람의 이름을 말했다.

"테이시온 드 리크레디아."

"응? 그게 무슨……? 아! 자네 방금 테이시온, 테이시온 드 리크레디아라고 했나?"

무성의하게 듣던 길리언이 갑자기 잠이 확 깨는 듯 목소리를 높여 나에게 물어와 나는 고개를 끄덕여 그 물음에 긍정의 대답을 해주었다. 그러자 길리언은 굴러 나오는지 뛰어나오는지 모를 정도로 침대에서 황급히 뛰쳐나와 곧바로 급히 옷을 꿰어 입으며 나에게 물었다.

"그러고 보니 깜빡 잊고 있었군. 지금 어디에 있나? 그는 지금 어디에 있나?"

진짜 아는 사람인 모양이네? 난 속으로 그 웃긴 남자를 잠시 떠올리고는 길리언에게 말했다.

"지금 우리 일행이 있는 곳의 오른쪽 개울을 따라 약간만 올라가시면……."

"알았네! 자네는 여기 있게나!"

길리언은 내 말을 다 듣지도 않고는 망토를 두르며 나가 버렸다. 그런 정도의 사람이었나? 이거 내가 그 사람에게 너무 무례하게 대한 건 아닌가 모르겠네? 나중에 그 사람이 쪼잔하게 그거 가지고 뭐라 하면 큰일인데…….

난 잠시 길리언의 막사에 있다가 밖으로 나와서 내가 어제 잠을 잤던 곳으로 망토를 회수하러 돌아갔다. 하지만 난 소기의 목적은 달성하지 못한 채 당황한 표정으로 주위를 둘러봐야만 했다. 이 별 쓸데없는 두 여자가 망토와 함께 행방불명이 되어버린 것이다.

대체 어디 간 거야? 음, 건틀렛에다 대고 말해 볼까?

"어이, 대체 어디 간 거야?"

…….

당연하게도 대답은 없었다. 에휴, 대답이 없을 걸 알면서 물어본 내가 바보지. 어쨌거나 저 시끄럽기만 한 두 여자는 그렇다 쳐도 비싼 미스릴제 망토를 잊어버리면 상당히 속이 쓰리겠군. 찾아보아야겠다.

그렇게 생각하고 그녀들을 찾으려 뒤돌아서는 순간 내 머리 위로 무언가가 덮어씌워졌다.

"뭐, 뭐야 이건! 어푸!"

간신히 허우적대면서 내 머리를 덮어씌운 무언가를 벗겨내고 보니 그건 내 망토였다. 아, 여기 있었군. 그런데 누가 던진 거지? 그런 생각에 망토가 날아온 쪽을 바라보니 바로 눈앞에 낯익고도 짜증나고도 재수없으며 지겹기까지 한 얼굴이 있었다. 또 너냐?

난 속으로 한숨을 내쉬고는 비아냥이 가득한 목소리로 그에게 말했다.

"하아! 또 하이엔님이십니까? 무슨 일로 절 찾아오셨는지요? 그리고 왜 제 망토가 당신 손에 있었는지 물어도 될까요? 그리고 왜… 크윽!"

"벌레만도 못한 평민 주제에 건방지게도 잔말이 많군 그래."

아프다. 이번 것은 진짜 아프다. 전혀 방비를 하지 못하고 얻어맞았으니 그럴밖에. 내가 명치를 잡고 헉헉대고 있는데 눈앞이 번쩍하더니 내 명치를 강타했던 발이 이번에는 얼굴에 작렬했다.

"으악!"

난 비명을 지르며 뒤로 넘어졌다. 이, 이거 정말로 아프군. 그런데 아무리 자기가 귀족이고 난 평민이라지만 이거 너무한 거 아냐? 나에게도 맞지 않고 살 권리 정도는 있는데 말이지. 게다가 난 아무런 잘못도 하지 않았어. 그런데 어째서 맞아야 하는 거지?

그런 생각을 하면서 일어나려는데 그 순간의 타이밍을 잡아 나의 얼굴을 발로 밟으면서 하이엔이 교만한 목소리로 말했다.

"너, 전부터 나한테 건방지게 굴었지? 그동안은 네오토라님과 블릭스 공작님 얼굴을 봐서 참아주고 있었지만 지금은 네오토라님도, 블릭스님도 앤텀 영지에 가서서 계시지 않는다. 지금이 널 손봐줄 절호의 기회라 이거지. 자, 기대해라. 그리고 영광으로 생각해라. 나 하이엔 폰 클라인시커님께서 너같이 하찮은 평민에게 직접 손을 써준다는 걸 말야."

그건 길리언도, 그리고 이스카님도 없으니까 자기가 왕이라 이거로군. 드래곤 없는 굴에 오우거가 왕이라더니, 그 속담을 생각해 낸 난 실소가 나오려는 것을 애써 참았다. 분명 길리언이 난 죽지 않는다고 그랬지? 그렇다면 나도 참지만은 않는다. 아, 그전에 그 두 여자들은 어떻게 했는지 물어보고 나서.

"묻고 싶은 게 있다."

"건방진!"

퍼억!

하이엔의 발이 잠시 들려졌다가 다시금 내 얼굴을 짓밟기 위해 내려오는 순간 난 그 틈을 타 가까스로 손을 들어 그 발을 잡아냈다. 하이엔의 얼굴이 일그러지는 게 내 눈에 선명하게 들어왔다. 어쨌거나…….

"내 망토를 덮고 자던 두 여자는 어떻게 했지?"

"아아, 그 여자들 말이지?"

하이엔은 교만한 미소를 얼굴에 띠고는 말했다.

"먼저 널 죽이든지 죽기 직전까지 패든지 해서 더 이상 나에게 대들지 못하게 만든 다음 그녀들을 내 것으로 만들어야지. 과연 밤에는 얼마나 잘할지 기대되는데?"

그건 좀 힘들 텐데……. 그녀들, 이 망토와 건틀렛에 세 들어 살고 있다고. 거기다 난 죽고 싶어도 죽지 않는다고 길리언이 그랬고 말이지. 난 하이엔의 발을 받치고 있는 팔에 더욱 힘을 가하고는 하이엔에게 말했다.

"그런가? 그렇다면 한 가지 부탁이 있는데……."

내 말에 하이엔의 얼굴에 일순 당황스러움이 스쳐 지나갔다. 내 반응이 너무나도 침착해서 그런가? 아무튼 그녀들은 불러들여야지.

"그녀들을 한 번 볼 수 있게 해다오."

내 물음에 다시금 하이엔의 얼굴에 교만하기 짝이 없는 미소가 떠올랐다. 내가 지금 모든 것을 포기했다고 생각하는 모양이군. 재미있는데?

하이엔은 재수없는 미소를 지은 채 나에게 말했다.

"훗, 하찮은 패배자의 마지막 부탁인가? 뭐, 그 정도는 얼마든지 들어줄 수 있지. 너, 가서 그년들을 끌고 와."

하이엔이 옆을 돌아보며 그렇게 말하자 얼마 지나지 않아 밧줄에 꽁꽁 묶인 채 '아스트랄 마스터'와 '새도우 키퍼'가 끌려왔다. 그녀들—적당한 호칭이 없으니까 좀 짜증나는군. 이 일이 끝나면 이름이라도 지어줘야겠다—은 밧줄에 몸이 묶인 채로 상당히 애처로워 보이는 표정을 지으며 끌려 나왔다. 나는 그녀들이 무사한 걸 확인하자마자 하이엔의 발을 받치고 있던 손을 힘껏 위로 밀어버렸다.

하이엔은 갑작스런 나의 행동에 넘어질 뻔했다가 뒤로 물러나면서 간신히 균형을 잡고 섰다. 꼴에 기사 훈련은 좀 받았다는 건가? 재수없는 녀석.

"이, 이 벌레만도 못한 자식이!"

옷을 툭툭 털면서—오래간만의 새 옷이 더럽혀진 걸 깨달았을 때는 진짜 눈에서 피눈물이 나오는 것 같았다—망토를 집어 들고 일어서는 나에게 하이엔이 정말로 로망에 나오는 전형적인 악역이나 말할 것 같은 말을 지껄여 대며 주먹을 날려왔다. 난 당연히 그 느려 터진—솔직히 아버지의 주먹에 익숙해진 나에게는 정말 느리게 보였다. 정말 괴물이라니까, 아버지는—주먹을 맞아줄 용의가 없었기에 고개를 살짝 뒤로 젖히면서 무릎으로 하이엔의 복부를 강타했다. 그러자,

까앙!

금속이 무언가와 맞부딪치는 경쾌한 소리가 나면서 나는 무릎이 눈물나게 아파오는 걸 깨달았다. 제, 젠장할! 갑옷을 입고 있었다는 것을 깜빡했군. 애써 고통을 참고는 계속 공격을 가하려 하는데 주변에서 날 비웃는 소리가 들려왔다.

"저 녀석, 바보 아냐?"

"맨몸으로 갑옷을 치다니 말이지. 멍청한 놈이었군."

나중에 너희들도 똑같이 손을 봐주마. 나는 속으로 그렇게 다짐하며 주먹이 빗나간 데다가 내 무릎 치기의 영향까지 겹쳐 균형을 잃은 녀석의 얼굴을 힘껏 후려갈겼다.

"크윽!"

'퍼억' 하는 기분 좋은 소리가 들어주기 괴로운 신음과 함께 들려왔다. 뭐, 내가 맞을 때도 저런 소리가 난다고 생각하면 전혀 그렇지 않지만.

하이엔 녀석이 나가떨어지는 것을 난 일부러 조소하는 표정으로 내려다보았다. 그리고는 망토를 들어 다시 몸에 두르며 한껏 비웃었다.

"흥! 정말 대단한 실력을 가지고 계시는군요. 저같이 하찮은 평민에게도 두드려 맞을 정도의 실력이라니 말입니다. 감탄을 금할 수가 없군요."

저 녀석에게는 이 정도 도발이라면 충분하겠지.

"이 자식! 죽여 버리겠어—!"

"그런 느린 주먹에 맞아 죽을 정도라면 난 아버지에게 벌써 맞아 죽었어."

난 예상대로 발작하듯 일어나 달려드는 녀석의 얼굴을 다시 주먹으로 날려 버린 다음 아직도 묶여 있는 한심한 두 여자에게 말했다.

"너희들, 언제까지 그러고 있을 거냐?"

의미심장한 뜻이 포함되어 있는 내 말을 그녀들이 전혀 이해하지 못한 듯 날 바라보자 나는 다시금 한숨을 내쉬고는 그녀들에게 말했다.

"이해하지 못했군. 돌아오란 말이다."

그제야 그녀들은 이해했다는 표정을 지으며 씨익 웃었다. 그와 동시에 그녀들의 몸은 점점 희미해지더니 잠시 후에는 아예 사라져 버렸다. 그녀들이 묶여 있던 줄을 잡고 있던 녀석과 그 주변이 기겁한 건 당연한 일. 솔직히 말해서 몰랐었다면 나라도 놀랐겠다.

"뭐, 뭐야? 사라져 버렸어!"

"설마… 고스트나 스펙터?"

음, 고스트는 너무 약하고 스펙터란 말이 가장 그럴듯하군. 아무튼 저 하이엔이라는 녀석, 나중에도 이 일을 걸고넘어지면 골치 아프니까 이번 기회에 확실하게 밟아줘야겠어.

그렇게 어떻게 해야 하이엔을 더 확실하게 밟아줄 수 있을까라는 심도있는 주제로 고민하며 하이엔을 내려다보고 있는데 갑자기 '빠악' 하는 둔탁한 소리와 함께 뒤통수에 강한 충격이 느껴졌다.

"악!"

이, 이게 무슨?! 난 뒤를 돌아보려 했지만 이내 다시 한 번 강한 충격이 뒤통수에 느껴지는 것과 동시에 의식의 끈을 놓치고 말았다.

Metropolis, Seton

Metropolis, Seton

"으… 으윽……."

머리가 약간 띵한 것을 느끼며 깨어난 후 나는 꽤나 시간이 지나서야 내가 자그마한 방 안의 침대 위에 누워 있다는 걸 깨달았다. 그런데 여긴 어디지?

그렇게 주변을 잠시간 둘러보던 나는 이내 무언가 위화감이 듦을 느꼈다. 이 위화감의 원인이 무엇일까 잠시 고민하던 나는 이내 내 망토와 건틀렛이 보이지 않고 옷까지 홀라당 벗겨져 있다는 것을 깨달았다. 앗차! 누가 내 옷을?! 이럴 때 누가 들어오면 망신살이 뻗치는 건데!

그런 생각이 들자마자 난 누가 들어올세라 급히 이불을 덮었는데 이내 내 걱정이 헛된 것이 아니었다는 것을 증명하듯 방문이 열렸다.

'딸칵' 하는 문 여는 소리와 함께 들어온 사람은 검은 머리카락을 가진, 그것도 어디선가 본 듯한 얼굴의 남자였다. 아, 저 사람은?

“아, 이제 깨어난 모양이군, 리스나르트 군.”

“다, 당신은… 그, 그렇지. 리크레디아 씨.”

테이시온은 내가 깨어난 것을 보더니 반가워하며 그렇게 말했다. 난 얼떨결에 그의 인사를 받다가 곧 그의 이름을 생각해 내고는 답례했다.

“잊어버리지는 않은 모양이군. 다행인걸?”

내 답례에 테이시온은 어깨를 으쓱하고는 침대 옆에 있는 의자를 끌어당겨 앉았다. 솔직히 왜 앉나 싶었지만 내게 무언가 볼일이 있는 것 같았던 데다가 어차피 몇 가지 물어볼 것도 있었기에 그냥 그에게 말했다.

“마침 잘 오셨어요. 그런데 이곳은 어디죠?”

“사우스그레이 평원 앤텀 영지.”

내 물음에 테이시온이 간단히 답하자 난 히죽 웃었다. 간결하면서도 딱 떨어지는 게 아주 마음에 드는 대답인걸? 그렇다면 다음.

“그런데 어째서 제가 여기에 있는 거죠? 전 어제 그……”

계속 궁금한 것을 물어가는데 갑자기 테이시온이 내 말을 끊고는 말했다.

“정정할 게 있군. 어제가 아니라 그저께다. 그리고 길리언님께서 널 여기로 데리고 오셨지.”

그의 말에 난 천천히 고개를 끄덕였다. 그런 거군. 근데 그저께라고?

그의 말에 의아함을 느낀 난 다시 그에게 물었다.

“제가 이틀 동안 기절해 있었나요?”

“아아, 그래.”

테이시온이 내 말에 고개를 끄덕이며 답해 나 역시 고개를 끄덕였다. 이틀이라…… 꽤나 오래도 기절해 있었군. 그럼 또 다음.

"아, 그러고 보니 하이엔… 인가 하는 그 재수없는 기사 일당은 어떻게 되었나요?"

"블릭스 공작 전하께서 친히 그들을 처벌하셨지. 처벌이라고 해봤자 기사단 전통의 기합 정도지만. 아무튼 그리고는 끝."

테이시온은 처벌이 좀 약했다는 듯한 말투로 그렇게 대답했다. 음, 확실히 처벌이 약하긴 하군. 나 같았으면 아주 반 죽여놓았을 텐데. 그럼 다음.

"제 옷하고 건틀렛, 망토는 어디에 있죠?"

내 말에 테이시온은 어깨를 으쓱하고는 자기는 모른다는 표정을 지었다. 결국은 잃어버린 건가?

"글쎄… 네 옷에 관해서는… 아, 네 침대 뒤의 선반에 있군."

뭐? 정말로?

테이시온이 가리키는 곳을 따라 뒤를 돌아보자 그곳에는 정말로 내 옷이 차곡차곡 개어진 채 놓여 있었다. 덤으로 망토와 건틀렛도 그 옆에 있었다. 옷이 깨끗한 걸 보니 세탁까지 한 모양인데?

"정말로 그렇군요. 감사드리죠, 세탁까지 해주시다니……."

"내가 한 일이 아니니 뭐, 감사까지야……."

테이시온은 다시 어깨를 으쓱하고는 그렇게 답했다. 그럼 다음.

"길리언은, 아니, 길리언님은 어디에 있죠?"

"어제 세톤으로 떠나셨다."

그런가? 그런데 내가 '길리언은'이라고 말할 때의 테이시온 얼굴이 좀 기묘하군. 하긴 평민이 왕족의 이름을 함부로 부른다는 것 자체가 이상하긴 하지. 그럼 다음. 나는 팔짱을 낀 채 다시 테이시온에게 물었다.

“마지막으로 당신의 정체는 뭐죠? 길리언님을 잘 알고 있는 듯한데…….”

“음, 그건 말해 주기가 좀 곤란한데. 난 너를 완전히 신용하고 있지 않거든. 일단은 공식적인 직위로 팰러딘이라고만 해두지.”

뭐, 뭐, 뭐야?! 나는 깜짝 놀란 얼굴로 테이시온을 바라보았다. 세상에 설마 ‘오딘을 수호하는 일곱 개의 검’이라 불리는 팰러딘 중의 한 명을 만나보게 될 줄이야! 난 그렇게 잠시 로망의 주인공과 만나는 감격에 취해 있다가 이내 테이시온의 말에서 이상한 점을 깨달았다. ‘공식적인’ 직위라고?

“그 말은 비공식적인 지위도 있다는 말인가요?”

“아아, 하지만 그런 걸 말하면 곤란하지. 말해 줄 수 없어.”

테이시온이 단호한 태도로 말해 난 그저 어깨를 으쓱해 주었다. 난 몰라도 별 상관 없어. 먹고 사는 데는 지장없을 테니. 그때 테이시온이 뭔가 이상하다는 얼굴로 말했다.

“근데 내가 무엇 때문에 네가 하는 질문에 대답해 줘야 하는 거지?”

그걸 지금 몰라서 묻는 건가?

“제가 궁금하니까요.”

내 대답에 테이시온의 얼굴이 가히 가관이라 할 만한 표정으로 변했다. 저 얼굴은 확실히 손해봤다고 생각하는 표정이로군. 뭐, 나 정도 성격이면 어디 가서 손해는 안 보고 살지. 물론 길리언의 경우는 예외지만. 아무튼 테이시온은 떨떠름한 표정으로 날 보고 있다가 다시 말했다.

“이렇게 끝나면 내가 너무 손해보는 것 같으니까 나도 너한테 질문 좀 하겠어.”

"좋으실 대로요. 그렇지만 제 권한 밖의 말은 못해 드립니다. 뭐, 어차피 권한이랄 것도 없지만 말이죠."

내 대답에 테이시온은 흔쾌히 고개를 끄덕였다.

"좋아, 그럼 묻지. 왜 그저께 새벽에 길리언님을 모른다고 했지? 길리언님의 말을 들어보니 잘 아는 사이 같던데……."

확실히 빌어먹게도 잘 아는 건 사실이지. 하지만 그에게 가족의 목숨이 저당잡혀 있다고 하면 안 믿겠지? 그저 이런 경우에는 적당히 꾸며서 말하는 게 최고지. 뻥과 사실을 7:3 정도로 섞어서.

"그러니까… 그게 어떻게 된 것이냐 하면……."

내 이야기는 내용이 내용이니만큼 약 20여 분간 질질 끌었다. 내 이야기가 끝나자 테이시온은 알았다는 듯 나에게 말했다.

"호오, 네가 블릭스 공작님과 같은 처지인 줄은 몰랐는걸? 알았어. 그럼 난 바빠서 이만."

그러고는 내가 뭐라고 할 새도 없이 나가 버렸다. 뭐, 뭐야?! 아무리 그래도 그렇지 밥은 주고 가야 할 것 아냐? 아씨, 배고파.

아무래도 식당을 찾아서 밥을 먹어야겠다는 생각에 옷을 챙겨 입고 밖으로 나왔다. 죽 둘러보니 아마도 여기는 방어의 기능을 겸한 요새로서의 의미를 가진 성인 모양이었다.

과연 2명의 팰러딘과 120여 명의 기사, 3만의 정병이 주둔하는 요새도시라 이거군. 아마 그 테이시온의 직위가 팰러딘이라고 그랬지? 그럼 테이시온은 3만의 병사 중 절반인 15,000명을 지휘한다는 건가? 대단하네?

그렇게 내 나름대로 테이시온을 평가하고 있는데 갑자기 뱃속에서 거지 아우성치는 소리가 들려오기 시작했다.

꼬르르르르르─

밥 먹으러 나온 거였지? 그런데 식당은 어디에 있는 거야? 주위를 둘러보며 허기를 진정시킬 겸 손으로 배를 문지르고 있는데 갑자기 뭔가 번쩍하는가 싶더니 '섀도우 키퍼'가 나타났다.

[호호호! 로엔님, 배고프신 모양이죠?]

"응, 지금 뱃속에서 아우성이야. 근데 여기 길을 몰라서……."

[그럼 절 따라오세요, 제가 건물 찾는 데는 일가견이 있으니까요.]

섀도우 키퍼가 웃으며 그렇게 말하고는 앞장서서 걸어나가자 난 그 뒤를 마치 오리새끼가 제 어미 따라가는 것마냥 졸졸 따라갔다. 그러고 보니 애들 이름을 지어주려고 해놓고는 아직도 안 지어줬군. 에이, 배고파 죽겠는데 그런 건 천천히 생각하기로 하고.

그렇게 잠시 섀도우 키퍼에게 끌려 다니다가 커다란 방 비슷한 곳으로 들어가 보니 과연 그녀의 말대로 식당이었다. 정말로 잘 찾잖아?

[그건 개가 단지 음식 냄새를 잘 맡아서일 뿐이라구요, 주인님.]

문득 뒤에서 들려온 목소리에 고개를 돌려 보니 어느새 나왔는지 아스트랄 마스터가 내 뒤에 서 있었다. 얘는 또 언제 나왔지? 그러자 섀도우 키퍼─정말로 이 이름들, 마음에 안 드는군. 빨리 새 이름을 지어주든 해야─가 아스트랄 마스터의 말에 발끈하며 외쳤다.

[뭐야? 넌 이나마도 할 줄 모르잖아! 제대로 할 줄 아는 것도 하나 없는 바보 같은 계집애가!]

[너, 말 다 했어! 이 X이 보자 보자 하니까 진짜 보이네?]

"어이, 이봐들!"

바, 방금 나온 거 욕 맞지? 난 재빨리 사태를 수습하기 위해 그녀들을 불렀지만 그녀들은 들은 척도 하지 않았다.

[뭐? X이라고? 이 XX가! 한번 해볼래?!]

[그래, 오늘 한번 해보자!]

"그러니까… 내 말 좀……."

아스트랄 마스터의 욕에 발끈한 섀도우 키퍼가 즉각 반격에 나서자 곧바로 아스트랄 마스터의 응수가 이어졌다. 난 다시금 말리기 위해 그녀들을 불렀지만 그녀들은 역시 날 아랑곳하지 않고 본격적으로 전쟁에 돌입해 버렸다. 아악! 미쳐, 내가!

[오늘에야말로 네 얼굴을 누구도 돌아보지 않을 오선지로 만들어주고야 말겠어!]

[흥! 웃기네! 그건 어디 돌아볼 것도 없이 바로 네 얼굴이잖아!]

그녀들이 쉴 새 없이 욕을 주고받아 가며 싸워대는 바람에 난 주위의 시선을 느끼며 고개를 푹 숙였다. 젠장할! 나와 저 여자들에게로 쏟아지는 따가운 눈총들이 여린 나의 마음을 마구마구 헤집어놓는구나. 아무튼 먼저 저 오가는 X들부터 처리를 좀 하고…….

"너희들! 그만 좀 못해?!"

내 고함에 그녀들은 깜짝 놀라서 말싸움을 멈추고 나를 바라보았다. 이쯤에서 분위기 잡고 말하면 딱이겠지?

"적당히들 해두란 말야. 주위의 시선이 따갑지도 않냐?"

그제야 그녀들은 주위를 둘러보더니 얼굴이 빨개지면서 고개를 푹 숙였다. 내 말은 조금도 거짓이 없는 사실이었다. 저 주위에서 쏟아지는 따가운 시선들은 가히 살인적이었기 때문이다. 저 많은 시선들 앞에서 그 추태를 부렸으니 창피하지 않다면 그게 이상한 거다.

"어? 재미있는데 말리네?"

"간만에 재미있는 구경 좀 하나 했는데 뭐야, 저 남자는? 최저야."

“그러게 말야. 한참 재미있는 대목에서…….”

따가운 시선까지는 아니었던 모양이군. 하긴 세상에서 가장 재미있는 구경이 싸움 구경이랑 불 구경이라니. 나는 주위에서 들려오는 말에 왼손으로 얼굴을 덮으며 한숨을 내쉬었다. 그리고 그녀들에게 말했다.

“둘 다 따라와.”

그녀들은 내 말에 순순히 나를 따라 내가 아까 전에 있던 방으로 갔다. 아스트랄 마스터에게 이끌려 갈 때 길을 외워두었기 때문에 방으로 돌아가는 것은 그리 어렵지 않았다.

난 방에 들어서자마자 침대가에 걸터앉고는 그녀들에게 말했다.

“너희들, 사이가 안 좋은 것도 알고 싸우는 것도 좋지만 때와 장소를 봐가면서 싸워달라구. 이건 너무한다고 생각하지 않아?”

[그건…….]

내 말에 섀도우 키퍼가 뭐라고 말하려다 그만두었다. 그래, 나름대로의 사정이 있겠지. 하지만 난 기껏 찾아낸 식당에서 식사도 하지 못하고 쫓겨났단 말이다! 크흑! 불쌍한 내 위장.

“너희들 때문에 난 오늘 식사도 못했어. 제발 오늘 같은 일은 없었으면 좋겠다.”

내 말에 그녀들이 고개를 숙인 채로 아무런 말도 하지 못하자 나는 가라앉은 분위기도 전환할 겸 얼마 전부터 생각해 오던 이야기를 꺼냈다.

“그리고 너희들, 이름을 새로 지어야겠어.”

[네?]

그녀들이 웬 헛소리냐는 듯이 나를 얼빠진 표정으로 바라보자 나는 쑥스러움을 참으며 그녀들에게 말했다.

"이름 말이야, 이름. 솔직히 '아스트랄 마스터' 나 '섀도우 키퍼' 라는 건 이 물건들 이름이지 너희들 이름이 아니잖아. 그래서…우왁!"

[저, 정말이죠?! 이름 지어준다는 거 정말이죠?!]

[나만의 이름이라니 생각도 못해봤어요!]

그녀들이 이름을 지어준다는 말에 매우 기뻐하면서 날 덮치는 바람에 침대 위에서 그녀들의 몸에 깔려서 바둥대야만 했다. 윽! 이거 뭔가 상황이 좀 야한걸? 기분은 좋으니 상관없지만… 이 아니라 숨 막히잖아?!

난 그녀들을 밀어내기 위해 안간힘을 쓰며 외쳤다.

"수, 숨 막히니까 좀 비켜줘! 그리고 앉아서 생각을 좀 해야 너희들 이름을 조금이라도 더 멋지게 지을 수 있잖아!"

내 비논리적인 말이 먹혀들어 갔는지 그제야 그녀들이 날 깔아뭉개던 몸을 일으켜 나는 간신히 한숨 돌릴 수 있게 되었다. 후우, 이제 좀 살겠군. 아무리 여자 몸이라도 두 명분의 몸무게는 상당했다. 아무튼 이제 이 천방지축 여자들의 이름이나 좀 생각해 보자. 아무리 못 말리는 여자들이라도 이름은 예뻐야지.

잠시 그녀들의 이름에 어떤 게 좋을까 생각하던 난 곧 좋은 이름을 생각해 냈다. 유스트레스! 이건 '아스트랄 마스터' 의 이름으로 좋겠군. 그럼 '섀도우 키퍼' 의 이름은… 에버네스. 이것도 그럭저럭 쓸 만하군. 그렇게 마음먹고 그녀들을 바라보니 그녀들은 침대 양쪽으로 걸터앉아 내 얼굴을 빤히 쳐다보고 있었다. 왜, 왠지 긴장되는걸? 그럼 마음의 준비를 하고!

"그럼 먼저 '아스트랄 마스터' 의 이름은 '유스트레스' 야. 생활의

활력, 원동력이란 뜻이지. 성은… 그래, 성은 '아스트랄러' 라고 하자. '유스트레스 아스트랄러'. 알겠지?"

내 물음에 '아스트랄 마스터' 가 고개를 끄덕이자 난 이어서 '새도우 키퍼' 에게 말했다.

"그리고 '새도우 키퍼' 의 이름은 '에버네스'. 소산하다, 사라지다의 뜻인데 성은 그대로 '새도우키퍼' 를 사용하도록 해. 그러니까 '아스트랄 마스터' 는 '유스트레스 아스트랄러' 가 되는 거고 '새도우 키퍼' 는 '에버네스 새도우키퍼' 가 되는 거야. 둘 다 잘 알겠지?"

그런데 왜 대답들이 없지? 별로 마음에 안 드나?

문득 불안한 생각에 슬그머니 그녀들을 바라보니 그녀들은 마치 감동한 듯 두 눈을 반짝이며 날 바라보고 있었다. 서, 설마?

[너무 좋아요, 로엔님. 이런 예쁜 이름을 주시다니!]

[저도 마찬가지예요, 로엔님. 정말 좋아요!]

두 여자가 그렇게 말하며 날 끌어안으려 한 덕에 난 다시 바닥에 깔려 버렸다. 수, 숨 막혀! 누가 나 좀 살려줘어! 그렇게 그녀들에게 깔려 허우적대고 있는데 방문이 열리더니 누군가의 목소리가 들려왔다. 아, 안 돼! 이런 꼴사나운 모습을 보여줄 수는!

"리스나르트 군, 식사 가져왔… 아, 미안하군. 미녀들하고 즐거운 시간을 보내고 있는 줄은……. 그, 그러니까… 그게……."

내가 이럴 줄 알았다니까. 나는 유스트레스와 에버네스를 밀어내기 위해 안간힘을 쓰며 아직도 우물쭈물 문가에 서 있는 테이시온에게 외쳤다.

"아악! 이상한 상상 하지 말아요! 그리고 마침 잘 오셨어요! 이익! 제발 좀 일어나!"

내 말에 유스트레스는 아쉽다는 듯 일어났으나 에버네스는 무슨 억하심정이라도 있는 듯 체중을 실어 날 한 번 더 깔아뭉개고는 자리에서 일어났다. 푸하! 살 것 같다.

"헉헉! 숨 막혀 죽을 뻔했네. 그런데 무슨 일로……?"

"아, 그렇지!"

테이시온은 그때까지도 멍하게 서 있다가 내가 말을 걸자 그제야 정신이 돌아온 듯 들고 있던 식판을 내려놓으며 나에게 말했다.

"여기, 식사. 아직까지 식사를 못해서 배가 고팠을 텐데 신경 써주지 못해서 미안하다."

"뭐, 괜찮아요. 그런 건 상관하지 않으니까."

왜 입과 머리가 따로 노는 거지? 배고파 죽을 것 같았는데 이런 소리를 해대다니 나도 갈 때(?)가 된 건가?

아무튼 테이시온은 내 대답에 고개를 끄덕이고는 다시 나에게 말했다.

"그렇다면 고맙군. 그리고 한 가지가 더 있는데… 내일 아침에 수도 세톤으로 출발해야 하니 준비하도록 해. 어차피 수도에 갈 일이 있었던 데다가 길리언님께서 널 데려와 달라고 부탁하셨거든."

"그랬군요. 아무튼 식사, 고마워요."

나는 그렇게 대답하고는 식판 위에 올려져 있는 빵을 조금 뜯어 입 안에 집어넣었다. 그러고 보니 유스─유스트레스를 이렇게 줄여 부르기로 했다. 솔직히 일일이 유스트레스라고 부르기에는 너무 기니까─와 에바─이건 에버네스다─도 아직 식사를 하지 않았군.

거기에까지 생각이 미친 나는 그녀들을 돌아보며 말했다.

"내가 먹기에는 좀 많군. 같이 먹자. 너희들도 배고플 텐데……."

그러자 그녀들은 쓴웃음을 지으며 내게 말했다.

[저희들은 먹지 않아도 별 상관 없어요. 어차피 속박된 몸이니까.]

[네, 배고픔이란 것도 느끼지 못하죠. 로엔님이나 많이 드세요.]

왠지 모르게 그녀들의 표정이 슬프게 보였다. 그녀들의 운명이 그렇게 슬픈 건가? 난 어떻게 그녀들이 속박되었는지를 모르니…….

어쨌든 나는 길리언에게 간다는 게 별로, 아니, 아예 마음에 내키지 않았기에—여기엔 그 빌어먹을 하이엔 놈과 그 일당들의 꼬라지를 보기 싫다는 것도 한몫했다—약간 떨떠름한 표정으로 다시 빵을 한 입 베어 물고는 말했다.

"세톤이라…… 별로 내키지가 않는데요? 그냥 레나스로 돌아가면 안 될까요?"

그러자 테이시온은 피식 웃었다. 어째 이거 영 불안한 느낌이 드는데?

"안 될걸? 그게 무엇인지는 모르겠지만 아무튼 길리언님이 네가 세톤으로 가는 걸 거부하려고 할 때는 '약속'이란 걸 거론하라고 하시더군. 그럼 세상없어도 따라올 거라고 말이지. 정말 그런가, 리스나르트 군?"

"망할."

난 테이시온의 말에 내뱉듯 투덜거렸다. 그 빌어먹을 놈의 인간이 그런 것까지 알려줬단 말야?!

"반응을 보니까 길리언님의 말이 맞는 것 같군."

테이시온은 알겠다는 듯 고개를 끄덕였다. 난 속으로 길리언에게 온갖 욕을 다 퍼부었다. 빌어먹을 길리언, 콱 뒈져라. 나는 목구멍을 타고 넘어오려 발악하는 온갖 비속하고 저속한 단어들을 최대한 억눌러 다시 목구멍으로 넘기고는 대답했다.

"어쩔 수 없군요. 아버지에게 돌아가려고 했는데 이렇게 된 이상……."

"그 말은 가겠다는 의미로 받아들여도 되겠지?"

테이시온의 말에 난 고개를 끄덕였다. 어쩔 수 없이 가야겠지만 편히 가는 것까지는 상관없겠지?

"한 가지 조건이 있어요."

"뭔데?"

약간 불안한 기분이 들었는지 내 말에 테이시온의 얼굴이 경직되었다. 쳇, 맘대로 생각하라지. 난 될 대로 되라는 식으로 테이시온에게 말했다.

"가장 편한 운송 수단, 즉 마차를 타고 수도로 간다는 조건 하에 승낙하겠어요."

갑자기 테이시온의 얼굴이 팍삭 삭아버린 것처럼 느껴지는 건 나 혼자만의 생각일까?

"우우욱! 우웩! 우웨엑!"

"이제 좀 나아지는 것 같아요?"

"으, 으응. 좀 나아… 우욱! 우웨!"

세상에! 머리털 나고 마차 여행으로 멀미하는 사람 처음 봤다. 솔직히 마차는 처음 타보는 거니까 할 말 없지만……. 아무튼 나하고 유스, 에바는 멀쩡한데, 아니, 저 여자들은 별종이니 그렇다 치더라도 어째서 나보다 힘 좋고 체력 좋고 말까지—이건 당연한 건가?—잘 타는 테이시온이 멀미를 하는 거야?

나는 이 황당한 상황에 대한 감상을 한 문장으로 압축해서 표현했다.

"지금 팰러딘 망신 혼자 다 시키고 있다는 거 알아요?"

"우욱! 자꾸 넘어오니까 말 시키지 마."

테이시온은 시체처럼 창가에 몸을 기댄 채 바람을 쐬며 힘없이 말했다. 나는 이 어이없는 사태에 입을 다물지 못한 채 내 몸에 기대어 자고 있는 유스와 내 옆 자리를 차지하지 못해 열받은 나머지 잔뜩 부은 채로 내 맞은편에 앉아서 밖을 바라보는 에바를 번갈아 바라보았다. 음, 이 둘은 평온하기 그지없군. 하긴 아티펙트 속에 있으면서 그 주인들하고 별별 일들을 다 겪어봤을 테니까 최소한 마차 타면서 멀미하지는 않겠지. 테이시온에게 듣기로 다음 영지의 마을까지는 한참 걸린다니 그동안 잠이나 자두자.

내가 잠에서 깨어났을 때 날 제외한 세 명은 카드를 들고 땡잡기를 하고 있었다. 가만히 지켜보니 언제 멀미에서 해방되었는지 멀쩡해진 테이시온이 먼저 장엄한 몸짓으로 히든 카드를 폈다.

"다이아 3, 8 광땡. 내가 이겼어."

"아니, 난 5땡인데 이 패로도 지다니……!"

그렇게 한탄하며 테이시온에게 에버네스가 손목을 내미는데 그것을 유스트레스가 제지하더니 자신의 카드를 폈다.

"…이, 이건……!!"

"이럴 수가! 이건 사기야! 사기라구!"

에버네스는 죽다 살아난 표정이 되었고 테이시온은 절규했다. 그렇게 희비가 교차하는 가운데 유스트레스가 내민 카드는 스페이드 9, 4였다. 뭐, 결국 파토난 거지. 정말 웃기는 녀석들이야.

이런 식으로 해서 결국에는 테이시온만 양 손목이 새빨갛게 부은 채 판을 접었다. 그런데 팰러딘이면 성직자인데 성직자가 카드 놀이를 해도 되는 거야? 나참.

그렇게 한참을 달려서 도착한 곳은 테이시온의 말로는 '카에스' 라고 했다. 그런데 한 가지 이상한 것은,

"에? 여기는 영지가 아니라구요?"

"응, 여기는 영지가 아니라 도시민들이 자치를 하는 자유 무역 도시지."

의아한 표정으로 내가 되묻자 테이시온은 고개를 끄덕이며 대답했다. 어쩐지 활기 차다 했더니 그런 이유가 있었군.

테이시온을 따라 오늘 묵어가게 될 여관을 정한 후 다시 나와서 시내 구경을 하고 있는데 로망에서도 이런 곳이라면 거의 100% 나타나는 인종들이 나타났다. 이런 건 별로 반갑지 않은데?

"결국 로망도 사실을 바탕으로 쓰였다는 걸 증명하는군. 정말 한심해."

"뭐라고 지껄이는 거야, 이 녀석?"

"우리가 우습게 보이나 본데 우리가 누군 줄 알아?!"

내 중얼거림에 그 전형적으로 생긴 녀석들은 발끈하며 외쳤다. 이거 빌어먹게도 전형적인 상황에 대사마저도 전형적이군. 어딘가에 이런 녀석들만 전문적으로 양성하는 양성소라도 있는 건가?

난 한심함이 넘치는 표정을 지으며 그 녀석들에게 물었다.

"너희가 누군데? 길바닥의 바보 건달 3총사라도 되냐?"

"뭐야?! 크하핫! 아직도 우리를 모르는 녀석들이 있었다니! 알려주지. 우리가 바로 이 카에스 바닥에서는 모르는 사람이 없는 그 유명하

신 '라그나록 3형제' 이시다 이거야. 알겠냐, 애송아?"

거 웃기는 놈들일세. 저 녀석들, '라그나록' 이라는 말의 뜻을 알고서 써먹는 거야? 진짜 신들이 하긴 타락했군. 저런 놈들의 이름에까지 붙을 정도라니…….

내가 그런 생각을 하면서 피식 웃자 놈들이 발끈했다.

"이놈이 웃어? 쓴맛을 봐야 정신을 차리겠구만 이거!"

"형님, 말로만 이러지 말고 진짜로 끝내 버립시다. 자꾸 이러면 우리가 실력은 없는데 쪽수만 믿고 설치는 놈들 같잖아요."

그나마 주제 파악을 하는 놈이 있기는 하네. 그래 봤자 오십보백보겠지만. 나는 얼굴에 귀찮다는 기색을 역력하게 띤 채 내 양 옆에 서 있는 여자들, 즉 에바와 유스에게 말했다.

"저놈들 정도는 간단히 처리할 수 있겠지? 난 구경만 할 테니까 알아서 처리해."

내 말에 그녀들이 즉시 한 걸음 앞으로 나서자 그걸 본 그놈들은 큰소리로 웃어 젖히며 말했다.

"아, 이거 진짜 웃기는 놈일세? 나와서 싸우지는 못할망정 여자 치맛자락 뒤로 숨어?"

"그러게 말입니다. 저놈, 겁쟁이인가 봐요. 크하하하!"

"바보 녀석! 그렇게 용기가 없어?"

마지막의 것은 주변의 야유다. 흥! 남이사 뒤로 빠지거나 말거나. 게다가 이 여자들은 내 보호구라구, 보호구. 하나는 건틀렛이고 하나는 망토지만, 하기야 저놈들이 그런 걸 알 리가 없으니.

내가 시큰둥한 얼굴을 하고 있든 말든 그중에서 나이가 가장 어려 보이는 녀석이 나머지 두 명에게 말했다.

"어쨌거나 잘됐습니다, 형님. 저 여자들 붙잡아서 우리가 먼저 즐긴 다음 노예 시장에 팔아넘기자구요. 저 정도 얼굴이면 돈은 꽤 많이 받을 수 있을 것 같은데요?"

중간에 들려온 '노예 시장'이라는 말에 난 깜짝 놀라 그들을 돌아보았다. 설마 이놈들, 평민을 잡아다가 노예로 팔아넘기는 놈들인가? 그렇다면 이야기가 달라지지. 나는 정색을 하고 다시 에바와 유스에게 말했다.

"에바, 유스, 각자 하나씩 맡아서 해치워. 가운데 놈은 내가 맡을 테니까. 하는 짓들이 귀여워서 그냥 넘어가려고 했는데 노예 시장이라면 이야기가 달라지지. 그럼 간다!"

내가 그렇게 외치고는 가운데에 있는 덩치가 가장 큰 녀석을 노리고 앞으로 달려가자 미처 상황에 적응하지 못한 그놈은 당황해서 들고 있던 몽둥이를 어설픈 솜씨로 내게 내려쳤다. 그런 어설픈 공격을 맞아 줄 내가 아니지.

빠악—!

빗나간 각목이 땅을 후려치면서 그대로 부러져 버렸다. 음, 힘은 좋구만. 그사이에 나는 그대로 그놈의 안으로 파고들어 놈의 턱을 강타했다.

"너, 바보냐? 어딜 내려치는 거야?"

"아아악!"

건틀렛을 낀 손이라 좀 아플 거다. 난 곧 이어 제2격으로 놈의 정강이를 걷어차며 그 여파로 비틀거리는 놈의 면상을 다시 한 번 세차게 걷어차 주었다.

"크으윽!"

　녀석이 비명을 지르며 뒤로 벌렁 나자빠지자 나는 마무리로 누워 있는 그놈의 얼굴을 다시 한 번 걷어찬 다음 에바와 유스 쪽을 바라보았다. 그쪽은 이미 상황 끝이로군. 좋았어.

　나는 내 앞에 쓰러져 기절한 녀석을 들쳐 메며 말했다.

　"데리고 여관으로 가자. 평민을 잡아 노예로 팔다니 용서할 수 없어."

　"용서할 수 없으면 어쩔 건데?"

　여관에서 식사를 하던 테이시온이 내 이야기를 듣고 내보인 반응은 바로 이거였다. 너무 당연하다는 듯 하는 말에 나는 어이가 없어진 얼굴로 테이시온에게 말했다.

　"당연히 이 일의 주범을 잡아서 그런 짓을 못하게 해야죠! 평민을 잡아서 노예로 팔다니 그게 말이나 될 법한 이야기입니까?"

　"말 돼."

　테이시온이 딱 잘라서 그렇게 말하자 난 황당한 표정으로 테이시온을 바라보았다. 진짜 황당하군. 어이가 없을 정도로 황당해. 어떻게 그런 논리가 성립할 수 있는 거지?

　내가 계속 황당한 표정으로 테이시온을 바라보자 그는 막 잘라낸 스테이크 한 조각을 입에 집어넣으며 말했다.

　"보통 이런 일에는 반드시라고 해도 좋을 정도로 이곳의 길드와 시 행정부가 연계되어 있어서 내가 개입한다고 해서 달라지는 것은 아무 것도 없어. 거기다 이곳은 자유 무역 도시다. 어떤 물건을 어떻게 거래하든 정부가 간섭할 권한이 없어."

　"그게 노예의 밀매라도 말이죠? 하하하! 정말로 대단하시군요."

　비아냥을 한껏 담은 내 말에 테이시온은 묵묵히 듣고만 있더니 곧 식사를 마친 듯 냅킨으로 입을 닦아내며 말했다. 테이시온은 목소리가 격해져 있었다.

　"그래서 네가 이 상황을 바꿀 수 있다고 생각하는 거냐? 정말 그렇게 생각하나? 분명 수십 명의 용병을 고용하고 있을 게 분명한 길드와 역시 수십, 아니, 수백 명의 경비대를 운영하고 있는 시 행정부에 쳐들어가서 노예 거래의 주모자들을 잡아 족치고 노예 거래를 막을 수 있다고 생각하나? 만약 그렇게 생각한다면 너는 단순히 영웅적 사고방식에 물들어 목숨을 아깝게 생각하지 않는, 게다가 동료들까지도 위험하게 만드는 그런 머저리 밥통일 뿐이야!"

　난 테이시온의 말에 반박할 말을 찾지 못하고 그를 바라보았다. 어떻게 그렇게까지 이야기할 수 있는 거지? 하지만 반박할 수가 없다. 가슴으론 반발하지만 머리는 이미 그의 말에 고개를 끄덕이고 있다. 테이시온의 말이 옳다.

　그렇게 할 말이 없어진 내가 아무 말 없이 고개를 푹 숙이자 테이시온은 약간은 수그러든 목소리로 말했다.

　"너무 심하게 말한 것 같군. 미안하다. 하지만 그런 이상주의적인 생각은 앞으로는 하지 않는 게 좋을 거다. 너 하나로 끝나면 상관이 없지만 세상은 전혀 그렇게 만만하지가 않아. 너뿐만 아니라 네 주변마저도 이 세상은 잔혹하게 부숴 버릴 거다."

　난 테이시온의 말에 명한 표정을 지었다. 테이시온의 말에 내 머리 속에 문득 스쳐 지나가는 게 있었기 때문이다.

　"호오, 상당히 진취적인 생각을 가지고 있군 그래. 하지만 진심에서 우러

나오는 충고 하나 해줄까? 너무 진취적인 생각은 자신보다 훨씬 먼저 그 주위를 깨뜨리지."

　난 그 생각에 입술을 아프게 깨물었다. 빌어먹을 길리언, 이런 게 현실이라는 건가? 이런 게? 젠장할!
　나는 내 자신도 놀랄 정도로 냉정한 목소리로 테이시온에게 말했다.
　"그렇군요. 전 먼저 위에 올라가서 쉬겠습니다."
　"흐음."
　테이시온은 더 이상 내게 해줄 말은 없는 듯 그렇게 한숨을 내쉬었다. 난 뒤에서 유스와 에바가 날 물끄러미 바라보는 것을 무시하고는 위층으로 올라갔다.

　"그자들은 더 이상 소란을 피우지 않을 거라는 약속을 받아낸 다음 돌려보냈다. 얼마나 지켜질지는 모르겠지만."
　기분이 엿 같아서 따라 올라온 에바도, 유스도 돌아가게 한 다음 방의 침대에 누워서 생각에 잠겨 있는 나에게 테이시온이 말했다. 테이시온의 목소리를 듣고 있자니 조금 울컥하는 게 있어서 나는 쌀쌀맞게 대답했다.
　"더 이상 그에 관한 이야기를 하지 말아주셨으면 좋겠군요."
　"그래? 원한다면 그러지."
　테이시온은 의외로 간단히 승낙을 해 나는 다시 생각에 잠겼다. 현실과 이상과의 괴리. 너무 멀군.

　"어제 니네가 내 부하들을 손봐줬다며?"

이건 어제에 이어 너무나도 전형적인 패턴이로군. 이젠 한숨도 안 나온다. 우리 앞에 서 있는, 그 웃기지도 않는 이름을 가진 3형제의 대장인 듯싶은 녀석이 '나, 그놈들 대장이오' 하고 써붙인 듯한 인상으로 그 3형제를 이끌고 나타났다. 개들 좀 만져 줬다고 저러니 내가 뭘 더 바라겠어? 더 이상 망가지지 않기만 바랄 뿐이지. 정말 아침부터 뭐 하자고 이러는 건지⋯⋯. 내 옆을 흘낏 보니 테이시온도 나와 비슷한 생각인 모양이군, 표정이 엉망인 걸 보니.

"후, 이러지 않으려 했지만 어쩔 수 없군."

테이시온이 한숨을 내쉬며 말하자 그 녀석은 크게 웃으면서 말했다.

"우핫핫하! 역시 내가 두려운 모양이구나! 너희들, 오늘 죽었다고 복창핵⋯ 크컥!"

누가 할 말을⋯⋯. 그나저나 상당히 개성있는 비명 소리네? 솔직히 필요는 없을 것 같지만 굳이 상황 설명을 하자면 그 녀석이 혼자서 자기 잘났답시고 떠들고 있을 때 테이시온이 엄청난 속도로 접근, 곧바로 턱에 강력한 일격을 먹인 것이다. 정말 빠르다. 얼마나 수련하면 저만큼의 속도로 움직일 수 있는 거지?

아무튼 그 입만 살아 있던 놈은 테이시온의 한 방에 뻗어버렸고 테이시온은 잠을 방해받아 짜증난다는 표정으로 그 '라그나록 3형제' 라는, 언제 들어도 기가 막힌 이름을 가진 놈들에게 말했다.

"더 이상 너희들과 상대할 생각 없으니까 조용히 물러가 준다면 이대로 끝내겠어."

"두, 두고 보자!"

옛말에 두고 보자는 사람 하나도 안 무섭다는 말이 있었지, 아마?

아무튼 테이시온의 말에 그 녀석들은 뻗어버린 녀석을 끌고 줄행랑을 쳤고 그 녀석들 덕분에 잠이 다 깨어버린 우리는 1층의 식당에서 간단한 먹을거리를 주문했다. 물론 출발 후 점심때 먹을 도시락도 주문했다.

갓 구워낸 빵과 수프라는 간단한 메뉴로 한참 아침을 먹고 있을 때였다.

"누구냐, 이 도시에서 소란을 피운다는 녀석들이?"

라고 외치며 경비들이 여관 안으로 들이닥쳤다. 정말 전형… 관두자. 더 이상 얘기해 봤자 입만 아프니까.

아무튼 이 여관의 주인이 아무래도 곧 떠나 버릴 우리보다는 경비가 더 두려웠던 모양인지 눈짓으로 우리 쪽을 가리키자 그 경비들은 기세도 당당하게 이쪽으로 다가와 우리에게 말했다.

"너희들! 잠시 경비대까지 같이 가줘야겠다!"

난 이 말에 답변해야 할지 말아야 할지 고민하다가 테이시온에게 맡기기로 결심했다. 아무래도 난 평민인데다가 미성년이니까 지위도 높고 나이 역시 많은 테이시온에게 맡기는 게 좋겠지.

그런 내 생각을 읽었는지 테이시온은 한참 바쁘게 놀리던 스푼을 놓더니 경비에게 말했다.

"이유는?"

"…뭐?"

그 녀석이 테이시온의 말이 황당했는지 어이없다는 표정으로 반문하자 테이시온은 아까의 일—라그나록 어쩌고 하는 패거리들 때문에 잠이 다 깨어버린 것—로 해서 기분이 꽤나 나빴는지 같은 어조, 같은 말투로 다시 말했다.

"이유는?"

그제야 저 멍청한 경비는 테이시온의 말을 이해한 모양인지 냅다 소리를 질러댔다.

"이유는 무슨 이유! 이 카에스의 치안 경비대가 가자고 하는데 무슨 잔말이 그렇게 많아?! 잔소리 말고 따라오기나 해!"

단순한 뒤집어씌우기인 모양이군. 그 말에 테이시온은 더 기분이 상했는지 우울하다고 느껴질 정도의 낮은 목소리로 말했다.

"로엔, 이 녀석들은 내가 처리할 테니까 짐 좀 챙겨서 내려와 줘."

이런 때 잘못 걸리면 죽기 직전까지 얻어맞기 십상이지. 몸조심, 몸조심. 나는 군소리없이 위층으로 가서 아직 챙겨놓지 않은 몇 가지 옷들과 테이시온의 검, 그리고 내 건틀렛과 망토가 전부인 짐을 챙겨 들고 내려왔다.

내려와 보니 이미 상황은 종료되어 있었다. 뭐, 좀 난장판이 되어버리긴 했지만 빨라서 좋군. 다섯 명의 경비 중 이미 세 명의 경비가 뻗어버렸고 나머지 두 명의 경비는 창을 든 손을 부들부들 떨면서 맨손인 테이시온과 대치하고 있었다. 정말 할 말 없게 만드는군. 음, 나도 테이시온한테 좀 배워볼까나?

그런 생각을 하고 있는데 마침 날 발견한 테이시온이 손을 들며 말했다.

"아, 내려왔군. 내 검을."

내가 재빨리 그에게 검을 건네주자 테이시온은 검을 약간 뽑아 보이며 말했다.

"아마도 아까 전의 그놈들이 이 녀석들에게 말한 모양이군. 그런데 어느 자유 무역 도시의 법령에 신관 전사를 연행해도 좋다는 조항이 있는지 한번 물어보고 싶군."

테이시온이 뽑은 검이 빛이 반사되어 번쩍거렸다. 그 번쩍거리는 빛 사이에서 내가 본 것, 그것은…….

"오, 오러블레이드?"

아직 뻗어버리지 않은 경비 중 하나가 절망적인 목소리로 중얼거려 나는 그제야 테이시온의 검을 확실하게 볼 수 있었다. 저 날카로운 검신의 표면을 타고 흐르듯이 퍼져 나오는 찬란한 광휘. 그것은 고급 신관 전사, 즉 디바이너 이상의 성기사들만이 가질 수 있는 권능 중의 하나라 일컬어지는 오러블레이드였다. 테이시온은 그중에서도 두 번째의 작위인 팰러딘이니 저건 당연한 건가?

철그렁!

아직 멀쩡한 두 경비가 덜덜 떨리는 손을 주체하지 못하고 결국 창을 놓쳐 버리는 바람에 창이 바닥과 부딪치면서 나는 경쾌한 소리가 조용한 주점 안을 울렸다.

테이시온은 다시 약간만 뽑았던 검을 검집에 꽂아 넣고는 자신의 옷들을 내게서 건네받으며 경비들에게 잘 벼려진 칼 같은 목소리로 말했다.

"이 도시의 치안 담당관을 불러와라. 그냥 넘어가려 했는데 더 이상은 참을 수가 없군. 만약 치안 담당관이 30분 안에 오지 않는다면 그때는 내가 너희들, 그리고 너희들과 결탁한 길드 녀석들을 쓸어버리겠다."

"예, 예!"

협박 한번 실감나게 하는군. 그 두 경비는 테이시온의 말이 떨어지기가 무섭게 쓰러진 동료들을 들쳐 메고는 발바닥에서 불이 나도록 뛰어갔다. 그러자 테이시온은 검을 탁자에 올려놓고 옷을 제대로 입으면서 나에게 말했다.

"후, 이런 곳일수록 제대로 된 놈이 없지. 어제 네 말대로 다 쓸어버리는 건데 내가 생각을 잘못했다. 어제 그런 식으로 말해서 미안하군."

"테이시온이 사과할 일은 아니라고 생각하는데요? 테이시온은 어제 우리의 상황 하에서 가장 합리적인 판단을 했을 뿐이니까. 안 그래요?"

테이시온은 내 말에 씨익 웃더니 다시 검을 들어 허리에 차며 말했다.

"그건 맞아. 하지만 난 내 일에만 바빠서 가장 중요한 신관 전사의 원칙을 무시했지. 약한 자들을 목숨을 걸고 도와야 한다는 것 말이야. 난 신관 전사로서는 자격 미달이야."

그때 여관 주인이 쭈뼛거리며 다가오더니 말했다.

"저… 신관 전사님, 아까 전의 제 행동은……."

아까 전의 행동? 아아, 그 턱짓을 말하는 거군? 내가 무슨 말인지 이해하고 속으로 고개를 끄덕이고 있는데 테이시온은 부드러운 미소를 지어 보이며 여관 주인에게 말했다.

"아, 상관없습니다. 누구라도 생명의 위기에 처하면 그런 일을 하게 되어 있으니까요. 그러니 상관 마시고 좋은 차나 두 잔 가져다 주십시오."

테이시온의 말에 여관 주인은 얼굴이 희색이 되어 급히 머리를 조아렸다.

"아, 네! 가, 감사합니다! 지금 즉시 우리 여관에서 가장 좋은, 아니, 이곳에서 가장 좋은 차를 내오겠습니다!"

그러고는 바깥으로 급히 뛰어나갔다. 아마 당분간은 안 들어… 아니, 못 들어오겠지. 확실히 신관 전사가 좋기는 좋은 모양이군. 나도 신관 전사나 해볼까?

내가 신관 전사로 진로를 정하면 어떨까 하는 고민에 빠져서 어느새 꽤 심도있는 고찰로 들어가려 할 때쯤 누군가가 허겁지겁 들어왔다.

"어, 어느 분께서 신관 전사님이십니까?"

"오, 정확하게 29분 30초 지났군요. 축하드립니다."

테이시온은 웃으며 그렇게 말했지만 난 한숨이 나오는 것을 간신히 참아냈다. 이 도시는 이름을 바꿨으면 좋겠군. '전형적인 도시'로 말야. 용모 관리를 어떻게 하면 저렇게 전형적으로 생길 수 있는 걸까? 저 기름기 잔뜩 끼어 있는 얼굴에 저 뒤룩뒤룩 살찐 몸 하며 산만한 배. 앗! 그러고 보니 '산만한 배'는 이스카님의 트레이드마크인데 여기 동지가 한 명 있었네?

아무튼 그 남자의 말에 테이시온이 여유있는 표정으로 손을 들어 보이자 그 남자는 허둥대며 이쪽으로 와서는 테이시온에게 물었다.

"저… 직위가 어떻게 되시는지……?"

"찬란하게 빛나는 오딘의 검, 그게 저입니다."

테이시온의 말에 그 남자는 눈이 휘둥그레졌다. '찬란하게 빛나는 오딘의 검'이라……. 유치한 작명 센스로군. 저런 게 신전에서 하사하는 이름이란 말이지?

내가 속으로 신관 전사에 대한 점수를 조금 깎아내리든 말든 그 사실을 알 리 없는 남자는 기름기 번지르한 앞머리를 뒤로 쓸어 넘기며 당황한 얼굴로 말했다.

"애, 앤텀 파견대의 팰러딘께서 어쩐 일로 이런 곳까지……?"

그 남자의 말에 테이시온은 손을 휘휘 저으며 말했다.

"그것까지는 아실 필요 없습니다. 그건 그렇고, 이 도시에서 노예 매매가 이루어지고 있다는데 사실입니까?"

테이시온의 말에 그 남자는 펄쩍 뛰었다.

"아니, 누가 그런 헛소문을 퍼뜨리던가요? 내 이놈을 당장!"

"흥분하지 마십시오. 제 동행이 이 도시의 양아치들을 좀 손봐주는 과정에서 들은 이야기니까요. 그 녀석들 이름이… 아, '라그나록 3형제'라던가요?"

아직 여유가 남아 있는 테이시온의 말이 끝나자 그 남자의 얼굴에 당황하는 기색이 역력하게 나타났다. 이걸로 게임 끝이군. 정말 말 잘하는데? 그런데 왜 나랑 이야기할 때는 왠지 어눌하게 보일까?

테이시온은 그의 표정에 확신에 찬 어조로 말을 이어갔다.

"그 녀석들과 그 대장을 잡아와 이야기를 들어보면 알겠지요. 뭐, 치안 담당관께서는 그 녀석들과는 아무런 연관도 없으실 테니까 아마도 문책 정도에서 끝나겠군요."

"그, 그렇겠지요!"

치안 담당관이라는 녀석은 식은땀을 줄줄 흘리면서 테이시온의 말에 맞장구를 쳤다. 한심하긴, 이미 다 들통났네요, 이 아저씨야. 나는 그를 보면서 정말로 한심하다는 표정을 지어주었다. 테이시온도 겉으로는 저렇게 웃고 있지만 속으로는 아마 나와 같은 생각일 것이다.

아무튼 테이시온은 정색하며 치안 담당관에게 말했다.

"3개월, 3개월 안에 언제 한번 들르겠습니다. 그때는 이 도시 사람 전부에게 물어봐서 노예 매매 비슷한 소리만 나와도 이 도시 행정부는 쑥밭이 될 겁니다. 아, 그리고 그때는 아마 네오토라 전하와 함께 오게 될 것 같군요. 당신도 아시죠? 황제 폐하의 형님 길리언 아스나드 폰 미드가르드 네오토라 전하 말입니다.”

“이, 이를 말입니까! 당연히 그래야지요!”

테이시온이 길리언의 이름을 꺼낼 때쯤에는 이미 치안 담당관의 얼굴은 사색이 되어 있었다. 확실히 여기서 한 번 끝내고 간다면 지금으로 끝나는 임시방편밖에는 되지 않지만 다시 한 번 온다고 말해 협박 효과를 극대화하면 당분간은 나쁜 짓을 못하겠군. 테이시온도 제법인걸?

여관 주인이 친절하게도(?) 돈을 받지 않는 바람에 여행 경비를 아끼게 되어 희희낙락한 표정의 테이시온이 도시락에서 샌드위치 하나를 꺼내 들며 말했다.

“가끔은 이런 것도 좋은걸? 돈을 아낄 수 있으니까 말야.”

“진짜 팰러딘이 맞는지 의심스러워지지만 않는다면 말이죠.”

유스와 에바가 나오지 않아 넓은 마차 안에서 김에 밥과 기타 잡동사니를 넣어 만든 김밥을 씹으면서 내가 대꾸한 말이었다. 그러자 테이시온이 이맛살을 살짝 찌푸리며 대꾸했다.

“에이, 아무리 그렇다고 해도 정말로 그렇게 말하는 건 좀 심하잖아? 가끔은 이런 때도 있어야지.”

“그런 요행을 바라는 말은 약자를 보호하고 신을 섬긴다는 팰러딘이 할 말이 아닌 것 같은데요? 방금 전에도 말했지만 진짜 팰러딘인지 의심스러워지는…….”

따악—!

아이구, 머리야! 내가 혹이 난 듯싶은 정수리를 문지르며 테이시온을 노려보자 테이시온이 입에서 샌드위치 조각을 튀기며 말했다.

"오늘 아침의 오러블레이드 너도 봤잖아? 그러면서 왜 의심하냐?"

"그거 하나만 가지고 디바이너인지 익제큐터인지, 아님 크루세이더인지 알 게 뭐예요?"

훗, 내가 신관 전사들의 계급에도 좀 빠삭하지. 로망을 읽으려면 이 정도의 기본 지식은 있어야 한다구. 최하위 계급이 수련생인 몽크, 그 위가 클레릭, 그 위는 세이지. 뭐, 세이지는 명예직 경향이 강해서 계급에서 빠진다고 하니 넘어가고, 아무튼 다음은 디바이너—여기서부터 오러블레이드를 소유할 수 있다—그리고 그 위가 익제큐터, 그 위가 테이시온의 계급인 팰러딘, 마지막으로 최고위 계급이자 이 넓은 레트니아 대륙에도 단 두 명밖에 없다고 알려진 크루세이더가 있다. 아무튼 테이시온은 내가 진짜로 의심하고 있다고 믿었는지 자꾸만 내 말을 가지고 걸고넘어졌다.

"그럼 다른 권능도 보여주랴?"

"관둬요. 이런 일로 권능을 발현한다면 그게 바로 신성 모… 악! 왜 자꾸 때려요!"

"너, 신성 모독이란 말 함부로 쓰는 게 아냐."

테이시온이 정말로 무시무시한 얼굴로 나에게 말하자 난 속으로 투덜투덜거리면서 입을 다물었다. 치, 누가 신관 전사 아니랄까 봐 되게 심각한 척하네. 아야! 정수리에서 아주 불이 나는구만.

"알았어요. 앞으로 안 쓰면 되잖아요."

나는 그렇게 말하고는 커다란 가재의 집게발을 뜯어내어 껍질을 벗겨내기 시작했다. 근데 얼마나 더 가야 수도지?

"테이시온."

"왜?"

내가 집게발을 뜯어낸 가재의 나머지 집게발을 뜯어내어 껍질을 벗기던 테이시온이 막 한입을 베어 물려다가 나를 쳐다보았다. 나는 잘 벗겨지지 않는 집게발의 껍질을 벗기려 낑낑대며 말했다.

"이거 진짜 뭣같이 안 벗겨지네. 이제 얼마나 더 가야 하는 거죠?"

내 말에 테이시온은 우물거리던 가재의 속살을 삼키고는 대답했다.

"내가 벗겨줄 테니까 이리 줘봐. 요령이 없으면 잘 안 벗겨지지. 음, 아마도 한 이틀만 더 가면 될 거야. 자, 벗겨졌다."

"이제 이틀만 더 가면 지옥인가?"

나는 테이시온이 내미는 가재의 집게발을 받으며 테이시온에게 들리지 않을 만한 목소리로 입속에서 웅얼거렸다. 그건 그렇고, 이 가재, 정말 맛있는걸?

수도다. 진짜 수도다.

사람이 바글바글하게 많고 질리도록 복작복작하고 별 놈의 인간들이 별 짓을 다 하며 돌아다니는 진짜, 진짜 엄청난 수도다.

그리고,

"으으으, 들어가기 싫어어~"

"쉴 새 없이 고개를 두리번거리며 그런 소릴 하면 별로 설득력이 없는데……."

요 이틀 동안 테이시온의 말솜씨가 꽤나 늘었단 말야.

꽤나 주목받을 만한 차림으로 꽤나 주목받을 만한 행동을 하며 꽤나 주목받을 만한 일행과 함께 꽤나 주목받을 만한 장소로 가고 있는 나는 방금 죽 나열한 대로 꽤나 주목받으면서 수도 세톤의 두 개의 핵심

중 하나라 할 수 있는 황궁으로 가고 있었다.

"으음, 그런데 그 망토, 아무리 귀한 미스릴제라지만 비반사 처리도 안 되어 있는 거냐?"

테이시온이 주위의 시선에 꽤나 신경 쓰였던지 나를 돌아보며 말했다. 눈에 띄기로는 테이시온도 만만치 않은데 뭘? 나와는 좀 다른 면에서 그렇다는 말이지만.

어쨌거나 테이시온의 물음에 대한 대답을 알 리 없는 나는 어깨를 으쓱하면서 말했다.

"이걸 만든 사람은 엄청 바빠서 이런 세심한 데까지 신경 쓸 여유가 없었나 보죠."

한심한 대답. 간단히 이 두 마디로 표현할 수 있는 내 대답에 테이시온은 한숨을 푹 내쉬고는 다시 말을 몰았다. 그런데 이놈의 말은 아직도 적응이 되지 않는단 말야?

그 카에스인가 하는 도시를 떠난 우리는 이틀 동안의 여정을 더 거쳐 별문제없이 이 수도에 도착할 수 있었다. 뭐, 어디까지나 갑자기 대도시의 길거리에서 유스트레스와 에버네스가 빠져나오는 바람에 그녀들을 유령으로 착각한 나머지 소리를 지르며 달아나는 사람들을 진정시키려고 출동한 치안 유지대에게 붙들려 약간의 고생을 한 것을 뺀다면 말이다.

아무튼 명색이 팰러딘인데 수도 안까지 마차를 타고 올 수는 없다는 테이시온의 강경한 주장에 별수없이 유스와 에바는 건틀렛과 망토로 들어가 버렸다. 마차에 말이 두 필밖에는 없었기 때문이다. 테이시온이 돈 아낀다며 사두마차를 준비하지 않고 쌍두마차를 준비해서 그렇기도 하지만. 망할 테이시온.

아무튼 나와 테이시온은 별문제없이 왕궁의 입구에 도착했다. 경비도 왕궁의 경비는 뭐가 다른지 지금까지와는 다르게 미심쩍다는 눈으로 우리들을 바라보며 정중한 태도로 물었다.

"실례지만… 누구십니까?"

물론 난 왕궁에 들어갈 하등의 자격도 없었기에 당연히 바톤은 테이시온에게 넘어간다. 내가 테이시온을 바라보자 테이시온은 자신의 검을 약간 뽑아 보였다. 경비들은 테이시온이 검에 손을 대자 움찔했다가 검에서 빛이 흘러나오는 것을 보고는 창을 거두었다.

"'찬란하게 빛나는 오딘의 검' 이자 앤텀 파견대의 부사령관 팰러딘 테이시온 드 리크레디아 남작이다."

테이시온의 말에 오러블레이드를 확인한 경비들은 즉시 절제된 동작으로 왼손을 가슴에 대며 말했다. 음, 역시 수도의 경비는 뭔가 다르군.

"위대하신 오딘의 가호가 당신과 함께하기를……. 들어가서도 좋습니다."

"저 찬란한 창조주의 축복이 당신께 내려지기를……. 고맙소."

오, 테이시온의 저런 면은 또 처음 보는군. 멋진데? 그런데 신분 확인에 꼭 오러블레이드를 뽑아 보일 필요가 있었을까? 다른 표식 같은 건 없나?

나는 내 궁금증을 풀기 위해 테이시온에게 물었다.

"꼭 그렇게 오러블레이드를 뽑아야 신분 확인이 가능한가요? 다른 표식 같은 것은 없는 거예요?"

내 말에 테이시온은 멀뚱하게 나를 잠시 바라보다가 이내 머리를 긁적이며 쑥스러운 표정으로 말했다.

“그게… 디바인 마크가 있었는데 말이지, 잊어버렸어.”

테이시온의 말에 난 한숨을 내쉬었다. 그럼 그렇지.

낮잠을 자고 있던 왕궁의 마구간지기를 깨워서 말을 넘겨주고 난 후 테이시온을 따라가던 나는 절대 보고 싶지 않은 얼굴과 마주치게 되었다. 그 얼굴의 주인 역시 날 알고 있었는데 그는 약간의 의아함을 동반한 표정으로 날 바라보았다.

“어?”

“너는……?”

“잘 만났다. 어떻게 이곳까지 들어왔는지는 모르겠지만 이번에야말로 널……!”

바로 하이엔 폰 클라인시커였다. 내가 이 수도에 절대 오고 싶지 않았던 이유 중 하나이기도 한 녀석은 날 보자마자 예전에 얻어맞은 복수를 하겠다는 듯 다짜고짜 주먹을 휘둘러왔다. 그러나 테이시온이 그 주먹을 가볍게 막아내며 하이엔에게 말했다.

“음, 이 소년에게 감정이 있는 듯한데 그런 건 나중에 결투를 신청해서 풀지 않겠나? 지금 이 소년은 나와 함께 길리언 전하를 만나러 가야 하기 때문에…….”

테이시온의 말에 하이엔은 특유의 권위주의에 찌들어 있는 듯한 표정을 지으며 말했다.

“당신은 누군데 내가 하는 일을 막는 거지?”

테이시온은 잠시 침묵하다가 하이엔의 말에 답했다. 분명 패줄까 말까 고민했을 거야. 분명해.

“테이시온 드 리크레디아 남작이다.”

하이엔은 테이시온의 말에 그럴 줄 알았다는 듯 재수없는 면상에 한

층 더 거만한 표정을 지으며 말했다.

"그래? 겨우 남작 주제에 준 후작이신 이 몸이 하려는 일을……."

"그리고 '찬란하게 빛나는 오딘의 검' 이기도 하지."

테이시온이 더 들을 가치도 없다는 듯 하이엔의 말을 자르자 하이엔은 사색이 되더니 허둥대며 말했다.

"나, 난 그게……."

"네 무례에 대해 추궁할 생각은 없으니까 그만 가보도록."

테이시온이 더 이상 말하고 싶지도 않다는 듯 내뱉듯 말하자 하이엔은 어떻게든 빨리 이 상황을 모면하고 싶었는지 얼굴이 밝아지면서 빠른 걸음으로 이곳을 벗어나려 했다. 하지만 바로 이어진 테이시온의 목소리가 다시금 하이엔을 붙잡았다.

"아, 깜빡한 게 있군."

하이엔의 걸음이 멈추자 테이시온은 뒤로 돌아서는 하이엔의 어깨를 두드려 주면서 가벼운 목소리로—상황에 좀 안 맞는 것 같지만 정말로 가벼운 목소리였다—말했다.

"앞으로 상대방에게 권위를 나타내고 싶을 때에는 상대를 봐가면서 하도록. 그럼."

테이시온은 그 말을 남기고는 내 팔을 잡아 이끌어 그 자리를 벗어났다. 그리고는 안도했다는 인상을 강하게 주는 한숨을 내쉬며 말했다.

"후, 살았다. 저 녀석의 아버지가 얼마나 무서운 사람인데……."

"그렇게 무서워요? 팰러딘인 테이시온조차도 벌벌 떨 정도로?"

내 질문에 테이시온은 손으로 가슴을 쓸어 내리며 말했다.

"응. 이 레트니아에 두 분밖에 없는 크루세이더 중 한 분이시지. 이스카님한테는 안 되지만 그래도 이 세이레인에서 다섯 손가락 안에 들어가는 실력자니까."

난 테이시온의 말에 입을 쩍 벌렸다. 저, 저 바보 녀석의 아버지가 그렇게 대단한 사람이었단 말야? 잠깐, 그런데 왜 저 녀석은 싸움은 하나도 못하는 거지?

마치 내 생각을 읽기라도 한 듯 테이시온이 이어서 말했다.

"원래대로라면 저 녀석도 상당한 실력자여야 정상이지만 아버지의 신분만 믿고 날뛰는 녀석이라 형편없기 짝이 없지. 저 녀석이 날 건드리지 못한 건 아마도 나중에 녀석의 아버지 카이레인 폰 클라인시커님에게 죽도록 두들겨 맞을까 봐 그런 걸걸?"

그래서 저 녀석이 그렇게 사색이 되었던 거로군. 알 만해, 그거. 테이시온이 다시 걸음을 옮기기 시작하자 나도 그 뒤를 따라갔다.

"어? 안 계시네?"

한참을 돌고 또 돌아 내가 지치기 일보 직전 무렵 우리는 길리언의 방에 도착했다. 하지만 문을 노크해도 응답이 없자 문을 열어본 테이시온이 의아한 표정으로 중얼거려 난 테이시온에게 말했다.

"그때 총사령관에 부임하러 간다고 했으니까 지금은 회의라도 하고 있는 게 아닐까요?"

내 조심스러운 추측에 테이시온이 그럴 수도 있다는 듯 고개를 끄덕이며 답했다.

"그럴 수도 있지. 그럼 우린 안에 들어가서 기다릴까?"

그건 또 무슨 황당한 소리야? 난 황당한 표정으로 반문했다.

"에? 길리언님이 언제 올 줄 알고요?"

“괜찮아, 괜찮아. 자자, 들어가자구.”

테이시온은 괜찮다며 날 끌고 방 안으로 들어갔다. 그런데 뭔가 이상한걸, 이 분위기는?

“길리언님이… 이런 여성틱한 취향이 있는지는 몰랐네요.”

뭐야, 온통 분홍색으로 도배를 한 이 방은? 길리언의 방에 대한 간단한 내 감상에 테이시온 역시 이상하다는 표정으로 대꾸했다.

“어어? 전에 몇 번 와봤을 때는 이렇지 않았는데?”

그리고 그 대답은 문쪽에서 들려온 비명 소리가 대신해 주었다.

“꺄아아아! 치, 치한이야아아아아아!”

그리고 그에 대한 우리의 반응은,

“우아아아아아아아아아!”

였다. 묵념.

“하하하!! 그러니까 바뀐 걸 모르고 예전의 내 방을 찾아갔다 이거지? 나참.”

내 앞에서 지금의 상황을 가지고 테이시온을 놀리고 있는 저 사람은 바로 길리언 아스나드 폰 미드가르드 네오토라라는 무지막지하게 긴 이름을 가진 왕족이다.

그리고 그 옆에 서 있는 길리언과 같은 갈색 머리에 푸른 눈동자를 한 내 또래 정도 되어 보이는 저 미녀는 소피아 아스나드 폰 미드가르드 네오토라라는 역시 무지막지한 이름을 가진, 믿기 어렵지만 길리언의 동생이라고 하는 사람이다. 대체 애가 몇이나 되길래 오누이가 이렇게 나이 차이가 많이 나는 거야?

상당히 핀트가 벗어나기는 했지만 좀 전의 상황을 간단히 서술해 보면 저 소피아 아스나드―여기까지만 하자. 너무 길다―왕궁이 떠나가라 비명을 지른 덕분에 당연히 왕궁 수비대가 비상이 걸렸고 나와 테이시 온은 왕족 성추행 미수라는 말도 안 되는, 절대 결백하다고 주장할 수 있는 죄목으로 로열 가드들에게 꼬치 구이가 되기 직전 길리언이 나타 나 사태를 수습했다. 그리고는 지금 이 상황.

아무튼 테이시온이 땀을 삐질삐질 흘리며 고개를 끄덕이자 길리언 은 빙글빙글 웃으면서 소피아라는 이름의 아리따운 미녀 동생을 돌아 보며 말했다.

"마침 잘되었군. 이렇게 된 것도 인연인데 이 노총각, 장가나 보내주 는 것도."

"저, 절대 안 됩니다! 우선 나이 차이가 얼만데……!"

길리언의 말에 테이시온이 사색이 되어 외쳤지만 길리언은 괜찮다 는 듯 고개를 끄덕이며 말했다.

"지금 소피아가 18세니까 딱 열 살 차이 나는군. 그 정도는 사랑으 로 문제없이 커버할 수 있어. 그렇지, 소피아?"

"오빠, 농담하지 말아요."

길리언의 말에 소피아는 얼굴을 붉히면서 고개를 돌렸다. 음, 수줍 음을 잘 타는 건가? 아니면 내숭일지도. 헉! 내가 지금 무슨 불경스런 생각을. 아무튼 길리언은 계속 웃으면서 이번에는 내 쪽을 바라봤다. 왠지 불길한데?

"상당히 오래간만이군, 리스나르트 군. '약속' 지켜줘서 다행이야. 하도 안 오길래 레나스로 로열 가드들을 파견할 뻔했지 뭔가? 하하 하!"

무, 무서운 놈. 저런 무서운 내용의 협박을 저런 웃는 얼굴로 할 수 있다니……. 나 역시 테이시온과 마찬가지의 표정이 되어 땀을 삐질삐질 흘리자 길리언은 그런 나를 보며 웃다가 다시 소피아를 돌아보았다.

"아, 둘이 나이가 비슷하니 친구 하면 좋겠군. 귀족은 아니지만… 아니지, 곧 귀족이 될 녀석인데……. 내 마음에 드는 녀석이야. 소피아하고도 좋은 친구가 될 수 있을 것 같은데, 소피아, 네 생각은 어떠냐?"

나보고 지금 황족하고 친구 하라고? 말이 되는 소리를 하슈, 이 양반아! 하지만 소피아라는 저 미녀 분은 내가 그리 싫지는 않은지 쭈뼛거리며 내게 말을 건넸다.

"소, 소피아 아스나드 폰 미드가르드 네오토라라고 합니다. 자, 잘 부탁드릴게요."

이번에는 내가 당황해 버렸다. 지, 진짜로 말을 걸어오다니……. 난 황급히 답례하려 했지만 혀가 꼬였는지 말이 잘 나오지 않았다.

"로, 로엔 리스, 리스나르트라고 합니다. 마, 만나, 만나뵈어서 영광입니다."

"이 녀석, 소피아한테 반한 거 아냐? 왜 이리 말을 더듬는 거야?"

"그러게 말입니다. 하긴 소피아님이 아름답긴 하죠."

내 모습을 바라보던 길리언은 물론 긴장이 풀렸는지 테이시온마저도 농담을 하며 크게 웃었다. 소피아는 얼굴이 빨개진 채로 다시 얼굴을 돌려 버렸고 말이다. 망할, 내 모습이 그렇게 웃겼단 말야?

아무튼 한참을 웃어대던 길리언이 이내 진지한 얼굴로 돌아오더니 소피아에게 말했다.

"소피아, 이제 네 방으로 돌아가 주겠어? 긴히 할 이야기가 있어서 말이지."

"네, 그러죠. 그럼 편히 지내세요."

소피아가 간단히 고개를 끄덕이며 우리에게 인사를 하자 우리 역시 그 인사에 답례했다.

"아, 소피아님도 살펴가십시오."

"안녕히 가세요, 소피아님."

물론 마지막의 품위없는 대답은 내 것이다. 난 품위하고는 거리가 먼 평민인데다가 아쉽게도 로망에서도 그런 건 자세한 설명이 되어 있지 않았다.

길리언은 바싹 긴장한 얼굴로 테이시온에게 말했다.

"조만간에 전쟁이 일어날 것 같다."

"네? 전쟁이요?"

길리언의 말에 테이시온이 의외라는 듯 되묻자 길리언은 고개를 끄덕였다.

"그것도 남서쪽의 라비니어스가 도발하고 있네. 그쪽이 시끄러운 건 어제 오늘 이야기가 아니기는 하지만 이번에는 정도가 좀 심각해서 말이지. 조만간에 앤팀 파견대로 명령이 하달될 거네."

"역시 아직 사우스그레이 평원에 미련을 버리지 못한 거군요?"

테이시온이 이해했다는 듯 고개를 끄덕이며 그렇게 대답하자 길리언은 다시 고개를 끄덕이고는 테이시온에게 말했다.

"아무래도 라비니어스는 식량 부족에 시달리고 있으니까 말이지. 이쪽과 토라에서 지원을 해준다고는 하지만 국가 차원의 자존심 문제도 있고 역시 사우스그레이 평원이 탐나는 모양이야."

"그렇겠죠."

테이시온과 그 옆에서 듣고 있던 나는 그 설명에 고개를 끄덕였다. 대충은 무슨 소리인지 알겠군.

우리 나라와 인접한 두 개의 나라 중 하나인 라비니어스는 언제나 식량 부족에 시달리는 나라다. 왜냐하면 라비니어스의 땅 중 약 절반 가량이 사막으로 덮여 있는 데다가 강수량이 부족해 농사를 짓기에는 환경이 마땅치 않기 때문이다. 그래서인지 라비니어스는 우리 나라의 곡창 지대인 사우스그레이 평원과 북쪽 토라의 알슈타트 평야를 노리고 자주 침공해 오고 있다. 그래서 우리 세이레인과 토라 두 나라는 점령해 봤자 별 가치도 없는 땅에 쳐들어가는 대신 매년 막대한 양의 식량을 라비니어스에 무상으로 지원해 주고 있다. 그렇지만 아무래도 매년 남의 나라의 지원을 받는다는 건 자존심 문제라 매번 지면서도 끈질기게 도발해 오는 것이다.

테이시온이 길리언의 말에 역시 심각한 표정을 지으며 말했다.

"그렇다면 전 빨리 돌아가서 비상 전시 체제에 돌입해야겠군요."

"가능하면 한 며칠 머물다 가라고 하고 싶네만 그렇게 해줘야겠네. 뭐 부탁할 일은 없는가? 있으면 말해 보게."

길리언의 물음에 테이시온은 고개를 저으며 말했다.

"라비니어스의 야만인들 정도는 두 배 이상의 병력 차이만 아니면 언제든지 밟아줄 수 있습니다. 요새에도 별달리 필요한 건 없구요."

길리언은 테이시온의 말에 고개를 끄덕이며 말했다.

"대단한 자신감이군. 역시 '찬란하게 빛나는 오딘의 검' 이야. 좋아, 가능한 한 빨리 앤텀으로 돌아가게. 혹시 나중에라도 필요한 게 있으면 전령을 보내도록 하고."

"그러지요. 그럼 전 이만."

테이시온은 심각한 이야기를 나누던 통에 나의 존재를 잊어버렸는지 길리언에게만 목례를 하고는 나가 버렸다. 길리언 역시 내 존재를

망각한 듯 끄응 하며 한숨을 내쉬더니 생각에 잠겼다.

나, 난 도대체 왜 여기에 있는 거지?

아무튼 한참을 그렇게 턱을 괴고 앉아서 생각하던 길리언은 갑자기 몸을 벌떡 일으키더니 방을 나가려 했다. 완전히 잊혀져 버린 나는 당황해서 급히 길리언을 불렀다.

"기, 길리언!"

"으, 으응?"

내가 부르자 길리언은 기겁해서 내 쪽을 바라보았다. 잠시간의 침묵이 흐른 뒤 다행히 쇼크 사 하지는 않은 길리언이 크게 숨을 내쉬며 말했다.

"후우~ 뭐, 뭔가? 애 떨어지는 줄 알았잖나? 있으면 있다고 말을 해 주든가."

크윽! 잊어버린 사람이 누군데? 나는 목구멍 밖으로 튀어나오려는 말을 애써 억눌렀다. 입은 만화의 근원이지. 암, 그렇고말고. 입 조심. 입 조심.

내가 속으로 욕을 몇 바가지 퍼부으며 스트레스를 풀고 있는데 길리언이 그제야 생각났다는 듯 나에게 말했다.

"그건 그렇고, 그 두 미녀 분은 잘 계신가?"

그 말은 나보다 에바와 유스가 더 중요하다는 말이군. 나는 말없이 망토와 건틀렛을 내려다보았다. 다음은 다 예상했겠지만 당연한 반응.

[안녕하세요~ 유스트레스 아스트랄러라고 해요오~ ♡]

[이 빈약한 몸매의 여자는 신경 쓰지 말고 이쪽을 봐요, 이쪽을. 34, 24, 35의 화려한 스케일! 이런 대단한 몸매를 소유한 이 고혹적인 미녀의 이름은 에버네스 섀도우키퍼라고 해요옹~ ♡]

[뭐야? 누구보고 빈약하다는 거야? 나보다 허리 사이즈도 큰 드럼통 주제에!]

[오~ 호호호홋! 이 정도 허리 사이즈면 드럼통이라고 하는 게 아니라 풍만하다고 하는 거라구! 알려면 좀 제대로 알아! 오~호호호홋!]

[치이잇!]

얘네들, 오래간만에 등장하니까 진짜 정신이 없군. 저 길리언의 얼빠진 표정도 오래간만에 보는 거고 말이지. 이런 때일수록 한마디 해야겠지?

"어이어이, 좀 조용히 해봐. 길리언님이랑 이야기 좀 하게."

내 말에 에바와 유스가 입을 다물자 길리언은 그제야 얼빠진 표정을 감추고는 다시 평상시의 모습으로 돌아왔다.

"여전히 시끄러운 아가씨들이군.

"그렇죠 뭐."

옆에서 지켜보던 두 여자가 도끼눈을 뜬 채 길리언을 노려보았지만 난 신경 쓰지 않고 고개를 끄덕이며 동감을 표시했다.

그러다가 갑자기 길리언은 의아한 표정으로 내게 물어왔다.

"그런데 왜 부른 건가, 리스나르트 군?"

그건 내 대사인데? 뜬금없는 길리언의 말에 나는 그야말로 멍청한 얼굴로 길리언을 바라보며 말했다.

"애초에 뭘 어떻게 해야 할지 알려주지도 않고 수도로 오라고 한 건 길리언이잖아요. 방금 그 대사는 제가 해야 할 말인 것 같은데요?"

길리언은 한 방 맞은 듯한 표정으로 날 바라보았다. 설마 지금 그런 것도 생각하지 않고 날 불렀단 말야? 으휴, 이런 인간이 우리 나라의 군 총사령관이라니.

아무튼 길리언은 사태를 수습하기 위해서인지 일단 말을 꺼냈다.

"새, 생각해 보니 자네의 말이 맞군. 일단은 숙소를 잡고 통행증을 발급해 줄 테니 숙소에서 내가 부를 때까지 기다리게나. 쓸데없는 말썽 일으키지 말고."

정말로 대책없군.

"이, 이 모든 게 다 공짜라니 최대한 비싸게 놀아줄 테다!"

내가 앞에 놓인 화려한 만찬을 놓고 터뜨린 탄성에 유스가 맞장구쳤다.

[그래요! 이 기회에 '세톤 관광 1개월 코스' 라는 걸 한번 해보는 거예요!]

"……."

옆에서 벌써부터 정신없이 먹어대는 에바는 현재 입에 잔뜩 들어 있는 음식들 때문에 아무 말도 하지 못하고 있었다. 하지만 표정으로 봐서는 엄청나게 행복하게 보인다. 이게 다 길리언이 발급해 준 황금색의 '리더스 카드' 덕분이다. 처음에 길리언이 이 카드를 내밀 때에는

'이거 하나 주고 끝이에요?'

하며 투덜댔었지만 지금은 이 카드 하나로 숙식 등 모든 돈이 필요한 상황을 해결한 상태다. 이제부터는 길리언이 부를 때까지 먹고 노는 일만 남았다. 뭐, 이런 것도 나쁘진 않다. 목숨이 간당간당한 위협에 처해 있지만 않다면 말이다.

아무튼 에바는 오래간만에—약 14년 만이라고 유스가 설명해 줬다—하는 식사에 행복한 표정으로 막 17개째의 접시를 비워내고 있었고, 유스와 나는 이 할 일 없는 기간 동안 어떻게 놀아야 잘 놀았다고 소문이

날까 생각하며 지도를 펼쳐 놓고 계획을 짜고 있었다.

[그러니까 이 이스카 폰 블릭스 기념관부터 해서…….]

"음, 그것보다는 여기 이 세톤의 오딘 대신전을 시작으로 해서 이스카님 기념관을 돌아보는 게 좋을 것 같은데……."

내 말에 유스는 고개를 끄덕였다가 다시 지도 위의 한곳을 짚으며 말했다.

[글쎄요. 일단은 지리를 익혀야 하니까 역시 여기 이 남부 대순환 도로를 관통하는 '죽음의 제1우주 속도 마법 드라이브' 부터…….]

난 그녀의 말에 고개를 가로젓고는 손가락으로 한곳을 짚으며 말했다.

"그것도 좋지만 이곳은 어때, 각종 놀이기구가 가득한 이 세톤 대 유원지부터 시작하면?"

[그거 좋네요. 거기를 시작으로 해서 오딘 대신전을 거쳐 가면 되겠네요.]

내 말에 유스가 고개를 끄덕이며 말하자 난 신이 나서 다음 행선지 물색에 나섰다.

"그래그래, 그렇게 하자. 다음은… 그러니까……."

"신나셨구만, 로엔 리스나르트."

"아아, 그래. 신났… 으응?"

그렇게 신이 나서 관광 코스를 정해가고 있는데 갑자기 이물질과도 같은, 어디 많이 들어본 듯한 목소리가 내 귀에 들려왔다. 에휴, 이 재수없는 목소리는 분명히…….

"이런 데 숨어 있는다고 내가 못 찾아낼 줄 알았나, 로엔 리스나르트?"

　이젠 지겹다 못해 짜증이 나는구만. 하이엔 폰 클라인시커와 그 일당들. 난 짜증을 최대한 억누르고는 비아냥을 한껏 담아서 녀석의 말에 반박했다.

　"아무래도 좋지만 난 숨어 있었던 적은 없는데?"

　"닥쳐! 귀족인 내가 숨어 있었다고 하면 숨어 있었던 거야!"

　그래그래, 좋을 대로 하슈. 이제는 거의 자포자기의 심정으로 한숨을 쉬던 내 머리 속에 갑자기 좋은 생각이 스쳐 지나갔다.

　"아, 그런데 말이지?"

　"……?!"

　내가 운을 떼자 하이엔이 움찔하면서 뒤로 물러났다. 자식, 벌써부터 움츠러들면 어떻하냐? 아직 시작도 안 했는데.

　나는 길리언이 준 '리더스 카드'를 꺼내 눈앞에서 흔들며 말했다.

　"이 카드 말이지, 길리언 전하께서 주신 거거든? 너도 잘 알겠지만 길리언 전하께서 날 좀 아끼시니까 말야."

　"무슨 말을 하고 싶은 거냐?"

　하이엔 녀석은 내가 하려는 말을 대강은 눈치 챈 듯 경직된 표정이 되었다. 그 반응에 난 속으로 회심의 미소를 지으며 계속 말했다.

　"아아, 끝까지 들어보라구. 뭐, 아무튼 그런 만큼 네가 날 귀찮게 하면 내가 길리언 전하께 다 일러바칠 거고 그러면 네 아버지께서 좀 곤란해지실 텐데……."

　다시 한 번 움찔. 좋아, 확실하게 먹혀들어 갔군.

　나는 승리의 미소를 지으며 자리에서 일어섰다. 물론 하이엔은 주춤거리며 뒤로 물러났고 말이다. 역시 넌 모든 면에서 내 상대가 못 돼.

　"그렇게… 되고 싶은 모양이지?"

저 녀석에 대한 사전 정보를 준 테이시온에게 신의 축복이 있으라! 나는 속으로 테이시온에게 무한한 감사를 하면서 하이엔을 노려봤다. 하이엔이 애써 당황을 감추려 하는 게 내 눈으로 똑똑히 들어왔다. 자식, 겉으로는 태연한 척해도 등줄기로는 식은땀이 흐를 거다.

내 말에 당황하던 하이엔이 더듬거리며 입을 열었다.

"이 치사한 자식! 언제 내 뒷조사를⋯⋯."

"아아, 그런 정도야 조금만 여기저기를 들쑤시면 다 알아낼 수 있다고. 그렇게 대단하게 생각할 것 없어."

난 그렇게 비아냥거리며 슬쩍 하이엔의 눈치를 살폈다. 이제 슬슬 물러가 줬으면 고맙겠는데⋯⋯.

그때 내 얼굴로 장갑이 하나 날아와 부딪쳤다. 뭐, 뭐야?! 얼굴에 맞은 장갑을 잡아 든 내가 당황한 얼굴로 하이엔을 바라보자 하이엔은 분노에 가득 찬 얼굴로 내게 말했다.

"결투다, 로엔 리스나르트!"

이, 이게 아닌데? 이거 더 귀찮게 되어버렸잖아?

먼저 걸어온 싸움을 거절하기에는 내 자존심이 용납치 않았기에 나는 내일 결투하기로 일단 받아들였다. 그리고는 즉시 길리언을 찾아가서 이스카의 거처를 물었다.

"이스카님? 아, 그분은 어제 레나스로 돌아가셨는데 왜 찾는 거지?"

난 검술은 꽝이란 말이다! 경험이라는 것도 고작 해골 한 마리 모가지 분지러 버린 것밖에는 없는데 결국은 저 하이엔한테 죽기 직전까지 두들겨 맞아야 한다는 건가?

자초지종을 다 들은 길리언은 빙긋 웃으며 내 어깨를 가볍게 두드렸다.

"괜찮아, 괜찮아. 어차피 죽지는 않을 거니까 상관없잖아? 실컷 맞아보는 것도 좋은 경험이 될 테니까."

그냥 욕을 해라, 욕을. 이건 격려도 아니고 협박도 아니고. 마침 옆에 있던 소피아님이 그나마 내 걱정을 해주었다.

"정말 큰일이네요. 결투를 받아들인 이상 안 나갈 수도 없고."

그래도 걱정해 주는 사람이 있기는 있었구나! 나 로엔 리스나르트, 인생 헛살지는 않았어. 핫핫핫!

"죽지 않게 조심해요. 다치는 것은 치료하면 되니까 상관없지만……."

망할. 저번에는 삼촌과 조카가 날 거지로 만들더니 이번에는 오누이가 날 바보로 만드는구나. 이 집안 사람들은 다 이런 건가?

내가 황당한 표정으로 소피아를 바라보고 있는데 길리언이 자신의 방 구석의 상자에서 뭔가를 뒤적거리더니 나에게 내밀었다.

"그러고 보니 자네, 검이 없지? 그렇다면 이걸 쓰도록 하게나."

그 말을 하면서 길리언이 나에게 내민 것은 검집이 푸른 수수한 느낌의 한 자루의 검이었다. 받아서 약간 뽑아보니 검신에 싸늘한 빛이 어리는 것이 보검인 것 같았다. 내가 좀 더 자세히 검을 관찰하고 있는데 길리언이 다시 내 어깨를 두드리며 말했다.

"내가 이스카와 모험하면서 구한 것 중에서 그래도 괜찮은 검이지. 하지만 이걸 그냥 줄 수는 없고 빌려주는 거니 이번 결투가 끝나면 반납하도록 하게나."

치, 치사해! 난 길리언을 애절한 얼굴로 바라보았지만 길리언은 기겁하는 와중에서도 완강하게 고개를 저었다. 하긴 빌려주는 게 어디냐? 내가 검을 다시 꽂아 넣고는 옆에다 내려놓자 길리언은 그런 나에게 주의 사항을 말해 주었다.

"결투를 신청한 쪽이 하이엔 폰 클라인시커라고 했지? 그쪽에서 결투를 신청한 만큼 상처를 입히는 건 상관이 없겠지만 죽이지는 말도록 하게나. 결투로 죽는 것은 어쩔 수 없는 거라고들 하지만 혹시라도 하이엔을 죽이게 되면 뒤처리하기가 곤란해지거든."

확실히 그렇겠군. 그 녀석 아버지가 크루세이더라니까 말이지. 무슨 말인지 이해한 내가 고개를 끄덕이자 길리언은 다시 한 번 내 등을 가볍게 두드리면서 말했다.

"검술이 서투르다고 했지? 저번에 해골을 상대할 때는 그렇게 보이지 않던데. 어쨌든 그쪽이 너보다 힘이 약하니까 힘으로 밀어붙이는 것도 한번 해볼 만할 걸세. 그럼 건투를 비네."

다음날 나는 세톤의 지리를 잘 모르는 관계로 사람들에게 묻고 물어서 하이엔이 말한 결투장으로 갔다. 그런데 그 녀석이 지정한 결투장에는 녀석이 대대적으로 광고라도 한 모양인지 많은 사람들이 광장에 모여 있었다. 그리고 그 가운데에는…….

"미, 미친 녀석!"

난 군중들 한가운데에 설치되어 있는 것을 보고는 신음하듯 욕을 내뱉었다. 이게 무슨 로망에서의 목숨을 건 결투라도 되는 줄 아나?

군중들이 운집해 있는 곳, 그 가운데에는 원형의 단이 하나 쌓아져 있었는데 그 안에는 육각의 별 모양이 그려져 있었다. 음, 저건 새도우 키퍼를 얻을 때 본 그 도형하고 비슷하게 생겼군. 아무튼 그 위에 녀석이 서 있었다. 일단 왔으니 안으로 들어가기는 해야겠는데…….

사람들을 헤치고 안으로 들어가려고 하는데 이놈의 인간들이 결투 구경하러 온 주제에 도무지 협조를 해줄 생각을 하지 않았다.

"안으로 들어가게 좀 비켜줘요!"

"뭐야? 이런 구경거리를 너 혼자 보겠다고? 절대 못 비켜줘!"

젠장할! 저절로 욕이 나오는군. 나는 안 그래도 약간 신경이 곤두서 있던 터라 내게 세기 말성 망언을 내뱉은 그 사람에게 냅다 소리를 질렀다.

"당신들이 구경을 하든 말든 그건 내 알 바 아니지만 일단 당사자에게 길을 비켜줘야 결투를 하든 지랄을 하든 할 것 아닙니까?"

시.선. 집.중.

그 자리에 있던 모든 사람의 시선이 나에게로 쏠리자 내 앞 길에 서 있던 사람들은 마치 썰물 빠지듯 빠져나가 길이 트였다. 이거야 원.

아무튼 쑥스러움을 참고 단 위로 올라가자 하이엔이 비웃는 듯한, 그러니까 사람의 인내심을 자극하는 말투로 말했다.

"호오, 겁먹고 도망갈 줄 알았는데 겁쟁이는 아니었군. 실망인걸?"

저걸 맞받아주지 않으면 내가 리스나르트 가의 사람이 아니다. 가훈! 망치로 받으면 워 해머로 돌려준다!

"너야말로 결투를 신청해 놓고 내가 오지 않기를 기대한 걸 보니 내가 무서웠던 모양이지? 아, 저번에 얻어터진 게 기억나서 그런가?"

하이엔의 얼굴이 수치심으로 벌겋게 물드는 게 내 눈에 확실하게 들어왔다. 이거 도발하는 효과가 너무나 확실해서 미안할 지경이군.

"빌어먹을 자식! 검을 뽑아라! 오늘이야말로 네 녀석의 나불거리는 주둥아리를 찢어주마!"

하이엔 녀석이 검을 뽑으며 나에게 외쳤다. 나 역시 검을 뽑으며 이

죽거렸다.

"오, 귀족치고는 꽤 입이 거칠군 그래. 지금까지 귀족들은 욕도 우아하게 하는 줄 알았는데 의외인걸? 다시 보게 되었어."

"닥쳐—!"

격분한 하이엔이 나에게 달려들며 수평으로 검을 베어오자 나는 두 손으로 검을 세워 잡고는 그대로 있는 힘껏 하이엔의 검을 쳐내어 버렸다.

카앙—!

검과 검이 부딪치는 경쾌한 소리가 울리자 하이엔 녀석이 손이 저렸는지 뒤로 물러나서는 손을 털었다. 한 번 더 비꼬아줄까?

"겨우 한 번 검을 맞댔는데 손이 저리면 어쩌나? 평소에 수련을 게을리 한 모양이지?"

"이, 이 자식이!"

녀석이 이번에는 내 오른쪽 어깨를 노리고 대각선으로 검을 휘둘러와 나는 검을 눕혀서 다시 그 녀석의 검을 쳐내었다.

카앙—!

다시금 경쾌한 소리가 사방에 울려 퍼지면서 그 녀석은 다시 뒤로 한 걸음 물러났다.

"준 후작이란 녀석이 이제 보니 별것 아니었군. 이번엔 내가 간다!"

내가 검을 꽉 쥐고는 하이엔 녀석의 손목을 향해서 검을 내려치자 당황한 녀석은 검을 들어 허둥대면서 내 공격을 막아내었다. 그리고는 잠시 숨을 돌릴 겸 한 걸음 뒤로 물러나서 하이엔을 노려보는데 갑자기 하이엔의 뒤쪽에서 싸늘한 목소리가 들려왔다.

"멍청한 녀석! 침착성을 잃지 않는 것이 검을 섞을 때 이길 수 있는 첫 번째 길이라고 누누이 이야기했건만 검술로는 충분히 이길 수 있는 상대를 상대의 페이스에 말려들어 가 그런 꼬락서니를 보이다니 그러고도 네가 내 아들이냐!"

상당히 상황 판단을 잘하시는군요, 하이엔의 아버… 하이엔의 아버지?! 설마 그 두 명뿐이라는 크루세이더 작위의 신관 전사에다 그 테이시온도 벌벌 떠는……?

아, 지금은 그게 문제가 아니지. 진짜 문제는 저 목소리가 들려온 다음부터 하이엔 녀석이 엄청나게 침착해졌다는 거다. 이러면 도발한 보람이 없잖아!

"지금부터가 진짜다! 벌레만도 못한 애송이 녀석! 받아라!"

"아저씨, 아무리 아들이 이쁘다고 하지만 남의 결투 중에 조언을 하는 건 반칙이야아—!"

갑자기 예리하게 들어오는 하이엔의 검을 간신히 튕겨내며 난 비명처럼 소리를 질렀다. 마, 말도 안 돼! 2타가 왜 이렇게 빨리 들어오는 거야!

하이엔의 부드럽게 원을 그리듯 날아오는 검세에 내가 완전히 수세로 몰리자 하이엔은 그 재수없는 비웃음을 띤 얼굴로 외쳤다.

"이걸로 끝이다! 죽어—엇!"

카앙—!

"크윽!"

제길, 옆구리를 완전히 당해 버렸다. 난 고통으로 일그러진 얼굴로 하이엔을 바라보다가 뭔가 위화감을 느꼈다. 안 죽는 거야 지금까지 안 죽었고 특별한 일이 없으면 앞으로도 안 죽을 거니까 그렇다 친다지만 어째서 무언가에 옆구리가 눌리는 느낌과 몽둥이에 살짝 맞은 듯한 고통스런 느낌은 나는데 베이는 느낌은 나지 않는 거지?

내가 지금의 상황에 적응을 못하고 당황하고 있는데 뒤에서 누군가의 목소리가 들려왔다.

"미, 미스릴로 만든 망토?! 어떻게 미스릴로 망토를? 말도 안 돼!"

누군지는 몰라도 안목이 좋으시군. 아, 이게 아니지. 나는 이 의외의 사태에 당황해서 뒤로 물러난 하이엔과 검에 맞았음에도 흠집 하나 나지 않은 내 망토를 번갈아 바라보았다.

아무리 미스릴이라지만 진짜 흠집 하나 없잖아? 그렇다면? 망토를 내려다보던 나는 사악한 웃음을 지으며 하이엔을 노려보았다.

"미안해서 어쩌지? 망토가 너무 좋아서 말이야. 그렇지, 하이엔?"

이제 내게는 절대적인 방어구가 있으니까 결국 단순한 싸움이 될 수밖에는 없다. 검술은 몰라도 단순히 치고 박는 싸움이라면 단연 괴물 같은 아버지 밑에서 단련된 나의 우세! 넌 죽었다고 복창해라, 하이엔 폰 클라인시커!

하이엔은 당황한 모습이 역력하게 묻어나는 목소리로 말했다.

"너… 가난한 평민 주제에 어떻게 이런 아티펙트를?"

"아아, 이 망토는 세톤으로 오면서 이스카님과 던전 탐사하다 얻은 거라 말이지 가난하고는 별로 관계가 없어."

내가 팔짱을 끼고 비웃음을 담아 하이엔에게 대답해 주자 뭔가 알겠다는 듯 하이엔이 코웃음을 치며 말했다.

"그런데 어째서 이스카님이 그런 좋은 아티펙트를 너에게 주신 거지? 원래 이런 좋은 아티펙트는 이스카님이 가져야 하는 것 아냐?"

그거야 그렇긴 하지. 자식, 오래간만에 정곡을 찌르는군. 아, 오래간만이 아니라 처음인가? 그건 어쨌든 간에 아무튼.

"그거에 대한 대답이라면 이 아름다운 미녀 분이 해주실 거야. 에버네스, 나와."

[오오오!]

내가 말을 마친 순간 내 망토에서 은빛 광휘가 퍼져 나오기 시작하자 주위에서 감탄사가 터져 나오기 시작했다. 또 시작이구만, 이 쇼맨십. 아니지. 에바는 여자니까 쇼걸십인가?

아무튼 빛이 사라지며 나타난 에바는 나에게 찰싹 달라붙으며 말했다.

[아, 주인님! 나에게 아름다운 미녀라고 말해 주시다니 이 에버네스, 너무 기뻐요!]

"아무래도 좋으니까 좀 떨어져 주지 않겠어? 결투에 방해되잖아."

[히잉, 주인님, 사랑이 식었어잉~♡]

그렇게 애교—솔직히 애교인지는 잘 모르겠지만—를 떨며 옆으로 살짝 비켜나는 에바를 무시하고 난 아직도 이해하지 못한 얼굴로 저쪽에 서 있는 하이엔을 바라보았다.

"이 정도면 설명이 되었겠지? 아직도 설명이 더 필요한가?"

내 말에 얼빠진 표정을 하고 있던 하이엔은 다시금 날 노려보았다. 흥! 그렇게 노려봐 봤자 하나도 안 무섭다구. 그때 다시금 하이엔의 뒤에서 목소리가 들려왔다.

"하이엔, 네가 지지는 않더라도 이기는 것 역시 힘들 것 같다. 이제 그만 해라."

"어이어이! 이봐요, 아저씨!"

난 뚱한 얼굴로 하이엔의 뒤쪽, 그러니까 다시 말해서 하이엔의 아버지를 바라보았다. 지지는 않는다니…… 난 검술은 몰라도 주먹질 하나만은 확실한데 말이지.

아무튼 하이엔은 그의 아버지의 말에 잠시 나를 노려보더니 이내 포기한 듯 말했다.

"빌어먹을, 오늘은 이 정도로 넘어가 주지. 하지만 다음에는 절대 용서하지 않겠다."

저거 누가 할 소리를 하고 있는 거야? 거기다 아직 결투는 끝나지 않았다구! 나는 화가 치밀어 오르는 것을 느끼며 뒤돌아서 내려가려고 하는 하이엔에게 말했다.

"누가 여기서 내려가도 좋다고 했지? 여기서 내려간다는 것은 패배를 인정한다는 건가?"

"건방진 자식! 누구한테 그 딴 소리를 지껄이는 거야?"

아까도 느낀 거지만 저 녀석은 도발의 효과가 너무 확실하다. 저런 녀석이 어디 군대 사령관 자리라도 하나 맡으면 군대 말아먹기 딱 알맞지. 난 뒤돌아서서 나에게 소리를 친 하이엔을 계속 도발했다.

"누구긴 지금 미천한 평민한테조차 꼬리를 내리고 도망가려 하는 우아하신 귀족나으리에게지."

"이 자식이 아까부터!"

난 다시금 내게 달려와서 내 머리를 향해 검을 내려치는 하이엔의 몸 쪽으로 파고들었다. 이건 결투라고. 검 이외의 어떤 것도 사용하지 말라는 규칙 따윈 없어.

내게 달려드는 하이엔의 기세를 빌어 단숨에 몸 가까이 붙은 나는 하이엔이 당황할 새도 주지 않고 그대로 보디 차기로 밀어붙였다.

"으랏차!"

"크윽!"

하이엔은 신음을 터뜨리며 뒤로 넘어졌다. 아이구, 어깨야! 갑옷을 그대로 들이받았더니 뼈가 쑤시는군. 하지만 그건 저 녀석도 마찬가지겠지? 나는 급히 일어서려는 하이엔의 목에 검을 들이대고는 말했다.

"……!"

"네가 졌다. 인정하겠지?"

하이엔은 말없이 일어서려던 엉거주춤한 상태로 날 노려보다가 이내 고개를 푹 숙였다.

"이, 인정한다. 빌어먹을……."

"순순히 승복해 주니 고맙군. 앞으로는 날 봐도 귀찮게 굴지 말아줬으면 좋겠어. 그럼 이만."

난 검을 거두어 검집에 집어넣고는 단 아래로 내려가기 위해 뒤돌아섰다.

그때였다.

"멍청한 자식, 등을 내주다니!"

"……!"

내가 뒤를 돌아보기도 전에 뒷 목에서 느껴지는 날카로운 물건이 살을 베는 느낌과 함께 엄청난 고통이 느껴졌다. 곧 이어 눈앞이 하얗게 변하면서 난 의식의 끈을 놓쳤다.

[아, 아버지? 어떻게 여기까지 온 거죠?]

어째서인지는 모르지만 아버지가 이곳에 와 있었다. 난 반가운 마음에 아버지에게로 달려갔지만 아버지는 날 보더니 의아한 표정으로 말했다.

[누구신지……?]

어, 어째서 이런 일이! 부, 분명히 이건 아버지가 장난치시는 걸 거야.

[아버지, 장난치시지 마요! 저예요! 로엔이라구요! 로엔 리스나르트!]

[제 성이 리스나르트인 건 맞습니다만 전 당신을 모릅니다.]

아버지는 그 말만 남기고는 어디론가 걸어가기 시작했다. 아버지! 어딜, 어딜 가는 거예요! 날 보라구요! 아버지! 아버지!

"아버지!"

"어지간히 아버지가 그리웠던 모양이군. 레나스로 보내줄까?"

"그렇다면 그것만큼 더 좋은 것은… 에?"

내가 비명을 지르며 자리에서 벌떡 일어나자 그 꼬락서니를 보고는 내 옆에 앉아 있던 길리언이 농담조로 비꼬듯 말했다. 하지만 그 정도에 울컥한다면 내가 리스나르트 가의 사람이 아니지.

근데 길리언, 언제 온 거야?

"길리언, 언제 온 거죠?"

"언제 오긴 여긴 내 방이라네."

길리언이 피식 웃으며 내 말에 답하자 난 그 말에 주위를 둘러보았다. 구석에 몇 개의 검과 방패 등이 처박혀 있고 한쪽에는 큰 책장이 있는 것이 확실히 길리언의 방이 맞았다. 그런데 저 이 방하고 위화감을 느끼게 하는 저 연분홍색의 이미지는?

"소… 피아님?"

"네."

소피아가 조용히 내 물음에 답했다. 음, 확실히 이쁘기는 하단 말야? 그래도 에바나 유스에 비하면 한 단계 정도 아래긴 하지만. 그러고 보니 내가 왜 여기에 있는 거지?

“길리언.”

“왜?”

길리언이 내 부름에 의아한 표정으로 날 돌아보자 난 아직도 은은하게 고통이 남아 있는 뒤통수를 한번 쓰다듬으며 말했다.

“결투장에서 누군가에게 뒤통수가 아프게 맞은 것까지는 기억이 있는데 내가 왜 이곳에 있는 거죠?”

내 물음에 길리언은 빙긋 웃더니 말했다. 저 웃음은 언제 봐도 사악한 느낌이…….

“에버네스였나? 네 망토에서 사는 미녀 분? 하여튼 그녀가 내가 준 리더스 카드를 가지고 나에게 왔었네. 울상이 된 걸 달래서 가보니까 결투장 위에 네가 쓰러져 있고 클라인시커 군은 어디 갔는지 보이지도 않더군. 역시 로엔 군이 진 건가?”

무, 무슨 그런 망발을! 결투는 확실히 내가 이겼다구!

난 흥분해서 길리언에게 외쳤다.

“무슨 소리를 하는 거예요? 결투는 내가 이겼다구요! 하이엔한테 자기가 졌다는 말까지 듣고 뒤돌아서 나오는데 그때 뒤통수를…….”

“그러니까 하이엔이 패배를 인정해 놓고는 치사하게 기습을 했다 이건가?”

길리언이 내 말을 자르며 묻자 난 길리언의 말에 고개를 끄덕였다. 그러자 길리언이 심각해진 얼굴로 말했다.

“이거 문제가 좀 커지겠는데? 정말로 클라인시커 군이 패배를 인정한 후에 뒤통수를 친 거라면 기사 작위 박탈로까지 이어질 수가 있단 말일세. 좋아, 내가 한번 알아보지. 그런데 혹시 그 말을 증명할 수 있는 사람이 있나?”

난 길리언의 말에 기억을 뒤져 갔다. 그때 분명히 하이엔의 아버지가 있었었지. 그 크루세이더라는 분. 그리고 하이엔의 똘마니들도.

"하이엔의 아버지하고 하이엔 패거리들이 그 장소에 있었어요. 하이엔의 아버지라는 분, 크루세이더라고 하셨죠? 그럼 거짓말은 못하실 테니 그분한테 물어보면 되겠군요."

그러자 길리언의 표정이 밝아지면서 말했다.

"그거 잘되었군. 좋았어. 그럼 난 나가보지. 자넨 소피아하고 이야기나 나누다가 숙소로 돌아가도록 하게나. 아, 그리고 리더스 카드는 내 책상 위에 보면 있을 거네."

"알았어요."

내가 대답하자 길리언은 급히 나가 버렸다. 그리고 남은 것은 나와 소피아. 아, 그러고 보니 내 망토는 어디에 있지?

내가 내 망토를 찾기 위해 고개를 두리번거리자 의자에 조용히 앉아 있던 소피아가 의아한 표정으로 내게 물었다.

"뭐 찾으시는 거라도 있나요?"

난 황족께서 물으시는데도 계속 두리번거리는 불경을 저지르면서, 다시 말해서 계속 망토를 찾으며 대답했다.

"그, 그게… 제 망토가 어디 있는지… 아, 찾았다."

내 망토는 길리언의 책상 위에 잘 개어져 옷, 건틀렛과 함께 올려져 있었다. 오옷? 그러고 보니까 뭔가 시원한 게……. 으아악!

"으, 으앗!"

"까악!"

내가 비명을 지르며 침대의 시트를 끌어당겨 몸을 덮자 소피아도 덩달아 놀라서 비명을 질렀다. 이, 이거 잘못하면 저번처럼 황족 성추행 미수로 걸리는 거 야냐? 도대체 왜 기절만 하면 옷을 벗겨놓는 거야?!

난 부끄러움에 개미만한 목소리로 물었다.

"저, 저기… 소피아님."

"네, 네?"

내가 부르자 소피아는 당황한 기색이 역력한 얼굴로 대답했다. 난 어떻게 부탁해야 옷을 가져다 달라고 잘 말할 수 있을까 고민하며 말했다.

"그, 그게… 그러니까……."

"아, 안 봤어요. 그, 그게 아니라… 못 봤어요!"

소피아가 고개를 돌리며 말하자 그 말에 난 얼마간 확신을 가질 수 있었다. 다 봤군. 알몸을 공개한다는 건 그다지 기분 좋은 일이 아닌데. 내가 무슨 변태도 아니고 말야.

아무튼 옷은 입어야 하니까 난 망토 쪽을 바라보며 말했다.

"에버네스, 나와주지 않겠어?"

하지만 반응이 없었다. 어디 나갔나?

내가 허공에 대고 헛소리를 해대자 소피아가 날 이상한 눈으로 바라보았다. 정신 병자 취급은 하지 말라구!

으휴, 하는 수 없지. 난 한숨을 내쉬고는 한 번 더 미친놈 취급받을 각오를 한 채 이번에는 건틀렛을 바라보며 말했다.

"에버네스는 어디 갔나 보군. 하는 수 없지. 유스트레스, 나와줘."

그러자 건틀렛이 빛을 내며 번쩍거리기 시작하자 소피아가 깜짝 놀란 얼굴로 날 바라보았다.

"저, 저건 어떻게 된 거죠?"

소피아의 물음에 난 씨익 웃으면서 소피아에게 말했다.

“잠깐만 기다리세요. 소개시켜 드릴 사람이 있으니까요.”

“소개… 시켜줄 사람?”

소피아는 알 수 없다는 표정으로 날 바라보았다가 잠시 후 건틀렛에서 빛이 사라지고 유스트레스가 그 활기 찬 웃음을 보여주며 내게 달라붙자 놀랍다는 표정을 지었다. 아무튼 이 여자는 왜 달라붙는 거얏!

[주인님~ ♡ 저 에버네스가 없을 때 불러주셔서 너무 고마워요옹~ ♡]

“아무래도 좋지만 좀 떨어져 주지 않겠어? 소피아님 보기 민망하잖아.”

내가 하이엔과 결투할 때 에바에게 말한 것과 같은 말투로 유스에게 말하자 유스는 재미없다는 듯 내게서 떨어지며 말했다.

[흥! 사랑이 식은 거군요? 주인님, 미워!]

그러면서 휙 고개를 돌려 버렸다. 참나, 웃기지도 않아서. 아무튼 난 너무 놀라서 이제는 굳어 있는 소피아에게 유스를 소개했다.

“소피아님, 저기 삐쳐 있는 여자는 어떤 이유에서인지는 모르겠지만 제 건틀렛에서 살고 있던 유스트레스 아스트랄러라고 합니다. 유스트레스, 인사드려.”

그러자 유스는 삐쳐도 단단히 삐친 듯 흥 하는 콧소리와 함께 고개만 까닥하며 소피아님에게 말했다.

[흥, 전 아무하고나 인사하지 않는다구요. 그래도 뭐, 주인님 명령이니 인사는 드리죠. 유스트레스 아스트랄러예요. 주인님의 영원한 애인이라고 불러주세용~ ♡]

“아, 아, 예. 소피아 아스나드 미드가르드 폰 네오토라라고 합니다.”

소피아가 적응이 안 된 듯한 목소리로 대답하자 난 이제 유스를 불러낸 진짜 목적을 달성하기 위해 유스에게 말했다.

"유스, 저기 내 옷 좀 가져다 주지 않겠어? 나 지금 아무것도 입고 있지 않아서 그런데……."

그러자 유스의 얼굴에 부웅 소리를 내면서 내 쪽으로 돌아왔다. 무, 무섭다. 유스의 얼굴에 뭔가 사악한 듯한 미소가 떠오름과 동시에 난 최대한도로 몸을 웅크렸다.

역시 예상 적중. 유스는 그야말로 광속을 능가하는 속도로 나에게 찰싹 달라붙어서는 그야말로 따발총처럼 단어들을 쏟아내기 시작했다.

[아잉~♡ 주인님, 그런 걸 이제야 말하면 어떡해요? 자, 몸 웅크린 거 펴고 누워요. 제가 사랑해 드릴게. 아, 그리고 보니 소피아라고 했죠? 당신, 얼른 나가요. 지금부터 주인님과 전 뜨겁고 열정적이고… 아무튼 그런 시간을 가질 거거든요. 그러니까 어서…….]

결국 참을성을 상실해 버린 내가 얼굴을 빨갛게 물들인 채 외쳤다.

"유, 유스! 지금 무슨 소릴 하는 거야?! 소피아님도 분위기에 휩쓸려 얼굴 빨개져서 진짜로 나가려 하지 말고 얼른 이 대책없는 여자 좀 말려주세요! 그리고 유스, 이상한 상상 하면서 침 흘리며 웃지 말고 얼른 내 옷이나 가져와!"

[히이잉~ 날 거부하다니 역시 나보다 에버네스가 좋은 거죠? 그런 거죠?]

"저, 전 이만……."

유스가 더욱 칭얼대면서 내게 달라붙자 소피아는 빨개진 얼굴로 밖으로 나가려 했다. 이, 이 인간들이 정말로!

"무슨 헛소리를 하는 거야! 둘 다 좋을 리가 없잖아! 소피아님! 진짜로 나가 버리면 어떡해요? 유스, 너는 얼른 내 옷이나 가져와!"

그 뒤의 일은 너무도 뻔하니 생략.

하이엔과의 결투가 끝난 뒤 4일이 지났다.

그 며칠 동안은 하이엔과 마주치는 일도, 그리고 길리언이 부르는 일도 없이 유스, 에바와 놀면서 지냈다. 나중에 결투 후의 상황이 어떻게 되었나 길리언에게 들으니 하이엔 아버지의 증언과 그 결투 당시 관중들의 증언에 의하면 하이엔이 내 뒤를 친 게 아니라 그 일당 중 하나가 내 뒤를 친 거였다고 한다. 나중에 길리언에게 듣기로는 비겁하게 내 뒤를 친 녀석은 기사도에 어긋나고 명예에 금이 가는 짓을 했다는 이유로 기사 작위 박탈, 그리고 보고 있었으면서도 말리지 못한 하이엔은 일주일의 근신을 먹었다고 했다. 분명 하이엔 녀석의 심보로 볼 때는 못 말린 게 아니라 안 말린 거겠지만. 어쩐지 안 보이더라니 그런 이유 때문이었나? 상관은 없지만. 그리고 4일 전의 그 사건 이후 소피아는 나만 보면 이리저리 피해 다녔다. 그렇게 충격적인 사건은 아니었던 것 같은데……. 뭐, 남자하고 여자하고는 신경 두께부터가 다르다고 하니 충격적일 수도 있었겠군.

아무튼 오늘도 나와 유스는 여관 1층의 식당에서 아침 식사를 시켜 놓은 채 어디로 놀러갈 것인지 지도를 펴놓고 줄을 죽죽 그으며 토론하고 있었다.

"오딘 대신전하고 이스카님 기념관, 세톤 대 유원지는 갔다 왔으니까 이번에는 남부 대순환 도로의 '죽음의 제1우주 속도 마법 드라이브'를 타자. 어때?"

[아뇨. 역시 그건 하이라이트 급이니까 후일의 즐거움을 위해 남겨 두는 게 좋을 것 같은데요? 차라리 그전에 여기 데스에리어 몬스터 박물관을 가보는 게 나을 것 같지 않으세요?]

유스의 말에 난 붉은 펜으로 '데스에리어 몬스터 박물관' 이라 쓰여진 곳에 동그라미를 그리고는 고개를 끄덕이며 말했다.

"역시 그렇겠지? 그럼 오늘은 거기로 하자. 에? 에바! 우리 것까지 식사를 다 먹어버리면 어쩌자는 거야?!"

[아우우! 우아우어! 아우이어어우!]

방금 시켜놓은 음식을 순식간에 다 먹어치운 에바를 보고는 경악한 내가 외치자 에바는 음식을 가득 입에 채워 넣은 채로 알아듣지도 못할 말을 중얼거렸다. 않느니 죽지.

"살찌지 않는 게 신기하단 말야. 관두자, 에버네스. 많이 먹어."

[우어우어!]

"마스……!"

정말 할 말 없군. 난 음식을 추가로 시키기 위해 손을 들었다. 아니, 정확하게 말하면 들려고 했다. 그때 여관의 문이 벌컥 열리면서 누군가가 들어왔다.

"로엔 리스나르트라는 사람이 여기 있는가?"

저 옷은 신관 전사의 제복 같은데 오늘 식사하기는 다 글른 것 같군.

난 그 신관 전사가 내 이름을 지적하자 길리언이 부르나 했다. 아니지. 길리언이 부르는 거라면 신관 전사가 올 리 없지. 그럼 무슨 이유로? 설마 그 4일 전의 결투 때문에 온 건……?

내가 이런저런 망상을 하면서 얼굴색을 다채롭게 변화시키고 있을 때 여관 문 앞에서 날 찾던 신관 전사가 여관 주인에게 다가가 말했다.

"여기 로엔 리스나르트라는 사람이 숙박하고 있지 않나? 리더스 카드를 가지고 있을 거라고 하던데……."

내가 막 망상에서 헤어 나와 그 신관 전사를 바라보려고 할 때 유스가 내 옆구리를 꾹꾹 찌르면서 말했다. 가, 간지럽잖아!

"주인님 찾잖아요. 대답 안 해도 돼요?"

"푸푸, 웃! 가, 가만히 있어봐. 어차피 저 여관 마스터가 다 이야기할 거 아냐."

내 반응이 재미있는지 내 옆구리를 자꾸 찌르는 유스의 팔을 잡아 빼면서 내가 대답했다. 그러며 사태를 지켜보고 있는데 마스터에게 이야기를 들었는지 그 신관 전사가 내 앞으로 걸어와 말했다.

"네가 로엔 리스나르트인가?"

상당히 고압적인 말투네? 이런 말투부터 나오면 이미 좋은 일이라고 보긴 글러 버린 듯하군. 일단은 대답이나 하자.

"그렇습니다만…… 신관 전사님께서는 왜 아침부터 절 찾으시는 거죠?"

"크루세이더 카이레인 폰 클라인시커 후작님과 이스카 폰 블릭스 더 듀크 오브 소드 마스터 공작님, 그리고 길리언 아스나드 폰 미드가르드 네오토라 전하께서 널 호출하셨다. 지금 즉시 모든 소지품을 챙겨서 황궁으로 오라는 전갈이다. 리더스 카드가 있으니 내가 안내할 필요는 없겠군. 그럼."

그 신관 전사는 폭포같이 단어들을 입에서 죽 뽑아 늘어놓고는 그대로 뒤를 돌아 사라지려 했다. 자, 잠깐! 그냥 가면 날더러 어떻게 하라고!

"자, 잠깐만요!"

"무슨 볼일이지?"

내가 당황한 표정으로 부르자 그가 의아한 표정으로 뒤돌아보았다. 난 어이가 없어서 잠시 할 말을 잃었다가 곧바로 그에게 말했다.

"황궁 어디로 오라는 거예요? 설마 그 드넓은 황궁에서 헤매란 이야기는 아니겠죠?"

"……."

날 한참 동안 멍하게 바라보던 그 신관 전사는 이내 상황을 이해했는지 피식 웃으며 말했다.

"확실히 그건 그렇군. 알았다. 일단은 황궁으로 오도록, 경비에게 널 안내하라고 일러둘 테니. 이제 더 볼일은 없겠지? 그럼 이만."

그 신관 전사는 그렇게 말하고는 절도있는 걸음거리로 뒤돌아 나가버렸다. 그런데 이스카님하고 길리언이 날 부른 건 이해가 가는데 클라인시커? 거기다가 크루세이더라……. 어디서 많이 들어본 듯한 이름인데? 맞다! 그 하이엔의 아버지! 근데 그 사람이 나에게 무슨 볼일이지? 설마 자기 아들을 이긴 데 대해 앙심을 품고? 에이, 설마, 그래도 명색이 크루세이더인데……. 맞아맞아, 그럴 거야. 확실해.

이렇게 망상에 잠겨 있는데 누가 다시 옆구리를 찔렀다. 크아악!

"유스트레스! 내가 그만 하라… 이, 이번에는 에버네스였어?"

유스는 내가 버럭 소리를 지르자 마른 하늘에 웬 날벼락이냐는 표정으로 날 바라보았다. 내가 고개를 돌려 이번에는 반대 편의 에바를 바라보자 에바가 고개를 끄덕였다. 난 이대로 여관 4층의 내 방으로 사라지고 싶은 심정을 억지로 누르고는 에바에게 말했다.

"그, 근데 에버네스, 왜 부른 거야?"

[전쟁의… 기운이에요.]

"뭐?"

그건 또 웬 자다가 봉창 두드리는 소리? 내가 멍청한 얼굴을 하고 에바를 바라보자 에바는 지금까지와는 다른 조용한 분위기로 말했다.

[그것도… 아주 큰 전쟁의.]

"전쟁이라……."

에바, 유스와 며칠간 돌아다니면서 구입한 옷을 역시 어제 새로 구입한 가방에 집어넣으며 내가 중얼거리자 그 중얼거림을 들었는지 유스가 내 소지품을 챙겨주며 말했다.

[에버네스의 예언은 틀린 적이 없어요. 특히 전쟁에 관련된 것은.]

"역시… 전쟁은 어둠의 영역이라는 건가?"

그러자 에바가 고개를 저으며 내 물음에 답했다.

[아뇨. 어둠은 아니에요. 단지 어둠에 가까울 뿐이라 알아차릴 수 있을 뿐이죠. 거기다 구체적인 것은 전혀 알 수 없어요.]

"그런가?"

난 그렇게 중얼거리고는 얼마 되지 않는 소지품과 얼마 전 에바에게 얻은 보석들을 모두 챙겨서 가방 안에 집어넣었다. 그리고는 체크아웃을 하기 위해 내려가려다 유스와 에바에게 말했다.

"아, 너흰 걸어다니려면 귀찮을 테니 안에 들어가 있어."

[네, 그러죠.]

[그럴게요.]

유스와 에바가 순순히 대답하고는 망토와 건틀렛 안으로 들어가자 난 망토를 두른 뒤 건틀렛을 끼면서 다시 중얼거렸다.

"전쟁이라…… 그것도 대단히 큰……."

이번에 전쟁을 하게 될 나라는 어디와 어디일까? 착잡하군.

"예에에?"

황궁 입구에서 친절한(?) 경비에게 안내받아 이스카와 길리언이 있는 방으로 간 내가 길리언에게 제일 처음 들은 말은 내 눈을 점으로 만들기에 부족함이 없는 단어들의 나열이었다. 길리언은 고개를 내젓더니 나에게 말했다.

"허를 찔렸어. 앤텀 파견대 쪽으로 올 줄 알았는데 뜻밖에 병력이 많은 남서 주둔군 쪽으로 치고 들어와 앤텀 파견대를 칠 줄은 몰랐어."

"그, 그래서요?"

그런 건 내 알 바가 아니고 내게 중요한 건 그 다음에 나올 본론이라구. 내가 마른침을 꿀꺽 삼키며 길리언의 다음 말을 기다리고 있자 길리언은 우울한 표정으로 내게 말했다.

"남서 주둔군은 대패했고 결국 레나스와 글루디오, 가르바넬이 적의 수중에 떨어졌다."

뭐, 뭐라구? 난 얼굴이 백지장처럼 하얗게 되는 것을 느끼면서 길리언을 바라보았다. 이봐요, 길리언. 그렇게 쉽게 말하지 말라구요. 하하, 누가 감히 천하의 이스카 폰 블릭스 더 듀크 오브 소드 마스터의 영지를 침범한다는 거야? 아, 안 그래요, 이스카님?

내가 이스카 쪽을 돌아보자 이스카는 면목없다는 표정으로 고개를 돌려 버렸다. 난 절망적인 심정으로 이스카에게 물었다.

"미, 믿을 수 없어. 아버지, 아버지는 어떻게 되었는지 모르나요?"

"이런 전쟁에서는 일반 평민의 생사까지는 알 수 없다. 미안하다."

내 말에 길리언이 우울한 표정 그대로 대답했다. 이, 이런 젠장할!

"당신한테 물어본 게 아니야! 닥치고 가만히 있어!"

내 폭언에 길리언이 머쓱한 표정을 짓더니 입을 다물었다. 하지만 이스카 역시 길리언과 비슷한 표정을 지으며 말했다.

"길리언 전하의 말대로다. 그 심정은 이해하지만……."

"빌어먹을."

고개를 떨구며 내가 중얼거렸다. 이번에 쳐들어온 게 어디지? 라비니어스? 토라? 남서 주둔군으로 쳐들어올 나라라면 분명 라비니어스로군. 좋아. 난 고개를 들고 길리언에게 물었다.

"길리언, 분명 대패했으니 병력의 추가 파견이 있겠죠. 그렇죠?"

내 물음에 길리언이 고개를 끄덕이며 말했다.

"조만간 중앙 주둔군 4만과 북서 주둔군 3만, 세톤 근위대 5천이 앤텀 파견대의 지원군으로 갈 예정이다. 네 말은 거기 따라가고 싶다는 거겠지?"

"제 심정을 이해해 주시니 다행이군요."

내가 약간 비꼬는 투로 말하자 길리언이 고개를 한번 젓더니 말했다.

"천만에. 넌 갈 수 없어."

그 말을 한 후 길리언이 침묵해 난 길리언을 노려보았다. 잠시 길리언의 방에는 침묵이 흘렀다. 방 안을 무겁게 짓누르는 침묵 속에서 결국 견디지 못하고 침묵을 깬 것은 내 쪽이었다.

"왜죠?"

내 직설적인 물음에 길리언은 길게 한숨을 내쉬고는 말했다.

"넌 네가 전쟁에 참가해서 살아남을 수 있을 만한 실력이 된다고 생각하나?"

"난 죽지 않아요. 아니, 죽을 수 없어요."

난 단호하게 대답했다. 그래, 난 죽지 않아. 죽고 싶다고 해도 말이지. 그리고 그렇게 말해 준 건 바로 당신 길리언이고.

내 말에 길리언이 다시금 한숨을 내쉬며 말했다.

"그래, 죽지는 않겠지. 하지만 네가 생각하는 것처럼 전쟁은 그렇게 쉬운 게 아냐. 네가 뭐라고 해도 넌 갈 수 없다."

"닥쳐요!"

납득할 수 없어, 이따위 것! 아버지가, 아버지가 돌아가셨을지도 모른다구! 난 길리언을 노려보면서 말했다.

"당신이 막는다 해도 전 갈 겁니다. 지원군으로 갈 수 없다면 나 혼자서라도 갈 겁니다. 당신에게는 별것 아닌 일일지 몰라도 제게는 아버지의 생사가 달려 있는 일입니다. 아, 벌써 돌아가셨는지도 모르겠군요. 하지만 전 갑니다."

"그 심정은 이해하겠네. 어머니가 일찍 돌아가시고 아버지 밑에서 자랐으니 하나 남은 친족마저 죽는다면 충격이 크겠지. 하지만 넌 갈 수 없어. 그래도 가겠다고 고집을 부린다면 내가 감금하는 한이 있더라도 널 보내지 않겠다. 넌 가봤자 짐만 될 뿐이야."

길리언이 냉정한 얼굴로 그렇게 말하고는 날 바라보았다. 비, 빌어먹을! 당신이 내 상황이라면 침착할 수 있겠어?! 침착할 수 있겠냐구!

"빌어먹을!"

난 주먹으로 벽을 강하게 때렸지만 아픈 건 내 손뿐이었다. 내가 능력이 안 되는 건 나 스스로가 더 잘 알고 있다구. 크윽! 아버지!

길리언이 내어준 방의 침대에 누워 멍하게 천장을 바라보고 있는데 문이 열리면서 누군가가 들어왔다. 분명 길리언이겠지.

난 침대에서 몸을 일으키지도 않고 말했다.

"길리언입니까? 무슨 일이시죠?"

"내가 호출했다는 이야기를 전령으로 보낸 신관 전사에게 들었을 텐데 오지 않고 이 몸이 직접 오게 만들다니 간이 크군. 게다가 길리언 전하의 이름을 존칭도 없이 함부로 부르는 것도 그렇고 말야."

난 들려온 목소리에 사색이 되어 자리에서 벌떡 일어나 앉았다. 길리언이 아니잖아! 큰일 났다! 난 당황한 표정으로 내 방에 들어온 불청객을 바라보며 말했다.

"크, 크루세이더 카이레인 폰 클라인시커 후작님?"

"기억해 주다니 고맙군, 로엔 리스나르트 군."

클라인시커 후작은 멋대로 탁자에서 의자를 하나 빼 앉으면서 씨익 웃었다. 욱! 저 재수없는 웃음은 유전이었단 말인가?

난 저 웃음을 보는 순간 갑자기 목숨을 걸고라도 비꼬아주고 싶어지는 마음이 무럭무럭 솟아올랐다. 뭐, 죽을 리는 없겠지만.

"어째서 크루세이더씩이나 되는 작위에 있는 후작님께서 저 같은 하찮은 평민에게까지 왕림하셨는지……?"

"허, 그것참, 하이엔에게 건방지단 말은 많이 들었는데 정말이었군."

난 능글맞게 응수하는 클라인시커 후작의 말에 한 방 맞은 듯한 표정을 지었다. 가, 강적이다! 내가 멍청한 얼굴로 쓴웃음을 짓자 클라인시커 후작은 내 멍청한 얼굴을 보더니 알 수 없다는 표정을 지었다.

"상당히 개성적인 얼굴이군. 이건 그림으로 그려서 보관해 두고 싶을 정도인데?"

"물론 좋은 쪽이겠죠?"

"아니, 미안하게도 그 반대인데?"

"윽!"

난 클라인시커 후작의 응수에 다시금 멍청한 표정을 지어버렸다. 이 사람, 거의 아버지하고 동급이잖아? 모든 아버지는 다 이런 건가? 아무튼 클라인시커 후작은 잠시 웃더니 정색하고는 나에게 말했다.

"오늘은 고맙다는 말을 하려고 찾아왔네."

뭐, 뭐라고? 잠깐, 내 귀가 맛이 간 것 같은데, 환청이 들려오는 거 보니까? 아냐. 이건 환청이 아니라 분명히 한동안 귀를 파지 않아서 잘못 들었던 걸 거야. 그런 의미에서 귀이개, 귀이개.

귀이개를 찾다가 포기한 내가 결국 새끼손가락으로 귀를 후비기 시작하자 의아한 듯 클라인시커 후작이 물었다.

"자네 지금 뭐 하는 건가?"

"아, 네. 방금 제 귀가 오작동을 일으켜서 청소 중입니다."

클라인시커 후작은 내 조크를 이해하지 못한 듯 머쓱한 표정을 지은 뒤 다시 이야기를 시작했다.

"자네와의 결투 후 동네 개망나니만도 못하던 아들 녀석이 완전히 바뀌었어. 수련을 게을리 하거나 빠져나가는 일도 없고, 역사라든지 앞으로 반드시 필요하게 될 수업 역시 착실하게 받고 있지. 비웃을지도 모르겠지만 사실 그 녀석 지금까지 한 번도 누구에게 져본 일이 없었거든."

그 실력을 가지고? 한 번도? 져본 일이 없다고? 믿을 수 없어!

내가 속으로 그런 생각을 하거나 말거나 클라인시커 후작은 이야기를 계속해 나갔다.

"처음으로 결투에서 진 게 충격이 컸던 모양이야. 다음에 다시 결투를 신청해서 반드시 이겨보이겠다고 지금 자기 딴에는 눈물나게 수련을 하고 있는데 내가 보기엔 아직 멀었어."

"하하, 하!"

난 후작의 말에 머쓱한 표정으로 웃었다. 하지만 이건 웃을 일이 아닌 것 같은데?

후작은 표정을 진지하게 바꾸더니 내게 말했다.

"부디 그 녀석이 다시 도전해 오면 꼭 이겨주게. 난 개망나니 짓만 골라 하는 그 녀석을 지금까지 패보기도 하고, 달래보기도 했는데 전혀 효과가 없어서 포기하고 있던 상태였다네. 그러니 부탁하네."

"이, 이보세요. 그게……."

난 후작의 말에 당황해서 말했지만 후작은 내 말을 끊으며 자기 할 말을 계속했다.

"그럼 부탁하네. 그러니 자네도 내게 부탁할 게 있으면 언제든 와서 이야기하게. 내 힘 닿는 데까지는 도와주지."

그러고는 내가 무슨 말을 하기도 전에 나가 버렸다. 참나, 이번에도 겨우 이겼는데 다음에는 어떻게 이기란 말야? 그것도 지금 눈물날 정도로 수련하고 있다는 녀석을.

나도 이스카님한테 검술이나 배워볼까? 그 녀석 밟아버리는 것도 재미있긴 한데. 역시 아까와 같은 일이 생기지 않기 위해서라도 배워야겠어. 어딜 간다고 해도 그런 어처구니없는 이유로 가지 못하게 되지 않도록.

그런데 길리언은 어째서 내게 그렇게 집착하는 걸까? 단지 '불변' 이라는 것 하나만 가지고 이런다고는 생각할 수가 없어. 그 말도 안 될 정도로 길리언에게 불리하게 되어 있는 '약속' 이란 것도 그렇고.

그러다가 난 피식 웃고는 다시 침대에 누웠다. 에라, 모르겠다. 될

대로 되라지. 아, 혼자 있으니까 별 생각이 다 드는구나. 아버지, 제발
무사하시길 바래요. 아버지는 괴물이 확실하니까 설마 돌아가시지는
않으셨겠죠?

The Catastrophe

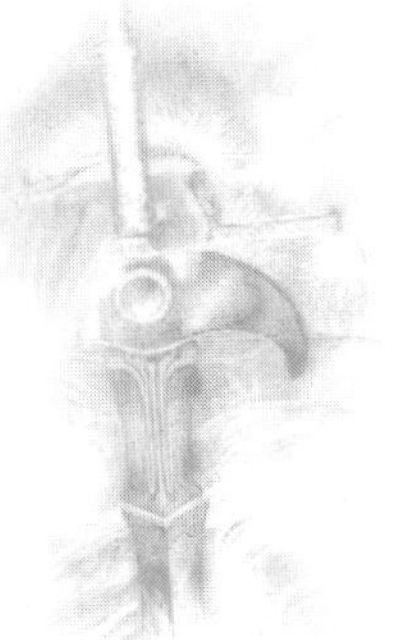

난 부드러운 침대의 감촉을 느끼며 잠에서 깨어났다. 그런데 침대가 이렇게 부드러웠던가? 그렇게 생각하며 고개를 돌린 난 굳어버리고 말았다. 분명 나 혼자 잔 것 같은데 이 두 여자들은 언제 나와서 달라붙은 거야?

"너, 너희들……."

아직도 적응되지 않는 상황에 내가 기겁을 하고 일어나자 에바가 졸음 가득한 눈을 부비며 깨어났다.

[으, 으음, 졸려요. 더 자잉~]

그러고는 내 팔을 껴안더니 다시 풀썩 쓰러졌다. 하하, 이것참. 이 곤란한 상황을 어떻게 처리해야 하나? 누가 보면 분명히 오해할 텐데……. 도대체 왜 이 여자들은 내가 잠만 자고 일어나면 옆에 딱 붙어서 자고 있는 거야?! 나 같은 건전한 청소년을 자극하지 말라구!

최대한 머리 속에서 올라오는 X한 상상들을 억누르며 난 조심조심 에바와 유스에게서 팔을 빼냈다. 그리고 슬그머니 침대에서 내려와 시트를 덮어주려고 할 때였다.

"로엔님, 식사 가져왔……."

길리언의 명령으로 내 방 정리와 이것저것을 도와주던 시녀가 문을 열고 들어오다가 그대로 석상이 되어버렸다. 어째서 이런 일이!

어, 어떻게든 이 상황을 타개해야 하는데 어떻게 하지? 난 당황되어 머뭇거리며 그녀에게 말했다.

"저… 그게… 있죠?"

"……."

그녀는 여전히 석고상처럼 굳어 있었고 난 적잖게 당황한 표정으로 다시 그녀를 불렀다.

"그러니까, 저기… 내 말… 들려요?"

"……."

"그, 그게요… 글쎄, 어쩌다 보니……."

"……."

"이거… 제가 한 거 아녜요. 저… 옷 입고 있잖아요. 그러니까……."

그녀는 내가 무슨 말을 하든 석상처럼 굳어 있었다. 그런데 내가 왜 이 시녀한테 변명을 해야 하지? 그럴 필요가 없다는 상황을 깨달은 나는 급히 그 시녀에게 말했다.

"그러니까… 그 식사 여기 놔두고 가세요. 식사까지 가져다 주셔서 감사합니다."

"아! 예, 예!"

그제야 그녀는 정신이 들었는지 가지고 온 식사를 급히 테이블 위에 올려놓고는 사라졌다. 후, 진짜 힘들게 만드는구만.

　내가 식은땀을 닦으며 한숨을 내쉬는데 다시 에바가 깨어났다. 그녀는,

　[으음? 이건 분명 크림 수프와 딸기 케이크 냄새 같은데?]

　라고 중얼거리더니 다시 풀썩 쓰러져 버렸다. 깨어난 게 아니라 개 코라서 자면서도 먹을게 온 걸 알아차린 거였군. 거기다 음식 종류까지 맞추다니 무서운 능력이야. 뭐, 어쨌거나 마침 배가 고팠는데 잘되었군. 가져온 식사나 먹어야지.

　그렇게 고픈 배를 채운 후 시간이 궁금해서 밖을 보니 이미 황혼이 깔린 저녁때였다. 그렇게 오래 잔 건가?

　난 식판을 앞으로 밀어놓고는 뭐 할 일이 없나 주위를 둘러보다가 책장을 발견했다. 아싸, 오래간만에 로망이나 읽어야지. 어디, 제목이?

　『이스카 폰 블릭스―위대한 원정.』

　다음 책으로 넘어가서, 이건…….

　『The Greatest Aduanture―Isuka uon Blicks The Duke of Swordmaster.』

　다음 책은 뭐지?

　『이스카 폰……』

제목 읽기도 피곤하니 넘어가자. 다음은…….

『최초의 드래곤 슬레이어.』

그 제목을 본 난 의아함을 느꼈다. 내가 알기로 드래곤 슬레이어는
이스카님 하나밖에 없는 걸로 아는데 또 있었나? 어디…….

『이 레트니아 대륙 최초의 드래곤 슬레이어인 이스카 폰…….』

"젠장할! 어째 전부 다 이스카님만 적혀 있는 거야? 다른 건 없어?"
난 그렇게 투덜대면서 거칠게 책을 밀어 넣고는 다음 책을 꺼냈다.
"설마 이건 아니겠지?"

『외교에서의 상대방을 심리적으로 위축시키는 103가지 방법.』

난 외교관이 될 생각은 눈곱만큼도 없어. 다음.
이런 식으로 책장을 거의 다 뒤진 다음에야 난 간신히 읽을 만한 책
을 한 권 찾아낼 수 있었다. 대체 어떻게 된 책장이 학술 서적하고 이
스카님 일대기밖에 없는 거야?
난 다시금 속으로 이 책장을 관리하는 사람에게 욕을 몇 바가지 퍼
부어준 다음 방금 찾아낸 그나마 읽을 만해 보이는 책을 펼쳤다.

『열전―악몽이라 불리는 알려지지 않은 전설의 마법사들.』

일단 제목은 마음에 드는군. 난 그렇게 생각하고는 작가를 살펴보기 위해 제목의 아래쪽을 바라보았다. 어디…….

『제크리스=라마엘, 세이레인력 545년.』

이름이 이상하군. 무슨 이름이 가운데 이콜이 들어가는 것도 있냐? 희한한 작명법이야. 아무튼 세이레인력 545년이면 이 책, 굉장히 오래된 책인 모양이군. 아무튼 읽어보자.

『흔히 사람들은 마법사 하면 마법의 탑에 쭈그리고 앉아서 연구만 하는 늙어빠진 인간들을 떠올리기 쉽다. 하지만 여기서 소개하고자 하는 마법사들은 그런 세간의 통념과는 전혀 다른, 수백 년간 젊음을 유지하며 아직도 살아 있는 마법사들이자 또한 마법의 탑 마법사들이 사용하는 하찮은 마법 따위와는 전혀 다른, 위력 면에서 비교조차 불가능할 만큼 강력한 마법들을 수없이 써대고도 거친 숨 한 번 내쉬지 않을 정도로 강한 마법사들이다.』

흐음, 흥미있는 내용이기는 한데 이거 믿으라고 적어놓은 거야? 순 뻥만 적은 것 같잖아? 마법의 탑이라면 저 토라 제국에서 최고의 마법사들만 모아서 세운 탑인 걸로 알고 있는데 그런 마법사들이 사용하는 마법이 하찮은 마법이라니 말이 되는 소리를 해야지.
뭐, 어차피 시간 때우려고 보는 거니까 계속 읽어보자.

『그럼 가장 먼저 소개할 마법사는 나의 유일한 인간 친우이자 현재 세이레인 남동쪽에 위치한 데스에리어에 있는 영혼의 성 성주로 세이레인력 343년 주신 오딘조차도 어찌지 못한 아톤 산맥의 에인션트 드래곤 로드 카이저를 아스트랄계 최강 마법 디바인 디스트럭션으로 무릎 꿇게 만든 유일한 인간인 '나이트메어즈 스타' 아스나트 이프론이다.』

　난 여기까지 읽고는 황당한 나머지 입을 다물 수가 없었다. 한낱 드래곤 로드 따위를 신 중의 신이라 불려지시는 주신 오딘님조차 어찌지 못했다고? 거기다 백 번 양보해서 그게 사실이라 쳐도 아무리 강하다 하더라도 그 드래곤 로드를 인간이, 그것도 드래곤에게는 통하지 않는다고 알려진 마법으로 무릎 꿇게 만들었다니 실소밖에는 나오지 않는군. 뻥을 쳐도 작작 쳐야지.

　『이 아스나트 이프론은 전 차원계 최고의 마력을 지니고 있으며 그가 자주 사용하는 마법인 화염계 최강 마법 플라즈마 헬 게이트는 신을 제외하면 6개 차원을 통틀어 최강의 실력을 가졌다고 알려진 타천사장 루시퍼조차도 정면으로 맞받을 수 없을 정도였다. 현재 243년째 세이레인의 숨겨진 재상으로 재직하고 있으며…….』

　이 글 쓴 녀석, 진짜 웃기는 놈이네? 거짓말을 할 게 없어서 이런 거짓말을 한단 말야? 내가 그렇게 코웃음을 치면서 다음으로 넘어가려 하는데 갑자기 뒤에서 유스의 목소리가 들려왔다.
　[어머? 반가운 이름이네?]
　"으, 으악!!"
　간 떨어지는 줄 알았다. 심장 발작하기 직전 상태의 가슴을 붙잡고 뒤를 돌아보니 과연 유스가 빙긋 웃으며 책을 바라보고 있었다. 아직도 두근거리는 가슴을 진정시킨 난 한숨을 내쉬며 유스에게 말했다.

"유스트레스, 놀랐잖아. 기척이라도 내지 그랬어?"

[아, 책에 집중하시길래 놀래켜 드리고 싶었어요. 재미있잖아요?]

유스가 씨익 웃으며 그렇게 말해 나는 뚱한 표정으로 투덜거렸다.

"재미 두 번만 있다가는 나 심장 발작으로 돌아가시겠다. 근데 반가운 이름이라니? 아는 사람이라도 여기 나온 거야?"

확실히 유스나 에바라면 여기 있는 사람을 알지도 모르겠군. 내가 상상하기 힘들 정도로 긴 시간을 살아왔을 테니.

아무튼 내 물음에 유스트레스는 손으로 책을 가리키며 말했다.

[여기 '아스나트 이프론' 이라는 이름이요.]

"뭐? 그럼 이 허무맹랑한 이야기의 주인공이 실존 인물이란 말야?"

어이없다는 표정을 지으며 내가 유스에게 묻자 유스는 '어머나' 하는 표정을 짓더니 내 말을 황급히 부정했다. 실존 인물이 아니라는 이야기의 부정이 아니라 좀 아쉽긴 했지만 말이다.

[아뇨. 여기 나온 건 저 언혀 허무맹랑한 이야기가 아니에요. 제 첫 번째 마스터이자 절 건틀렛 안에다 봉인한 사람이거든요. 아직 살아 있을 텐데?]

"뭐, 뭐라구? 유스를 건틀렛 안에다 봉인한 사람? 거기다 살아 있을 거라구?"

난 유스의 말에 깜짝 놀라며 반문했다. 이 믿기지 않는 이야기가 정말로 사실이었다니……. 내가 믿기지 않는다는 표정으로 유스를 바라보자 유스는 고개를 끄덕이고는 말했다.

[네. 이 사람이 절 다른 사람에게 맡길 때의 나이가… 하도 오래되어서 기억이 가물가물하긴 한데 아무튼 한 700세 가까이 되었어요.]

난 그 말에 속으로 투덜거렸다. 젠장할! 요즘은 개나 소나 다 오래 사는 것 같군. 오래 사는 건 유행이 아닌데 말이지. 그럼 지금까지 알려지지 않은 이 사람에 대해 적은 이 작가는 누구야?

"유스, 그럼 여기 이 사람에 대해서도 알아?"

[어디… '제크리스=라미엘'이라……. 맞다! 이 사람 타천사예요! 이프론보다 강한 몇 안 되는 사람인데다가 이프론의 친구라서 기억하고 있었어요. 에… 어쩌면 둘이서 지금 게헤나에서 쎄쎄쎄 하고 있을지도 모르겠다.]

타천사? 타락천사를 이야기하는 건가? 난 멍청한 표정으로 유스의 말을 맞받아서 말했다.

"그, 그래? 신을 능가하는 힘을 가진 인간에 타락천사라니……. 어째 실감이 안 나는걸?"

[실감이 안 나신다면 만나게 해드려요?]

난 유스의 말에 의아한 표정을 지었다. 응? 그건 또 무슨 소리야? 만나고 싶지도 않지만 도대체 무슨 수로 만난다는 거야?

"무슨 수로 그 둘을 만난다는 거지?"

내가 의아한 표정으로 유스에게 묻자 유스는 내 말에 뭔가 말하려하다가 아직도 자고 있는 에바를 깨우기 시작했다.

[그건… 야, 에버네스! 일어나 봐!]

[우웅~ 나 더 잘래. 깨우지 마. 음냐.]

에바를 흔들어 깨우던 유스는 에바가 일어나는 듯하다가 풀썩 쓰러져 버리자 당황해서 다시 에바를 흔들어 깨웠다.

[야! 야! 일어나! 아스나트님 호출할 거란 말야!]

[으음, 아스나트님이고 지랄이… 아스나트님?!]

에바는 '아스나트님'이란 말에 정신이 번쩍 드는지 스프링이 튕기듯 자리에서 일어났다. 그러자 유스는 한심하다는 듯 아직도 잠에서 완전히 깨어나지 못한 에바의 머리를 쥐어박으며 말했다.

[어째 넌 갈수록 애가 되어가는 것 같다? 깨우면 일어나야지!]

[뭐야? 나보다 빈약(?)한 게.]

유스의 말에 에바는 발끈하더니 즉각 반격에 나섰다. 하지만 이번의 주도권은 이미 유스에게로 넘어가 있는 듯 보였다.

[그, 그래! 그래, 나 몸 빈약하다. 그렇지만 몸만 커봤자 뭐 해? 정신 연령이 어린아이 수준인데.]

[우웃! 내, 내가 말싸움에서 밀리다니…….]

"어이어이, 그만들 해둬!"

어째 얘네 둘은 만나기만 하면 말싸움으로 시작해서 말싸움으로 끝나냐? 내가 한숨을 내쉬며 그렇게 말하자 유스는 에바의 팔을 잡고 침대에서 끌어내더니 에바에게 말했다.

[제약 문장 소환 알고 있지? 그거 시작하는 거다.]

유스의 말에 에바는 고개를 끄덕이더니 양손을 가슴에 모았다. 어째 저거 자세가 좀 야한데?

어쨌든 둘이 양손을 가슴 앞으로 모으자 동시에 둘의 몸에서는 흑과 백의 대조적인 빛이 뿜어져 나오기 시작했다. 뭐, 빛이 뿜어져 나오는 건 하도 봐서 이젠 놀랍지도 않다. 그러고 보니 요즘 들어 왠지 비현실적인 일 속에서 살고 있는 듯한 기분이 드네?

아무튼 유스와 에바의 몸에서 뿜어져 나오던 빛이 사라지자 공중에서 보라색 그림자 하나가 바닥으로 곤두박질쳤다.

쿵!

"꽥!"

비명 한번 독특하군. 아무튼 그 보라색 그림자는 머리를 흔들며 바닥에서 일어났다.

[아야! 얼레? 여긴 세이레인 황궁이잖아? 어째서 내가 여기에 있는 거지?]

"와! 한 번만 보고도 알아내다니 이 책의 말이 사실이었나 보네?"

내가 감탄을 하며 그렇게 말하자 보라색 머리의 남자는 마치 자랑이라도 하듯 가슴을 펴며 말했다.

"당연하지! 내가 이 세이레인의 재상으로 재직한 기간이 몇 년인데? 그런데 넌 누구냐?"

보라색 머리의 남자가 날 보며 이상한 표정을 지으며 말하자 난 말없이 유스와 에바를 가리켰다. 그러자 내가 가리키는 대로 시선을 돌린 그 남자는 유스와 에바가 손을 흔들어주자 반색을 하며 말했다.

"어, 너희들? 정말 오래간만이다. 그동안 잘 지냈냐?"

[네, 아스나트님도 잘 지내셨는지요?]

유스의 인사에 아스나트는 씨익 웃으며 대답했다.

"나야 언제나 잘 지내지. 요즘은 제크리스 골탕 먹이는 데 주력하고 있고. 그런데 너희들이 웬일이냐? 안 하던 제약 문장 소환을 다 하고?"

[저~어기 마스터가 계시잖아요.]

유스의 말에 아스나트는 잠시 유스와 에바의 차림새를 훑어보다가 고개를 돌려 날 바라보았다. 이, 이거 왠지 불안한데?

난 슬그머니 밖으로 나가려다 아스나트의 뜨거운 시선을 받고는 몸이 굳어버렸다. 망할, 제발 좀 움직이란 말이다! 아스나트는 다시 나와 유스, 그리고 에바를 번갈아 훑어보더니 이내 알겠다는 듯 히죽 사악한 웃음을 지으며 말했다.

"오호라! 그러니까 저 호.색.한.이 너희 둘의 마스터란 말이지?"

'호.색.한.' 이란 단어가 망치가 되어 내 머리에 둔중한 타격을 가해와 난 황당한 표정을 지었다. 나, 난 호색한이 아니란 말야!

[아뇨. 호색한은 아니에요.]

그래, 에바 말 잘했다. 난 호색한이 아니라는 걸 증명해 줘!

[대신에 밤.마.다. 뜨.겁.죠. 오호호~♡]

아, 악마보다 더한 계집애, 저 웃음소리가 비수가 되어 내 가슴을 헤집는구나. 얼른 이 상황이 더 악화되는 걸 막아야 해!

"있는 말 없는 말 지어내서 주절대지 말란 말야!"

그러자 아스나트가 주먹으로 손바닥을 가볍게 탁 치면서 감탄했다.

"아! 저 '있는 말' 이라는 건 저 안에 사실이 끼어 있다는 이야기군. 마스터군, '아스트랄 마스터' 와 '섀도우 키퍼' 를 잘 부탁하네. 울리지 말게나."

"그, 그게 무슨 헛소리예요?"

내가 얼굴이 빨개져서 외쳤지만 아스나트는 날 무시하고는 무언가 생각난 듯 말했다.

"아, 맞다. 지금 악마들이랑 친선 마법 시합하던 중이었는데 내가 빠지면 우리 편 공격이 안 되잖아? 얼른 돌아가야겠다."

그러자 에바가 의아하다는 듯 아스나트에게 반문했다.

[에? 친선 시합? 악마들이랑 천사들이 언제부터 그렇게 사이가 좋아졌어요? 아, 그건 그렇고, 지금 어디가 이기고 있었어요?]

"아, 그게… 저쪽에 악마왕이 넷이나 끼어 있어서 조금 밀리고 있어."

아스나트가 뒷머리를 긁적이며 말하자 난 적응이 되지 않는 대화 내용에 그저 멍하니 셋을 바라보았다. 악마왕? 설마 아우터 플레인의 일곱 군주를 말하는 건가?

아스나트의 대답에 이번엔 유스가 아스나트에게 물었다.

[제크리스님도 거기 있어요?]

"제크리스는 타천사잖아. 타천사들은 이번 시합에서 중립이야. 루시퍼랑 게헤나에서 짝짜꿍하고 있을걸?"

그 대답에 유스는 조금 아쉽다는 듯 입맛을 다시며 말했다.

[제크리스님이 낀다면 끼는 쪽의 승률이 100% 일 텐데…….]

"어이어이, 전 차원계 최강 마력 소유자를 앞에 놓고 그런 소리 하면 섭하지."

[아스나트님은 농땡이 피우다가 깨지기 십상이잖아요. 아스나트님은 할 말 없어요.]

유스의 말에 아스나트가 뚱한 표정으로 말하자 그런 아스나트를 이번에는 에바가 타박을 주었다. 전혀 현실감없는 이야기만 오가는군. 난 모기장 밖이라는 이야기인가?

아무튼 한참을 이야기꽃을 피우던 세 사람은 아스나트가 이제 간다는 말을 함으로서 이야기를 끝맺었고 막 푸른색의 마법진을 공중에 그리며 돌아갈 차비를 하는 아스나트에게 막 생각났다는 듯 유스가 말했다.

[참, 그거 안 해줘요? 이번이 다섯 번째 마스턴데…….]

[맞다! 그거 해줘야죠, 그거.]

"그거라니? 무슨 소리야?"

유스의 말에 에바 역시 맞장구를 치며 아스나트에게 말하자 한참 동안 의아한 표정을 지으며 유스를 바라보던 아스나트는 갑자기 이마를 탁 치며 말했다.

"맞다! 다섯 번째의 마스터를 맞이하고 나면 그거 해준다고 했지?"

그러더니 허공에 손가락을 딱 하고 튕겼다.

"2에르, 그러니까 4시간 반 후에 금제 해방 주문이 발동될 거야. 알 겠지?"

[네!]

유스와 에바가 뭐가 그렇게 기쁜지 환하게 웃으며 아스나트에게 대 답하자 아스나트는 마법진을 마저 그리고는 그 안으로 사라져 버렸다.

아직도 상황을 따라가지 못한 내가 멍한 표정으로 아스나트가 사라 진 방향을 바라보고 있는데 에바가 내 팔에 매달리며 애교를 부렸다.

[아이, 좋아. 드디어 나의 시대가 왔다! 주인님, 뭐든지 명령만 내려 주십시오!]

그때 유스의 한마디가 에바의 표정에 찬물을 끼얹었다.

[금제 해방은 4시간 반 후야.]

[명령을 내려주세요. 4시간 반 후에요.]

[흐, 음냐, 쩝, 냐아아~ 주인님, 흐음, 냐~ 사랑해요오~ 뿌드득~ 까 드득~]

이 기묘한 소리가 뭐냐 하면 전설의 망토라 자칭하는, 하지만 체험 결과 미녀가 들어 있다라는 별 쓸데없는 기능을 가진 망토라는 것이 확인된 아티펙트 명 '섀도우 키퍼', 내가 붙인 이름으로 '에버네스 섀 도우키퍼'라는 이름을 가진 여자가 잠꼬대하는 소리다.

이 망토, 좋은 건 직접 경험해 봐서 알긴 하지만 이 전설의 아티펙트 에 불면 효과까지 있다는 건 솔직히 의외인데? 짜증나 미칠 지경이

군, 깨울 수도 없고. 며칠을 같이 자봤지만 그때는 내가 먼저 잠든 상
태였기 때문에 알 수가 없었고 예전에 여관에서 숙박할 때도 유스와
에바는 주로 아티펙트 안에서 잤기 때문에 몰랐는데 이번에 한침대에
서 같이 자려니 상황이 말이 아니다.

코 고는 소리하고 자면서 헛소리하는 것까지는 봐줄 수 있는데 도대
체 이놈의 이 가는 소리는 들을 때마다 소름이 돌아오는 데다 적응마
저 되지 않는 바람에 진짜 잠을 잘 수가 없다. 거기다 양쪽에서 내 팔
을 꼬옥 끌어안고 자고 있으니 80세 먹은 노인네라도 이걸 보면 잠을
이루지 못할 텐데 난 건전한 데다가 건강하기까지 한 청소년이니 더
말할 것도 없지. 망할. 살짝 빠져나가려 시도해 보기는 했지만 이놈의
양팔을 꽉 붙잡힌 상태이니—덕분에 지금 내 팔에서는 핏기가 서서히 가시
고 있다—빠져나갈 수도 없고 나로서는 이러지도 저러지도 못하는 상
태에 빠져 버린 것이다.

"미치겠군."

나의 한숨 섞인 중얼거림과 함께 밤은 지나가고 있었다.

[에? 주인님, 눈이 충혈되어 있어요. 먼지라도 들어갔나요?]

"말 걸지 마, 괴로우니까."

자신이 어젯밤에 저지른 만행을 알 리 없는 에바의 물음을 난 단 한
마디로 일축해 버리고는 그대로 탁자에 엎어져 버렸다. 망할, 대체 누
구 때문에 잠을 못 잤다고 생각하는 거야?

게다가 내 팔은 아직도 피가 제대로 돌지 않아서 정상 기능을 회복
하지 못하고 있다. 팔이 저려와서 미치겠군. 피부 색마저 푸르뎅뎅하
게 변해 있을 지경이니 말 다 했지. 이거 밥도 못 먹는 거 아냐? 걱정되

는데?

바깥을 보니 벌써 동이 터오고 있었다. 그러고 보니 그 아스나트인가 하는 전혀 대단한 마법사로는 보이지 않는 마법사—진짜 마법사 맞아?—가 그때 이후 네 시간 반인가 후에 금제 해방인가 뭔가가 된다고 했지? 그게 대체 무슨 소리지? 변한 건 아무것도 없는 것 같은데.

"에버네스, 어제 아스나트라는 마법사가 말한 그 금제 해방인가 뭔가 하는 게 대체 뭐야? 뭐 좋은 거라도 있어?"

내 말에 에바는 그제야 생각났다는 듯 손뼉을 한번 짝 하고 치더니 유스를 돌아보며 말했다.

[맞다! 유스트레스! 금제 해방! 난 아직 힘 조절을 못하니 네가 한번 해봐.]

에바의 호들갑에 유스는 시큰둥한 얼굴로 고개를 끄덕이고는 이내 한 손을 들어 올리며 중얼거렸다.

"……!"

음, 저런 말은 들어보지 못한 것 같은데? 마법 주문인가? 아무튼 유스가 말을 마치자 주먹만한 빛의 구가 유스의 손 위로 떠올랐다. 그러자 유스는 시큰둥한 얼굴 그대로 에바에게 말했다.

[힘은 개방되었어. 본체는 해방되었는지 모르겠지만 말야.]

[와! 이제 힘의 50%를 쓸 수 있다 이거지? 좋았어!]

그러자 에바는 박수를 치며 좋아했다. 무슨 말인지는 모르겠지만 왜 내 물음은 씹는 거야! 내가 벌레 씹은 표정을 하고 있는데 갑자기 에바가 내 쪽을 돌아보더니 말했다.

[주인님! 이제 뭐든지 명령만 내려주십시오! 세계 정복이라도 마다하지 않고 하겠습니다!]

"그, 그래? 마음대로 해. 난 별로 실감이 안 나니까."

난 얼떨떨한 목소리로 대답했다. 세계 정복이라니? 날 무슨 마왕으로 만들 셈이야?

그때 문이 조금 열리더니 어제의 그 시녀가 고개를 내밀고는 조심스럽게 식사를 가지고 들어왔다. 보아하니 어제 상당히 충격이 컸나 보군. 아무튼 시녀는 내 것과 유스, 에바의 식사를 탁자 위에 내려놓고는 상큼한―적어도 에바의 목소리보다는 상큼했다. 진짜다―목소리로 말했다.

"길리언 전하의 전언이 있으셨습니다. 식사를 마치고 길리언님의 방으로 오시라는 전언이었습니다."

"그, 그래요?"

내가 대답하자 그녀는 고개를 끄덕이더니 어제저녁에 먹고 탁자 위에 올려둔 식기들을 가지고 나갔다. 그런데 길리언의 방으로 오라고? 난 길리언의 방이 어딘지 모르는데?

계산은 한순간에 끝났고 난 튕기듯 자리에서 일어나 급히 문을 열어젖히고는 저 앞에 걸어가는 그녀를 불렀다.

"이, 이봐요!"

"아, 네?"

그녀가 뒤를 돌아보자 난 가슴을 쓸어 내리며 그녀에게 말했다.

"저기… 전 길리언 전하의 방이 어딘지 모르거든요? 그러니까……."

"제게 안내를 부탁하신다는 말씀이신가요?"

바로 그거야! 내가 고개를 끄덕이자 그녀는 살짝 미소 지으며 말했다.

"그럼 30분 후에 다시 오도록 하죠. 그럼 식사 맛있게 드시길……."

그러고는 뒤돌아 걸어갔다. 저 시녀 분, 인간성 좋은데? 난 그렇게 생각하며 방으로 돌아왔다가 내 위장이 피눈물을 흘리며 통곡을 할 장면을 보고 말았다.

"에버네에스으 새애도우키이퍼어어어! 혼자서 세 명분의 식사를 다 먹어버리면 어떻게 하자는 거야아!"

내가 절규하자 그러자 에바는 에헤헤 하고 웃으며 말했다.

[그, 그게요, 에헤헤~ 한입 먹어보니 맛있어서 저도 모르게 다 먹어버렸어요.]

그렇게 웃는다고 해결될 일이 아니란 말이다! 불쌍한 내 위장. 크흑!

하는 수 없이 뱃속이 아우성치는 것을 적당히 누르고는 30분 후 나타난 시녀 분의 안내로 한참을 이리 돌고 저리 돌아 길리언의 방 앞에 도착했다. 그러고 보니 그녀의 이름도 아직 못 물어봤군. 좀 미안한데?

"안내해 주셔서 감사합니다."

"아뇨. 이게 제 일인걸요."

내가 꾸벅 고개를 숙이자 그녀는 당치 않다는 듯 급히 대답했다. 오오! 이 얼마나 겸손하고도 아름다운 태도란 말인가? 내 망토와 건틀렛에 있는 누구들하고는 정반대로군 정말.

[주인님! 저따위 여자와 비교하다니, 정말 곤란한데요?]

[맞아요! 저런 몸매도 빈약한 여자 어디가 좋다는 거예요!]

이 외에도 몇 가지 항의가 머리 속에서 울려 퍼졌지만 난 무시했다. 진실은 은폐하려 한다고 해서 묻혀 지는 게 아니라고.

난 그렇게 생각하며 길리언의 방 문고리를 잡고 천천히 열었다. 그런데 그때 내 귀로 한동안 듣지 못했던 익숙한 목소리가 길리언과 대화하는 것이 들려왔다.

"저 같은 하찮은 것을 끌어들이시기 위해 인질까지 잡으시다니 세이레인의 철혈황제 길리언 전하께서도 많이 타락하셨군요.”

이, 이 목소리는 분명 아버지의? 하지만 어째서 아버지가 길리언과 저런 대화를 나누고 있는 거지?

문 안쪽에서 들려오는 목소리에 더욱 집중하자 곧바로 길리언이 아버지에게 말하는 소리가 들려왔다.

“나이트 길드의 프리 나이트 제디스틴님이 하찮은 분이시라면 과연 이 세상에 하찮지 않을 사람이 몇이나 될지 궁금합니다. 당신을 우리 쪽으로 끌어들이는 데 이 정도 수고로 끝이라니 이거야말로 정말 다행이죠. 만약 안 되었다면 더 심한 짓을 할 작정이었습니다만…….”

가만, 이건 무슨 소리야? 난 문을 더 열려던 손을 멈추고는 문 쪽으로 귀를 바짝 갖다 대었다.

아버지는 길리언의 말에 비웃듯 코웃음을 치며 말했다.

“하! 그러십니까? 하는 수 없죠. 제게는 이 몸보다 그 녀석이 더 중요하니까요. 하지만 전하께서 아시는 대로 전 프리 나이트입니다. 프리 나이트를 고용하는 방법이 무엇인지는 전하께서 더 잘 아시리라 믿습니다만…….”

“물론입니다. 300만 드리겠습니다. 이 정도면 충분하리라 믿습니다만…….”

길리언은 아버지의 말에 대뜸 거금을 제시했다. 사, 사, 삼백만? 난 그 금액의 크기에 경악했지만 곧 이어 나온 아버지의 말은 아예 내 입을 다물지 못하게 했다.

“거기다가 한 번 전투 당 15만. 이 조건이면 승낙하죠.”

“후우, 저희 세이레인의 재정 상태도 좀 생각해 주시지 않으시겠습니까? 250만에 전투 당 13만 이상은 곤란합니다만…….”

길리언이 정말로 곤란하다는 듯한 목소리로 그렇게 말하자 아버지는 한숨을 길게 내쉬고는 길리언에게 말했다.

"그러죠. 이쪽에서 이래라저래라 나설 처지는 못 되니까 말입니다."

상황이 어떻게 된 건지 궁금함을 참지 못한 나는 결국 문을 벌컥 열어젖혔다. 약간 당황한 표정의 길리언과 내가 그토록 보고 싶었던, 하지만 의외의 복장을 한 남자를 볼 수 있었다. 나와 같은 금발에 붉은 눈동자, 약간 각진 턱과 얇은, 그리고 선명하게 붉은 입술. 그는 목소리에서 예상한 대로 내 아버지였다. 중형 판금 갑옷을 입은 것은 좀 의외였지만 말이다.

난 떨리는 목소리로 아버지에게 말했다.

"아, 아버지? 아버지가 어떻게 여기 와 있는 거죠? 그리고 어째서 그런 갑옷을 입고 있는 건지……?"

아버지는 가볍게 미소 지었다. 여유있는 미소였다. 그리고는 말했다.

"상황 판단을 못하는 그 멍청함은 여전하구나. 밖에서 다 들었을 텐데도 아직까지 상황을 이해하지 못하다니……."

알고 있었던 건가? 하지만 지금 중요한 건 그런 사소한 게 아니잖아! 난 화가 치밀어 오르는 것을 느끼며 아버지에게 외쳤다.

"지금 그런 문제를 말하는 것이 아니잖아요! 분명 자기 입으로 평범한 중소 농민이라고 말해 놓은 주제에 어째서 이런 평범치 못한 장소에 평범치 못한 차림으로 평범치 못한 액수의 금액을 평범치 못할 것이 분명한 일의 대가로 요구하며, 게다가 평범치……."

"그만 해. 그만 해도 네가 뭔 소릴 하고 싶은 건지 다 알아들었으니까."

내가 흥분해서 목소리를 높이자 아버지는 쓴웃음을 지으며 날 제지했다. 길리언은 방관자의 입장을 지킬 모양이었다. 아무 말도 안 하는 걸 보니까.

내가 진정할 겸 말을 멈추자 아버지는 가볍게 한숨을 내쉬더니 말했다.

"어차피 이렇게 되었으니 말해 주지. 객관적인 입장에서의 나는 본명 제디스틴 리스나르트로, 통칭 제딘 리스나르트라 불리기도 하는 네 아버지이자 레트니아 나이트 길드의 프리 나이트다. 뭐, 달리 말하자면 용병이라 할 수 있지. 적어도 네가 생각하는 썩어 빠진 귀족이나 왕족 나부랭이는 아니야."

"다 좋은데 말씀을 좀 삼가해 주셨으면 감사하겠습니다만…… 저도 왕족인데 썩어 빠진 왕족 나부랭이라니……."

길리언이 아버지의 말에 씁쓸한 표정을 지으며 말하자 아버지는 그런 길리언을 잠시 바라보다가 고개를 끄덕인 다음 다시 말했다.

"좋아, 정정하지. 썩어 빠지기는 했지만 그나마 몇몇 예외인 귀족이나 왕족은 빼지."

길리언은 여전히 마땅찮은 표정을 짓고 있었지만 아버지의 말에 토를 달지는 않았다. 솔직히 아버지의 말은 사실이었으니까.

내가 다시금 아버지를 바라보자 아버지의 말은 계속되었다.

"네 어머니가 죽은 후에 난 이 일을 그만두고 널 데리고 레나스로 내려와 조용히 살았다. 다행히 듀크 오브 소드 마스터 블릭스 공작님이 묵인해 준 덕분에 조용히 살 수 있었지만 철혈황제라 불리는 길리언 전하께서 레나스까지 친히 내려오실 줄은 나로서도 솔직히 의외였지."

여기서 아버지는 잠시 말을 끊고는 호흡을 가다듬었다.

"곧 대규모의 전쟁이 일어날 것을 짐작한 길리언 전하는 날 회유하려 하셨지만 난 거절했다. 더 이상 전쟁에 관여하는 게 싫었기 때문이지. 거기다 내가 움직이면 나에게 여러모로 도움을 받은 적이 있는 나이트 길드도 이 전쟁에 끼어들 것을 충분히 알고 있었기에 더 더욱 난 길리언 전하의 요청을 거절했다. 그래서……."

거기까지 말한 아버지가 갑자기 길리언을 무섭게 쏘아보자 길리언은 짐짓 아버지의 시선을 피했다. 옆에 서 있는 나조차 싸늘한 한기가 느껴질 정도의 굉장한 살기였다. 아버지가 눈빛만으로 사람을 주눅 들게 할 수 있을 정도로 굉장한 사람이었단 말인가?

아버지는 그렇게 길리언을 노려보다가 쓰게 내뱉듯 내게 말했다.

"길리언 전하는 널 이용했지. 네 신병을 확보해서 날 끌어들인 거다."

난 아버지의 말에 당황한 표정을 지어 보였다. 단지 그것 때문에 길리언이 날 비호한 거란 말인가? 단지 그것 때문에?

아버지의 말은 내가 무슨 생각을 하든 계속되었다.

"때마침 널 내게서 빼낼 좋은 구실이 생겼고 난 네 멍청하기 짝이 없는 행동에 이를 갈았지만 결국은 길리언의 요청을 승낙하는 수밖에 없었다. 멍청한 녀석."

아버지의 말이 끝나자 난 머리 속이 새하얗게 탈색되어 가는 기분을 느꼈다. 아무 생각도 떠오르지 않았다. 난 결국 도구였단 말이군. 아무것도 모르고 이용당한 바보 자식이란 거고.

난 웃었다. 웃음이 나와 참을 수가 없었다.

"킥킥킥, 후후후, 우하하하하하!"

"로, 로엔 군?"

길리언이 당황한 얼굴로 날 불렀으나 난 그를 무시하고 계속 웃었다.

"후, 하하하! 축하드리지요, 길리언 전하. 제 덕분에 목적을 달성하셨으니 말입니다. 아무것도 모르고 당신과 이스카님의 장단에 놀아난 내가 멍청하다는 생각이 머리 속에서 떠나질 않는군요. 아, 날 통해서 전부터 노리던 검도 손에 넣으셨겠다 거기다가 진짜 날 통해 이루려던 목적도 달성하셨으니 이제 전 필요없으시겠죠? 당신이 주신 리더스 카드, 여기 있으니 도로 가져가시죠."

내가 그의 얼굴에 황금색으로 빛나는 리더스 카드를 집어 던지자 길리언은 당황한 표정을 감추지 못하곤 리더스 카드를 받아 들었다.

철저히 돌려준다. 받은 만큼, 그리고 이용당한 만큼. 난 그렇게 생각하며 유스와 에바를 불렀다.

"유스트레스! 에버네스! 나와!"

내가 외치자 망토와 건틀렛이 빛나면서 유스와 에바가 나타났다.

[예, 주인님.]

[부르심을 받고 에버네스 섀도우키퍼, 여기 대령했습니다.]

과연 내 생각을 읽을 수 있어서 그런지 오늘은 달라붙지 않는군. 그때 아버지가 의아한 표정으로 나에게 물었다.

"로엔, 이 여자들은 누구냐?"

난 아버지의 말을 무시했다. 내가 이렇게 된 데에는 아버지의 책임도 크다구. 아버지를 원망할 생각은 없지만.

난 에바와 유스에게 말했다.

"너희들, 내가 말하면 세계 정복이라도 한다고 했지?"

[예, 주인님. 시키시는 일이라면 비록 불가능한 일일지라도 가능하게 만들어서 이행합니다.]

유스가 대답하자 난 씨익 웃었다. 그래, 그렇단 말이지?

"지금부터 너희 둘은 이 세이레인을 멸절시킨다. 다시 말한다. 멸절이다. 개미새끼 한 마리라도 살려두지 마라."

"로엔 군, 그게 무슨 소리인가? 악마라도 될 생각인가?!"

길리언이 내 말에 경악해서 외치자 난 그의 말에 싸늘하게 쏘아주었다.

"당신이 내게 힘을 주었고 내게 알려주어서는 안 될 사실 역시 알려주었지. 지금부터 힘을 가진 자가 독한 마음을 먹으면 어떻게 되는지 보여주겠어. 유스트레스, 에버네스, 실행해."

[네, 주인님. 지금부터 목적의 실행을 위해 본체를 개방해 힘을 최대한 전개합니다. 본체를 개방하는 데 대한 허가를 요청합니다.]

유스가 내 말에 무표정한 얼굴로 답하자 난 바닥에 침을 탁 내뱉고는 유스에게 말했다.

"마음대로 해. 어떤 수단을 사용해도 상관없다. 세이레인을 멸절시켜."

"그렇게 되도록 놔두지 않는다! 아무리 흥분해서 판단할 능력을 상실했다 해도 이럴 수는 없어! 네가 죽지 않는다 해도 내가 죽을 때까지 널 죽이겠다!"

내 말에 길리언이 내게 검을 휘두르며 외치자 난 몸을 굴려 길리언의 검을 피하려 했다.

카앙!

그때 맑은 금속성이 울려 퍼지면서 아버지가 길리언의 검을 막아내었다. 유스와 에바가 힘을 개방하자 궁성이 지진이라도 난 듯 흔들리기 시작했다. 그러자 그것을 느끼고 다급해진 길리언이 자신의 검을 막고 있는 아버지에게 말했다.

"당신의 아들을 막지 않으면 이 세이레인뿐만 아니라 세계가 멸망할 지도 모른다! 그래도 좋단 말이냐?"

"상관없어. 난 수만, 아니, 수십만의 목숨보다 내 아들 하나의 목숨이 더 중요하다. 살아만 준다면 내 아들이 무얼 하든 상관하지 않아!"

아버지의 싸늘한 대꾸에 길리언이 이를 악물며 말했다.

"당신, 미쳤군. 정말로 미쳤어."

하지만 아버지는 별다른 표정 변화 없이 코웃음을 치며 대꾸했다.

"흥! 내가 당신의 요청을 거절했을 때 더 이상 손을 대지 말았어야 했다. 상황이 이렇게 되도록 자초한 건 바로 당신이 아닌가?"

"빌어먹을!"

길리언이 욕지거리를 내뱉으며 아버지의 검을 향해 크게 힘을 넣어 검을 쳐 올리자 곧바로 아버지와 길리언은 검을 섞기 시작했다. 난 아버지를 보호할 필요성을 느끼고는 아직 몸에서 검은색 빛을 뿜어내고 있는 에바에게 말했다.

"에버네스, 본체의 개방이 끝나면 아버지를 도와준 다음 원래의 목적을 수행해."

[알겠습니다. 명령, 수행하겠습니다.]

유스와 에바의 몸에서 나오는 빛이 점점 줄어들기 시작했다. 그와 동시에 유스와 에바는 몸을 최대한 웅크리더니 갑자기 온몸을 쫙 펴면서 팔을 양 옆으로 벌렸다. 그러자 등에서 붉은 날개가 돋아났다. 으응? 붉은 날개?

"설마……?"

내 입에서 나도 모르게 흘러나온 말이었다. 설마 그녀들이 말로만 듣던 타천사란 말인가? 유스와 에바는 힘의 개방이 다 끝났는지 날개를 접더니 이후 에바가 한 손을 들어 길리언을 향해 검지를 뻗었다.

"허억! 크아악!"

마침 아버지의 쉴 새 없는 공격을 막아내며 간신히 방어만을 하고 있던 길리언은 에바가 자신을 가리키자 갑자기 헛바람을 삼키며 신음소릴 내더니 결국 입에서 피를 토하며 쓰러졌다. 그리고는 끝이었다. 길리언이 더 이상 움직이지 않자 다가가 길리언을 살펴보던 아버지가 혀를 차며 말했다.

"아까운 인간이 죽었군. 그나마 귀족 중에서는 제대로 된 인간이었는데 말이지."

죽었어? 그래도 나에게 잘해주었던 인간인데……. 하지만 난 남에게 이용당하는 것만큼은 절대로 싫다. 그것도 내가 모르게 이용당했다면 더 더욱 말이다. 날 이용한 사람은 반드시 죽일 것이다. 그것도 잔인하게. 하지만 아버지는 왜 날 돕는 걸까? 나라 하나를 멸절시키려는 날?

"후회… 하지 않을 자신은 있는 거냐?"

갑자기 아버지가 나에게 말했다. 아버지를 돌아보자 아버지는 진지한 표정으로 날 바라보고 있었다.

"후회하지 않을 거냐? 저 둘은 네가 명령한 대로 이 세이레인을 멸절시킬 능력은 충분히 있는 것 같다. 하지만 넌 네 행동에 후회하지 않을 자신이 있는 거냐?"

아버지의 말에 난 고개를 떨구었다. 후회라…… 그런 건 일을 저지른 다음에나 하는 거지. 하지만 이번 일을 저지른다면 후회할 것 같군.

난 쓰게 웃으며 아버지에게 말했다.

"아마도… 후회하게 되겠지요."

"그럼 그만둬라. 후회할 짓을 해서 좋을 건 없다. 특히 이런 일은 평생 동안 네 머리 속에서 널 괴롭힐 거다."

유스와 에바는 아직 날개를 접은 채로 내 명령을 수행하러 떠나지 않고 있었다. 아버지의 말 때문에 그런 건지는 모르겠지만 내가 망설이고 있다는 걸 알고 있는 모양이다. 난 한숨을 내쉬고는 아버지에게 말했다.

"관두죠. 지금까지 아버지의 말을 들어서 나쁜 일은 없었으니까. 그런데 이제 어쩔 생각이시죠? 저와 아버지는 이미 황제의 형을 살해했다구요."

"어떻게든 되겠지. 일단은 어떤 이유에서인지는 모르겠지만 널 주인으로 부르는 저 두 사람, 사람이라 부르는 건 실례인가? 아무튼 저 둘에게 부탁해서 탈출하는 수밖에 없다."

아버지가 고개를 가로저으며 그렇게 말하자 내가 생각해 봐도 아버지가 말한 것 이외에는 별다른 뾰족한 수가 없었다. 내가 에바를 바라보자 에바는 고개를 끄덕이고는 손가락을 딱 튕겼다.

"어어어?"

갑자기 나와 아버지의 몸이 떠오르기 시작했다. 갑작스런 상황에 균형을 잡지 못한 내가 다시 에바를 바라보자 에바는 미소 지으며 말했다.

[생각하십시오. 그럼 그 생각대로 날아가실 수 있을 것입니다. 저희들은 뒤를 따르도록 하죠.]

생각이라……. 창가 쪽으로 움직여겠다고 생각하자 정말로 몸이 창가 쪽으로 이동하기 시작했다. 창밖으로 바깥의 동정을 살펴보니 아까의 진동, 때문인지 소란스러웠다. 그렇게 밖을 보고 있는데 갑자기 문이 벌컥 열리면서 누군가가 들어왔다.

"길리언 전하, 무사하십니까?!"

이스카로군. 이스카 폰 블릭스 더 듀크 오브 소드 마스터. 이스카는 창가 쪽에 둥둥 떠 있는 나와 아버지, 그리고 날개를 펼치는 에바와 유스, 마지막으로 쓰러져 있는 길리언을 바라보더니 일그러진 얼굴로 검을 뽑았다.

"너희들이 감히 전하를! 로열가드들은 빨리 전하를 다른 방으로 모셔라!"

"예!"

일이 다급해졌군. 난 에바와 유스에게 급히 외쳤다.

"에바! 유스! 아버지와 날 한 명씩 붙잡고 탈출해!"

[예, 주인님!]

"쉽게 탈출하도록 놔두지 않는다! 죽어라!"

분노한 이스카가 검을 들고 우리에게 달려들었지만 에바와 유스는 신속하게 각기 나와 아버지를 뒤에서 껴안고는 창밖으로 뛰어내렸다.

"궁수들과 마법사들은 뭘 하고 있나! 빨리 저것들을 쏘아서 떨어뜨리지 않고!"

창에서 이스카가 고개를 내밀고 고함을 질러대자 유스와 에바는 그에 반응이라도 하듯 빗발치게 날아오는 화살을 피해 높이 날아올랐다. 그때 어디선가 커다란 불덩이가 하나 날아왔지만 유스는 간단히 그것을 피해내고는 나에게 물었다.

[어떻게 할까요?]

그, 그게… 이 사태를 어떻게 해결해야 하지? 그때 화살 하나가 내 다리를 스쳐 갔다. 상처가 나지는 않았지만 옷이 찢어져 버렸다. 젠장할!

"일단 저 밑에 있는 저 녀석들 좀 조용히 시켜봐."

내가 성벽에서 빗발치듯 화살을 날리고 있는 일단의 궁수 부대를 가리키며 말하자 유스는 평소의 나긋나긋한 목소리와는 전혀 다른 딱딱한 목소리로 내 말에 대답했다.

[명령, 수행합니다.]

그리고는 에바와 함께 화살이 닿지 않는 더 높은 곳으로 날아오르기 시작했다. 그리고는 나와 아버지를 그곳에 띄워놓고는 마법인지 뭔지 모를 반투명한 막을 나와 아버지의 주변에 치며 말했다.

[이 안에서라면 안전하실 것입니다. 여기서 기다려 주십시오.]

그러더니 에바와 유스는 고공에서 급강하해 궁수 부대와 마법사들에게 달려들었다. 화살과 마법의 비가 그녀들에게 쏟아지기 시작했지만 그녀들은 그 화살과 마법들을 마법의 장벽으로 간단히 팅겨내며 양손에 불꽃은 아니지만 붉은색으로 빛나는 구체를 만들어내어 이리저리 던지기 시작했다.

"휘이익! 이거 정말 대단한데?"

그 모습을 바라보던 아버지가 감탄사를 내뱉었다. 내 생각 역시 아버지와 별다를 게 없었다. 그 붉은색 공에 맞은 성벽이나 사람은 어김없이 대폭발을 일으켰으니까 말이다. 모르긴 몰라도 전 대륙에 2,000명이 채 되지 않는다는 대마도사라 하더라도 저 정도 위력의 마법을 쓰긴 힘들 것 같았다.

그렇게 에바와 유스가 그 붉은색 공을 이리저리 날려대며 공격하자 성벽의 궁수들은 당황해서 이리저리 흩어졌고 에바와 유스는 충분히 목적을 달성했다고 여겼는지 다시 나와 아버지 곁으로 날아올라 왔다.

[이제부터는 어떻게 할까요, 마스터?]

에바 너, 이중인격이었구나? 이렇게 차가운 음성이라니……. 어쨌든 날 이용해 먹은 길리언은 죽었으니 이제 복수의 대상은 사라진 셈이군. 아버지도 날 이용해 먹은 건 마찬가지지만 아버지는 아버지니까.

"그럼 이제 어떻하지? 아버지, 무슨 대책이라도 있어요?"

한참 동안 고민하던 난 결국 아버지에게 묻는 방법을 택했으나 아버지 역시 별 뾰족한 수가 없었던 듯 어깨를 으쓱하며 말했다.

"나라고 별수있겠냐. 뭐, 여기 그대로 있기도 그러니까 토라의 수도 카르이로 가자. 거기 나이트 길드의 본부가 있으니 설마 그래도 명색이 전대 마스터인데 박대하지는 않겠지."

후우, 결국 집으로는 돌아가지 못하는 건가? 미하일 녀석, 레인 녀석, 보고 싶은데……. 내가 잠시 친구들 생각을 하다가 유스를 바라보며 고개를 끄덕이자 유스와 에바는 나와 아버지를 각각 뒤에서 끌어안더니 북쪽으로 날아가기 시작했다.

The Fifth Case

Karen Mihaien

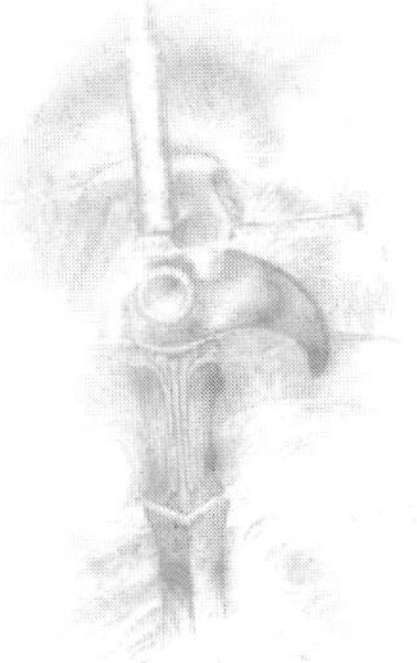

Karen Mihaien

마법의 본산이라 할 수 있는 마법의 탑. 갑자기 이 마법의 탑 4층의 한 창문이 부서지며 불길이 치솟더니 한 사람이 부서진 창문에서 밖으로 튕겨 나갔다.

"으아아악! 윈드 피더 폴!"

그가 창문에서 떨어지면서 비명을 지르며 마법 주문을 외우자 그가 추락하는 속도는 갑자기 현저히 느려지기 시작해 결국 그가 안전하게 바닥에 착지할 수 있을 정도로 느려졌다. 하지만 전혀 안전하지 못했던 것이 깨져서 바닥에 떨어졌던 창문의 유리창이 착지하는 그의 엉덩이를 사정없이 찔러버렸기 때문이다.

"아야야!"

그는 급히 일어나서 엉덩이를 살피더니 로브가 약간 찢어진 것 외에는 아무 이상이 없자 그는 이내 탑의 위를 향해서 고래고래 고함을 질러댔다.

"야! 이 빌어먹을 할망구야! 아무리 내가 좋아도 그렇지 애정 표현을 플레임 볼로 하는 할망구가 어디 있어!"

그러자 그가 떨어졌던 4층의 창문에서 한 여자가 고개를 내밀고는 맞받아 외쳤다.

"헛소리 말고 나한테 빌려간 미스릴이나 내놔! 오늘 돌려준다고 했잖아!"

"그게 어제 실험하다 다 날려서 없다고 몇 번이나 말했어! 다음 마법 재료 들어오는 날에 내 몫에서 미스릴 5㎏ 줄 테니까 잔소리 그만 하고 네 일이나 하란 말이다!"

창문에서 고개를 내밀고 있던 여자도 화가 났는지 큰 소리로 고함을 질러댔다.

"저 망할 놈의 영감탱이가! 영감탱이 때문에 오늘 하려고 했던 실험을 미스릴이 부족해서 못하잖아! 으아아! 화난다! 화이어 플레임 볼!"

"저, 저 미친 할망구! 어디다 마법을 쓰는 거야! 아쿠아 프로즌 실드!"

둘은 한심해 보이는 말투와는 달리 높은 실력의 마법사였던 모양인지 서로에게 중상급 마법을 난사해 대며 고래고래 고함을 지르고 있었다.

이쯤 되면 주변에서 뛰쳐나와 말려야 정상이건만 주변 사람들은 그저 시큰둥한 반응을 보일 뿐이었다.

"저 두 사람, 또 시작했구만. 이젠 지겹지도 않나?"

"분명 스아딘님이 또 마법 재료 빌려놓고는 갚지 않았을 거야. 분명해."

"저번에는 아다만타인이었는데 이번에는 미스릴인가?"

"마법 재료를 빌려놓고 안 갚다니 시아나님이 화내실 만도 하지."

"두 분 다 마스터이신데 이번에는 어느 쪽이 이길까나?"

"이기긴 누가 이겨? 보나마나 중간에 메이테시온님이 중재하실 텐데. 뻔해."

과연 마지막의 예상대로 잠시 후 한 노인이 탑에서 나와 창노한 음성으로 외쳤다.

"매지컬 안티 매직 쉘!"

그 외침과 동시에 막 4층의 여자 시아나가 던지려던 플레임 볼이 피식 하는 소리를 내며 꺼져 버렸고 아래의 남자 스아딘의 손에 맺혀 있던 전기 역시 방전되어 버렸다. 실로 대단한 효과의 마법이라 할 수 있었다.

둘이 당황한 표정으로 그 노인을 바라보자 노인 메이테시온은 잔뜩 화가 난 표정으로 둘에게 외쳤다.

"마스터씩이나 되는 칭호를 받은 사람들이 도대체 이게 무슨 짓들인가? 한두 살 먹은 어린애들도 아니고! 조용히 마법 수련에 전념하는 후배들 보기에 부끄럽지도 않나?! 게다가 스아딘 자네는 마나메탈을 빌렸으면 제때 갚아야지 왜 마법 재료들이 들어올 때에 맞추어서 갚으려고 하는 건가?"

그 호통에 스아딘이 얼굴을 푹 숙이자 시아나는 득의의 미소를 지으며 고개 숙인 스아딘을 바라보았다. 하지만 메이테시온의 말은 끝난 게 아니었다.

"시아나 자네도 마찬가지네! 스아딘이 제때 안 갚는 걸 뻔히 알면서 왜 빌려주나? 그래 놓고는 제때 갚지 않는다고 이 난리를 피우니 다음부터는 아예 빌려주지를 말게나! 다음에 또 빌려줘 놓고 안 갚는다고 이 난리를 피우면 그때는!"

"그때는……?"

시아나가 역시 잔뜩 주눅 든 얼굴로 메이테시온을 바라보자 메이테시온은 단호하게 잘라 말했다.

"방 빼게 하겠네!"

결국 시아나의 고개도 앞으로 꺾였다.

'방 뺀다' 는 말은 마법의 탑 은어로 마법의 탑에서 더 이상 연구를 수행하지 못하게 되며 마법의 탑에서 나오는 1달에 100만 아데나의 연구비 역시 지원받지 못하게 된다는 의미였다. 그런데 그 말이 마법의 탑에서 최고의 발언권을 지닌 대현자라 불리는 마스터 메이지 메이테시온의 입에서 나왔음에야 더 이상 말할 것도 없었다.

메이테시온은 고개를 푹 숙이고는 터덜터덜 걸어 들어가는 스아딘과 시아나 뒷모습을 보고는 마땅찮다는 듯한 표정으로 혀를 찼다.

"에잉, 저런 것들이 마법의 탑의 마스터들이라니, 마법의 탑이 어찌 되려는지……."

그렇게 혀를 차는 메이테시온의 뒤에서 누군가가 말을 걸어왔다.

"저기… 여기가 그 마법의 탑 맞습니까?"

말소리가 들려오기가 무섭게 사뿐히 뒤로 돌아 자기에게 말을 건 사람을 바라보는 메이테시온의 얼굴은 영업용 스마일, 그 이상도 그 이하도 아니었다.

"마법의 탑에 오신 걸 환영합니다. 무슨 일로 오셨습니까?"

그런 메이테시온의 반응에 그에게 말을 건 그 사람은 당황한 기색이 역력한 표정을 지으며 말을 꺼내지 못했다.

"저기… 그러니까… 그게……."

메이테시온은 그의 모습을 유심히 바라보았다.

검은 머리카락에 흑갈색 눈동자, 부드러운 턱 선, 여자가 아닐까 의심되게 만드는 짙고 긴 속눈썹, 얼핏 보면 역시 여자로 오해받을 소지가 충분한 유려한 몸의 곡선…….

메이테시온은 실례인 걸 알면서도 궁금증을 참지 못하고 물었다.

"혹시… 여자이십니까?"

그러자 그는 깜짝 놀라면서 황급히 부정했다.

"아, 아닙니다. 전 분명 남자입니다. 확인시켜 드릴 수도 있습니다."

"네네, 그러십니까? 그런데… 무슨 일로 오셨지요?"

그러자 그는 다시 우물쭈물하다가 결심한 듯 큰 소리로 외쳤다.

"저, 저기… 마, 마법을 배우고 싶습니다!"

"그러니까 토라 제국의 마법 아카데미에서 수학하다가 아카데미의 학장 추천으로 여기 마법의 탑에 마법을 배우러 오셨다는 거군요?"

갑작스런 그의 외침에 급성 쇼크성 심장 발작으로 잠시 가슴을 움켜잡고 고통스러워했던 메이테시온은 평정을 되찾은 후 자기의 방으로 옮겨 그와 이야기를 나누고 있었다.

"네, 그렇습니다. 여기 추천서도 있습니다."

그가 품 안에서 편지를 한 장 꺼내서 메이테시온에게 보여주자 편지를 대충 훑어본 메이테시온은 편지를 접어 품 안에 집어넣고 그에게 말했다.

"전 계열의 중급 마법까지는 모두 마스터라……. 상당한 실력이시군요. 내일 다시 이곳으로 오시기 바랍니다. 당신을 가르칠 만한 선생을 물색해 보려면 그 정도의 시간은 필요하니까요. 그럼 살펴가시기 바랍니다, 카렌 미하이언 군."

"네, 그러죠. 내일 다시 찾아오겠습니다. 그럼 이만."

다음날 카렌은 다시 마법의 탑을 찾아왔다.

"당신을 가르쳐 주실 두 분의 선생님이십니다. 마스터 스아딘과 마스터 시아나입니다. 인사하세요."

메이테시온이 어제 마법을 난사하며 난리를 쳐댔던 두 사람을 카렌에게 소개시켜 주며 말하자 카렌은 그들에게 깊숙이 고개를 숙이며 인사했다.

"카렌 미하이언이라고 합니다. 앞으로 잘 부탁드리겠습니다, 두 분 선생님."

그의 정중한 인사에 스아딘과 시아나는 아직 서로에게 앙금이 남아 있는 듯 어색한 표정으로 서로를 바라보다가 카렌의 인사를 받았다.

"스아딘 아슬라인입니다. 미력하나마 마스터의 칭호를 받고 있습니다."

"전 시아나 크라이스라고 해요. 역시 마스터입니다. 이쪽이야말로 잘 부탁해요."

그러다가 갑자기 둘이 서로를 노려보기 시작하자 메이테시온은 그들의 모습을 흡족한 표정을 지으며 바라보았다. 일이 이렇게 된 데에는 메이테시온의 모종의 음모가 있었던 것이다.

전날 밤, 메이테시온의 방.

"말도 안 돼요! 어째서 제가 저 영감탱이와 같이 학생을 가르쳐야 한다는 거죠?"

"맞습니다! 저 할망구랑 같이 가르칠 바에는 차라리 저 혼자 하겠습니다!"

어제 두 사람의 모습을 바라보며 골치를 썩이던 때와는 달리 어유있는 표정으로 시아나와 스아딘이 자신에게 항의하는 모습을 지그시 바라보던 메이테시온이 중후한 어조로 한마디 했다.

"방 빼고 싶나?"

"……."

"……."

당연한 이야기지만 둘이 침묵하자 메이테시온은 양 팔꿈치를 책상에 대고 양 손가락을 깍지 낀 포즈로 둘에게 말했다.

"잔소리 말고 내일 올 학생에게 스아딘은 뇌전계와 아스트랄게, 정신계, 바람계, 아쿠아계의 마법들을 가르치도록 하고 시아나는 화염계와 암흑계, 대지계, 무속성계의 마법을 가르치게. 가르칠 만한 보람이 있는 학생 같으니까 잘해보게나. 그리고……."

그 순간 메이테시온의 눈이 수상하게 빛났다.

"한 달에 한 번씩 그 학생을 테스트해서 월등한 성취를 보인 계열을 가르친 쪽은 보너스를 주지. 어때? 이 정도면 해볼 만하겠지?"

'보너스' 라는 말에 시아나와 스아딘의 태도가 갑자기 180도 바뀌었다.

"열심히 하겠습니다! 저 망할 영감탱이한테 질 수는 없지!"

시아나가 눈동자를 반짝 빛내며 말하자 스아딘 역시 시아나를 쏘아보며 말했다.

"할망구에게 질 바에는 자살하고 말겠다. 보너스는 내 거야!"

서로를 마주 쏘아보는 두 사람의 배경으로 거센 불길이 활활 타오르는 듯했다. 물론 그 둘을 바라보는 메이테시온의 눈빛이 다시금 수상하게 빛났다는 것은 아무도 몰랐지만.

어쨌든 어젯밤에 그런 모종의 음모가 진행되었다는 것을 알 리 없는 카렌은 둘의 분위기가 이상하게 불타오르는 것을 의아한 눈초리로 바라보았다.

"저 두 분, 사이가 굉장히 안 좋으신가 봐요?"

카렌이 메이테시온에게 묻자 메이테시온은 고개를 끄덕이며 대답했다.

"물론. 저 둘은 우리 탑의 골칫거리니까. 저런 녀석들이 마스터라니……."

그 말에 카렌이 머쓱한 표정을 짓자 스아딘이 카렌에게 다가와 말했다.

"자, 갑시다! 오늘부터 맹렬한 속도로 마법 수업을 할 테니 그리 아시기 바랍니다."

그러자 반대 편에서 시아나가 카렌의 팔을 잡아당기며 말했다.

"이쪽이 먼저예요! 모든 마법의 근본인 무속성 마법부터 수련해야 한다구요!"

"저, 전 어느 쪽을 먼저 해도 상관없는데……."

카렌이 양쪽 사이에서 이러지도 저러지도 못하고 쩔쩔매고 있는데 메이테시온이 종이를 세 장 꺼내더니 각자에게 한 장씩 나눠 주며 말했다.

"내가 이럴 줄 알았지. 자, 시간표일세."

카렌이 종이를 받아 들어 시간표를 살펴보았다.

"오늘이… 수요일에 지금 다섯 에르니까… 무속성계 마법이네?"

그러자 시아나가 승리의 미소를 지으며 카렌의 팔을 잡아끌었다.

"호호호! 무속성계면 제 시간이로군요. 자, 한시가 아까우니 가도록 하죠. 제 지도라면 한 달 안에는 마스터가 될 수 있을 거예요!"

"아, 네, 네."

크게 웃으며 카렌을 끌고 가는 시아나와 복잡한 표정을 지으며 끌려가는 카렌을 바라보던 메이테시온이 문득 생각났다는 듯 끌려가는 카렌에게 외쳤다.

"미하이언 군, 자네 방은 3층 복도의 제일 끝방이네! 알겠는가?!"

그러자 멀리서 메아리가 들려왔다.

"네~에에에에"

"좋은 때지. 아, 근데 스아딘 자네는 여기서 뭐 하는가, 어서 가보지 않고?"

"아, 네, 네! 그럼 저도 가보겠습니다!"

메이테시온이 멍하게 서 있는 스아딘에게 말하자 스아딘은 황급히 정신을 차리고는 당황해서 밖으로 나갔다.

"이걸로 저 두 골칫거리도 해볼 마음이 생겼겠지."

메이테시온의 어조에는 한숨이 가득 묻어 나오고 있었다.

카렌이 이곳 마법의 탑에 위탁 교육을 받기 시작한 지도 약 여섯 달 반이 지났다. 두 스승의 열성적인 가르침 탓에 벌써 4계열의 대 속성, 즉 바람계, 화염계, 대지계, 수계의 마법에서 마스터의 칭호를 얻었고 뇌전계와 무속성계, 아스트랄계, 정신계, 그리고 암흑계의 마스터를 얼마 남기지 않아 곧 대마도사의 칭호를 눈앞에 두고 있었다. 보통 사람이 평범한 스승을 두고 마법 한 계열을 마스터하는 데 드는 시간이 보통 3년에서 5년이 걸리는 것에 비하면 이는 엄청난 속도였다.

카렌이 마법 아카데미에서 중급 마법까지 마스터한 것을 감안하더라도 각 계열의 상급 마법은 위력이 강한 만큼 배우는 데도 시간이 그만큼 오래 걸리는 걸 생각하면 다른 마법사들이 질투심을 불태울 정도로 엄청난 속도였다. 하긴 그 이면에는 말 그대로 뼈를 깎는다는 표현으로밖에는 설명될 수 없는 힘든 중노동이 받쳐 줬기에 가능한 것이었지만 말이다.

아무튼 이런 엄청난 강행군 속에서 거의 녹초가 된 카렌을 구제한 것은 그 뒤로 약 2주일가량 지난 뒤에 나타난 부자(父子)였다.

"그러니까 여기 이 부분에서의 연산은 $X \cdot 4\ 78Y \cdot 11 + \lim$로 해서……."

시아나의 강의가 진행되는 가운데 카렌은 졸음을 억지로 참으며 열심히 수업을 듣고 있었다. 하지만 누가 그랬던가, 눈꺼풀 한 겹의 무게가 천 근보다 더 무겁다고.

그런 엄청난 무게를 지닌 눈꺼풀이 내리누르는 데야 카렌은 도무지 버텨낼 재간이 없었다. 결국 카렌이 잠의 유혹을 견디지 못하고 꾸벅꾸벅 졸기 시작하자 스아딘에게 저번 테스트에서 보너스를 내줘 거의 발악하듯 카렌을 닦달해 가며 마법을 가르치던 시아나는 카렌이 조는 것을 금방 알아채고는 조용히 이런 상황에 써먹기 위해, 또 지금까지 몇 번 써먹어 상당한 효과를 거둔 자신이 개발한 마법을 캐스팅했다.

"스피릿츄얼 어웨이크닝!"

마법의 효과가 발동되면서 카렌의 정신이 맑아지기 시작하는 듯하자 시아나는 한숨을 쉬면서 카렌에게 말했다.

"카렌, 이 부분의 연산이 어떻게 된다고 했지?"

"네, 네! 그러니까… X·4 78… Y·11에… 그러니까……."

카렌이 우물쭈물하자 시아나는 들고 있던 가느다란 막대로 카렌의 머리를 가볍게 치면서 말했다.

"요즘 힘든 건 알지만 수업 시간에 졸면 안 되지. 오늘 수업은 여기까지 할 테니까 한숨 자도록 해. 다음 시간까지 이 부분 완전히 복습하는 거 잊지 말고."

시아나의 말이 떨어지기가 무섭게 카렌은 그대로 책상에 머리를 박고 잠들어 버렸다. 시아나는 흐뭇한 미소를 지으며 카렌의 머리를 쓰다듬고는 조용히 말했다.

"스피릿츄얼 슬립."

숙면을 취할 수 있게 해주는 주문이었다. 요즈음 시아나는 가르치는 보람을 한껏 느끼고 있었다. 카렌이 가르쳐 주면 가르쳐 주는 대로 스펀지가 물을 빨아들이듯 모조리 이해하는 것이었다. 천재는 못 된다 해도 수재 정도는 될까? 아무튼 카렌을 가르치는 데 보람을 느끼는 것은 스아딘도 마찬가지여서 요즘은 보너스고 뭐고 간에 카렌에게 하나라도 더 가르치기 위해 혈안이 되어 있었다. 물론 저번 테스트에서 보너스를 스아딘에게 내준 시아나는 며칠간 카렌을 들들 볶기는 했지만 말이다.

아무튼 시아나가 행복한 얼굴로 자는 카렌을 내려다보고 있는데 방문이 열리면서 메이테시온이 들어왔다.

"이거 수업에 방해가 되어서 미안하… 엥? 시아나, 수업은 안 하고 뭘 하는 건가?"

그러자 시아나는 입에 검지를 대면서 조용히 말했다.

"이 여섯 달간 쉴 틈도 없는 강행군이었잖아요. 수업을 하다가 너무 피곤해하길래 잘 시간을 준 것뿐이에요."

메이테시온은 이해했다는 듯 고개를 끄덕이고는 시아나에게 말했다.

"그런가? 아, 아무튼 어서 나와보게나. 반가운 사람이 와 있네."

시아나는 의아한 표정을 지었다. 평소에 대인 관계가 그다지 좋지 못한 그녀가 반가워할 만한 사람은 없다고 해도 과언이 아니었다. 아무튼 메이테시온의 손짓에 조용히 밖으로 나온 시아나는 메이테이온에게 물었다.

"제가 반가워할 만한 사람이라니 대체 누구지요?"

"이 사람, 기억을 못하는구만. 19년 전에 우리 곁을 떠났던 사람 있잖나? 여기까지 말해 줘도 모르겠나?"

그 순간 시아나의 머리 속에 한 사람의 이름이 스쳐 지나갔다.

"혹시… 그가 온 건가요? 제딘이?"

메이테시온이 고개를 끄덕이자 시아나는 황급히 메이테시온에게 물었다.

"지, 지금 그는 어디에 있지요?"

"내 방에 있네. 그 눈동자가 빼다 박은 듯 닮은 아들과 함께 말이지."

시아나의 눈이 놀라움으로 크게 떠졌다.

"그, 그에게 아들도 있었나요? 전 딸만 있는 줄 알았는데."

"있었지. 우리 곁을 떠날 때 그가 어린아이 하나를 안고 있지 않았나?"

"그게 아들이었나요? 전 딸인 줄 알았는데."

메이테시온이 즐겁다는 듯 크게 웃었다.

"하하하! 하긴 이쁘장하게 생기긴 했었지. 어쨌든 가보게. 오래간만에 만났으니 인사라도 해야 하지 않겠나?"

"그러죠. 그럼 저 먼저 가보겠습니다."

그 말과 함께 시아나가 황급히 메이테시온의 방으로 향하자 메이테시온은 그 모습을 바라보며 턱을 쓰다듬었다.

"하긴 19년 만에 만났으니 저렇듯 반가울 만도 하겠지. 그럼 스아딘을 데리러 가볼까?"

시아나는 떨리는 마음을 가라앉히고 메이테시온의 방문을 열었다. 그리고 주위를 둘러보자 금발에 붉은 눈동자를 가진 중형 판금 갑옷을 입은 낯익은 얼굴의 남자가 환한 얼굴로 그녀를 바라보며 아는 체를 했다.

"시아나 맞지? 정말 오래간만이다. 19년 만이지, 아마?"

시아나는 눈에 눈물이 도는 것을 느끼며 고개를 끄덕였다. 무슨 말이든 하고 싶었지만 목이 메어 말이 나오지 않았다.

그 남자가 눈에 눈물이 맺힌 시아나를 보고는 놀라서 말했다.

"시아나, 왜 그래? 무슨 슬픈 일이라도 있었어?"

"아, 아니, 너무 오래간만이라 반가워서. 그런데 하나도 변하지 않았네?"

시아나가 눈물을 닦아내며 황급히 대답하자 그는 다시 얼굴이 환해지면서 시아나의 말에 대답했다.

"뭐, 좋은 쪽인지 나쁜 쪽인지는 모르겠지만 어쨌든 변하지 않았어.

별로 변하지 않은 건 너 역시 마찬가지인 것 같은데? 어때, 19년 동안 잘 지냈어?"

"응, 네가 떠난 후에 스아딘하고 여기로 와서 마법 연구를 하며 지냈지. 그런데 제딘, 내가 여기 있다는 걸 어떻게 안 거야? 그리고 그 판금 갑옷, 다시는 입지 않겠다고 했잖아? 대체 무슨 일이 있었던 거야?"

제딘은 씁쓸한 얼굴로 그때까지 옆 자리에 조용히 앉아 있던 자신과 닮은 청년을 가리키며 말했다.

"저 녀석 때문에 말하기 곤란한 일이 좀 있었어. 그래서 결국은 한 동안 나이트 길드의 일을 조금 도와주면서 거기서 지냈지."

그제야 제딘의 옆 자리에 앉은, 은빛의 보이는 망토를 몸에 두르고 무표정한 얼굴의 청년을 발견한 시아나가 제딘에게 물었다.

"저 아이가 19년 전의 네 아들?"

"응. 넌 딸로 알고 있었지만 말이지. 로엔, 인사해라. 아버지의 옛 친구이자 이 마법의 탑의 실력있는 마스터 중 하나인 시아나 크라이스란다."

그러자 로엔은 무표정한 얼굴로 고개를 가볍게 숙이며 차갑게 말했다.

"로엔 리스나르트입니다."

"이런이런, 녀석. 아버지 친구에게 그게 뭐냐? 시아나, 이해해 주게. 5년 전까지만 해도 이런 녀석은 아니었는데 말이지."

제딘은 미안한 표정을 지으며 시아나에게 말했으나 시아나는 신경 쓰지 않는다는 듯 손을 휘휘 저으며 로엔에게 말했다.

"난 시아나 크라이스라고 한단다. 그런데 네가 입고 있는 망토 좀 잠시 볼 수 있겠니? 미스릴을 제련해 만든 것 같은데 이런 아티펙트는 혼치 않거든."

로엔은 무표정한 얼굴로 고개를 가로 저으며 말했다.

"자아가 있는 망토라서 마스터 이외의 사람이 만지는 것을 대단히 싫어합니다. 그리고 말씀하신 대로 미스릴을 제련해 만든 건 맞습니다."

시아나는 어쩔 수 없이 뒤로 물러나 제딘의 귀에 소곤댔다.

"되게 무뚝뚝한 아이다. 어쩌다 저런 성격이 된 거야?"

"그럴 일이 있었어. 사실 여기 온 것도 저 녀석 성격 개조 좀 시켜보려고 온 거거든. 덤으로 마법도 배우게 하고 말이지."

어쩔 수 없다는 듯 어깨를 으쓱하며 말하는 제딘의 말에 뭔가 의심스러운 점이라도 있었는지 시아나가 알 수 없다는 표정을 지으며 말했다.

"성격 개조라면 사람이 많은 데서 하는 게 정석이잖아? 거기다가 마법을 배우는 거라면 토라의 마법 아카데미도 있고. 어떤 정신 나간 아카데미가 각국에서 서로 조금이라도 더 환심을 사려고 애쓰는 나이트 길드의 전대 마스터 제디스틴 리스나르트의 아들을 거절하겠어?"

시아나의 말에 제딘은 쓴웃음을 지으며 말했다.

"그게… 마법 아카데미와 왕립 학술 아카데미를 포함해서 아카데미란 아카데미에는 다 집어넣어 봤는데 한 달 만에 모든 아카데미의 선생들이 두 손 두 발 다 들었어."

"이 애가 그렇게 대단하단 말야?"

제딘은 다시 쓴웃음을 지으며 고개를 끄덕였다.

"마법 아카데미에서는 5대 자연계 마법을 모두 마스터한 선생 7명을 차례차례로 넉다운시켰고 왕립 학술 아카데미에서는 아카데미 학장을 포함한 인문, 철학, 사회 계열의 권위자들과 대토론을 벌여 승리, 검술 아카데미는 실력 테스트를 할 겸 해서 나와 대련을 했는데 막상막하로 대련하는 걸 본 선생들이 아예 가르치는 걸 포기해 버렸지. 그리고 군사 아카데미는 마침 전술 시범을 보여주기 위해 특별히 방문해서 학생들과 모의전을 펼치던 토라 최고의 전략가 가토르가 처참하게 몰린 끝에 결국 지휘봉을 내던지고 나가 버렸어. 더 이야기해 줄까?"

제딘의 말을 벌어진 입을 다물 줄 모르고 듣던 시아나는 급히 고개를 저었다.

"아냐, 아냐. 그만하면 알 만해. 도대체 애 교육을 어떻게 시켰길래……."

시아나의 물음에 제딘은 한숨을 내쉬며 대답했다.

"난 검술밖에는 가르친 게 없거든? 그런데 나이트 길드의 도서관 있잖아. 거기서 3년간 살더니 이렇게 변해 버리더군. 성격은 그전부터 그랬지만 말이지."

"그럼 도대체 여기는 왜 데려온 거야? 더 이상 가르칠 게 없다는 이야기잖아?"

제딘이 머리를 긁적이며 말했다.

"그게… 저 녀석이 독학이라 아직 전 계열의 초중급 마법밖에는 익히지 못했거든."

여전히 무표정한 로엔을 바라보던 시아나의 눈이 경악으로 크게 떠졌다.

"뭐, 뭐야? 겨우 초중급 마법들을 가지고 마법 아카데미의 마스터 7명을 이겼단 이야기야? 어째서 그런 엄청난 이야기가 여기 마법의 탑에는 알려지지 않은 거지?"

"그쪽도 그쪽 나름대로 사정이 있었겠지. 솔직히 그런 게 밖으로 알려져 봐야 마법 아카데미로서도 좋을 게 없잖아? 그 일이 있은 후에 학장이 내게 사정하더군. 제발 외부인에게 알리지 말아달라고 말이지.”

“아무리 그렇다고 해도…….”

막 시아나가 무언가 반박을 하려 할 때 문이 벌컥 열리며 스아딘이 반가운 표정으로 들어오며 말했다.

“어이! 제딘! 19년 만에 만나는구만! 아들 녀석하고 같이 왔다며? 어디 있어? 어디 얼굴 좀 보자!”

“얼굴 보는 건 좋은데 성격 긁지는 말아. 저 녀석, 생각보다 무서우니까.”

제딘이 쓴웃음을 지으며 말하자 로엔은 여전히 무표정한 얼굴로 스아딘을 바라보았다. 스아딘은 성큼성큼 로엔의 앞으로 걸어가더니 자신의 얼굴을 로엔의 얼굴 앞으로 들이밀었다. 그렇게 잠시 로엔의 얼굴을 살피던 스아딘은 놀라운 얼굴로 말했다.

“이야! 이거 놀라운데? 이거 완전 판박이잖아?!”

“…….”

그 모습을 어이없는 표정으로 바라보던 제딘은 달리 할 말을 찾지 못하며 다시 쓴웃음을 지을 수밖에 없었다.

한편 로엔은 자신의 눈앞에 얼굴을 들이미는 이 사람을 아무런 표정 변화 없이 그저 바라보기만 했다. 하지만 자신이 모르는 누군가가 자신을 해부라도 할 듯 유심히 쳐다보는 데다 시야까지 가려지니 왈칵 짜증이 일어나는 것을 느끼며 싸늘한 목소리로 말했다.

“절 보시는 건 상관없습니다만 좀 짜증나니 비켜주시겠습니까?”

스아딘은 로엔의 말에 히죽 웃고는 로엔의 머리를 거칠게 쓰다듬었다.

"그러지. 그런데 제딘, 애를 어떻게 키웠길래 이렇게 건방진 거야? 거기다가 이 무표정은 대체……. 무슨 일이라도 있었던 거냐?"

"뭐, 가벼운, 아니, 심각한 인간 불신증이라고 해두지. 아아, 그 녀석은 어린애가 아니니까 함부로 머리 쓰다듬지 마. 요 몇 년간 나한테 검술을 배우더니 지금은 나하고 맞먹을 정도라니까. 자칫하면 손목 잘리는 수가 있어."

제딘의 말에도 불구하고 스아딘은 히죽히죽 웃는 표정 그대로 로엔의 머리를 쓰다듬던 손을 들어 검지로 로엔을 가리키며 말했다.

"이 녀석이? 음, 그거 정말 심각한데 그래? 그런데 네가 뭔 바람이 불어서 죽어도 오기 싫어하던 이 마법의 탑까지 오게 된 거지?"

스아딘의 물음에 제딘이 로엔을 바라보며 말했다.

"나이트 길드의 일도 있고 해서 저 녀석을 맡아달라고 부탁하러 온 거지. 저 딱딱한 성격을 개조하려고 이곳저곳 아카데미에 집어넣어 봤는데 영 결과가 신통치 않아서 말야. 여기라면 어떻게 되겠다 싶었지."

"이 녀석이 그 정도로 무능하단 말야?"

스아딘의 물음에 제딘이 침통한 표정으로 고개를 저었다.

"차라리 무능하면 내가 여기까지 오질 않지. 아까 한 이야기 또 하기는 싫으니까 나중에 시아나에게 물어봐. 아카데미의 존재 가치가 무색해진다니까."

"그래? 이 녀석이 그렇게 천재적이라면 그거 좋은 일이잖아? 가르칠 보람이 나겠는걸? 안 그래도 요즘 가르치는 데 재미를 붙이고 있었는데."

"이 녀석 가르치다가 인생에 회의나 느끼지 마라. 참고로 말해 두는데 이 녀석, 초중급 마법밖에 모르는 주제에 마법 아카데미의 5대 자연

계열 마스터 7명과 마법 대결을 벌여서 이긴 녀석이야."

마음대로 하라는 듯 제딘이 말하자 스아딘은 눈을 크게 뜨고 제딘을 바라보았다.

"거짓말이지?"

"사실이다. 내가 뭐 좋다고 네 녀석한테 거짓말을 하나?"

스아딘은 왼손으로 턱을 쓰다듬으며 로엔을 바라보고 말했다.

"그렇다면 이 녀석, 마법 운용에 있어서는 천재적이라고 봐도 과언이 아닐 텐데 다른 분야에서도 이러냐?"

"저 고명하신 아카데미의 선생들이 두 손 두 발 다 들다가 넘어졌다. 이제 되었냐?"

"호오! 그렇단 말이지?"

그때 시아나가 끼어들었다.

"그 정도라면 카렌과 같이 가르쳐도 별문제가 없을 것 같은데……. 스안, 어떻게 생각해?"

"뭐, 상관없겠지. 그런데 문제는 진도가 안 맞는다는 거잖아. 그것만 해결하면……."

"그런 건 카렌의 시간표를 조정해서 카렌을 좀 쉬게 해주면 돼. 안 그래도 요즘 피곤해하는 기색이 역력하던데."

시아나의 말에 스아딘이 고개를 끄덕였다.

"확실히 요즘 그렇게 보이긴 했어. 좋아, 우리가 책임지고 이 녀석 가르쳐 주지."

"그거 반가운 소리군. 그럼 난 가볼 테니 저 녀석 좀 잘 부탁한다."

그 말만 남기고 제딘이 나가려고 하자 당황한 시아나가 제딘을 불렀다.

“제, 제딘! 벌써 가려고?”

“그럼 내 할 일 다 끝났는데 가지 왜 여기 있어?”

당당한 목소리로 제딘이 말하자 시아나는 기가 막혔다.

“어휴! 저 밥통 녀석, 19년 전이나 지금이나 바뀐 게 없다니까. 19년 만에 만난 친구들인데 하루 정도도 같이 있어주지 못한다는 거냐?”

시아나의 말에 제딘은 잠시 턱을 쓰다듬다가 대답했다.

“그런가? 그럼 오늘은 여기서 하루 신세 지기로 하지. 오래간만에 ‘마탑의 바커스’ 에 가서 못다 한 이야기라도 하기로 할까?”

“그거 좋지! 단, 술값은 네가 내는 거다?”

호탕하게 외치는 스아딘의 말에 제딘은 적잖이 당황한 표정을 지으며 말했다.

“어이어이, 나 요즘 가난하다구. 이렇게 막 뜯어먹어도 되는 거냐?”

“넌 나이트 길드에 말만 하면 엄청난 돈이 나오잖아. 지금이니까 술이라도 얻어먹는 거지, 또 내일 떠나면 언제 만나게 될지 알 수도 없잖아?”

“쳇, 알았어. 가자구. 시아나도 같이 가자.”

제딘의 말에 시아나가 짐짓 화난 표정을 지으며 말했다.

“뭐야? 날 빼놓고 가려고 했단 말이지? 이 시아나님의 주량이 너희 둘을 합한 것보다도 더 많다고!”

“아하하하! 그거 걸작인데? 일단 가서 마셔보지, 누가 더 센가.”

셋은 왁자하게 떠들며 밖으로 나갔다. 그리고……

“……”

어느덧 셋의 머리 속에서 잊혀진 로엔만이 무표정하게 자리에 앉아 썰렁해진 방 안을 둘러보고 있었다.

다음날, 무책임하게도 로엔을 마법의 탑에 떠맡기고 나이트 길드의 일을 해결하기 위해 가는 제딘을 시아나와 스아딘, 메이테시온이 전송하고 있었다.

"그럼 이 일이 끝나면 녀석을 데리러 다시 오지. 그때쯤이면 저 녀석의 성격도 약간은 풀어져 있겠지?"

"장담할 수는 없지만 노력은 해보지. 성격이란 그렇게 쉽게 바뀌는 게 아니니까."

스아딘의 말에 제딘이 볼을 긁적이며 말했다.

"쩝, 쉽게 바뀌지 않는다는 건 알겠지만 그것 좀 곤란한데? 아무튼 어떻게든 되겠지. 그럼 부탁한다."

"그래, 자주 좀 들러. 또 몇 년간 무소식으로 지내지 말고."

"그러지. 다음에 올 땐 선물도 하나씩 사들고 올게. 메이테시온님도 평안히 지내십시오."

제딘의 인사에 메이테시온이 잔잔한 미소를 지으며 고개를 끄덕이자 제딘이 활기 찬 목소리로 말했다.

"이제 진짜로 간다! 모두들 잘 있으라구!"

그렇게 인사하고는 제딘은 셋의 전송을 받으며 길을 떠났다.

제딘의 모습이 사라지자 시아나가 표정을 진지하게 바꾸며 메이테시온에게 말했다.

"메이테시온님, 어떻게 하죠?"

"어떻게 하기는, 일단은 그가 원하는 대로 해줄 수밖에. 이걸 계기로 나이트 길드와의 사이가 가까워진다면 우리로서도 나쁘진 않으니까."

메이테시온의 말에 이번에는 스아딘이 말했다.

"일단은 본국에 보고해 두는 게 좋지 않을까요? 제디스틴 리스나르트가 어떤 이유에선지는 모르겠지만 다시 활동을 개시했다는 것은 본국에선 그다지 달가워하지 않을 텐데 말입니다."

"그건 그렇지. 하지만 그 늙은이들이 뭘 어떻게 하겠어? 나이트 길드 초대 마스터 제디스틴 리스나르트를 건드린다는 것은 세이레인의 듀크 오브 소드 마스터 이스카 폰 블릭스를 적으로 돌린다는 것보다 더 위험한 짓이야. 간신히 여기 마법의 탑을 장악해 놓은 시점에서 소심한 늙은이들이 그런 모험을 할 리가 없지."

비웃는 듯한 표정으로 메이테시온이 말하자 스아딘은 납득했다는 듯한 표정으로 고개를 끄덕였다.

"그럼 별 쓸모는 없더라도 보고는 해두지요. 하지만 본국은 우습게 볼 만한 상대가 아닙니다. 아직 아무것도 모르는 셋째 전하를 위험에 처하게 할 수는 없습니다."

"확실히 그렇지. 그건 그렇고, 지금 가르치는 녀석은 쓸 만한가?"

메이테시온이 카렌에 대해 관심을 표시하자 시아나가 그 물음에 대답했다.

"확실히 대단한 녀석입니다. 현재 4개의 자연속성의 마법을 마스터한 데다 뇌전계를 거의 마스터했고 나머지 4개의 대속성 마법은 다른 5개의 자연속성 마법보다 훨씬 어렵기는 하지만 늦어도 내년까지는 대마도사의 칭호를 받는 것도 무리가 아닐 것이라 생각됩니다."

"그래, 그 녀석도 잘 구슬러서 우리 쪽으로 만들면 셋째 전하에게는 큰 도움이 되겠지. 가능한 한 빨리 그 녀석이 대마도사의 칭호를 받을 수 있도록 해주게."

"예. 그런데 제디스틴의 아들 말씀입니다만……."

시아나가 조심스럽게 말을 꺼내자 메이테시온이 시아나를 바라보았다.

"제디스틴의 말에 의하면 엄청난 천재인 것 같습니다. 학술, 전략, 전술, 검술, 마법 등 모든 아카데미의 선생들이 손을 들 정도면 굉장하다고 생각됩니다만……."

"그래서 어쩌자는 건가? 본론을 이야기하게."

메이테시온이 짜증스럽다는 표정으로 말하자 시아나가 움찔하며 대답했다.

"엄청난 전력이 될 수 있을 듯하니 이쪽으로 끌어들이면 어떨까 하고……."

"자네 미쳤는가? 제디스틴의 아들을 건드렸다가 나중에 잘못되면 어쩌려고 그러나? 그 건은 못 들은 걸로 할 테니 다시는 꺼내지 말게. 아, 그리고 그 녀석 잘 가르치는 것 잊지 말고. 잘하면 제디스틴의 지원을 얻을 수도 있을 테니까 말일세."

"알겠습니다."

시아나가 입을 다물고 물러나자 메이테시온이 눈을 빛내며 말했다.

"이제… 이제 조금만 더 기반을 구축하면 무능한 황태자만을 지지하는 그 썩어 빠진 늙은이들을 뒤엎을 수 있어. 이제 얼마 남지 않았으니까 다들 힘을 내주게."

제딘이 떠난 다음날부터 로엔은 카렌과 같이 마법 수업을 받기 시작했다. 로엔을 처음 본 카렌의 감상을 요약해서 표현하자면 '남을 전혀 배려해 줄 줄 모르는, 감정이라고는 없는 듯한 싸가지없는 녀석' 이라는, 어찌 보면 당연하게 보이는 감상이었다.

그도 그럴 것이 함께 수업을 받기 시작한 첫날에 카렌이 '네가 앞으로 나와 함께 수업받게 될 애니? 난 카렌 미하이언이라고 해. 앞으로 잘 부탁한다' 라고 말하자 로엔은 간략하게 '로엔 리스나르트다' 라는 단 한 마디로 인사&자기소개를 끝내 버렸기 때문이다.

하지만 그것까지는 카렌도 이런 성격도 있구나 하고 이해할 수 있었다. 그러나 로엔이 마법 아카데미에 들어가서 마스터 7명을 넉다운시킨 때에 카렌도 마법 아카데미에 있었기 때문에 이 정 떨어지는 녀석에 대한 소문을 어느 정도 들었던 카렌이 로엔에게 '너, 마법 아카데미에서 마스터 선생님 일곱 명을 마법 대결로 이겼다며? 너 진짜 실력이 대단한 모양이다?' 라며 감탄하자 로엔은 무표정하게 카렌을 바라보며 '귀찮게 달라붙지 말고 네 공부나 하시지' 라고 말하고는 다시는 카렌에게 시선조차 주지 않았던 것이다.

그 탓에 로엔과 카렌의 관계는 최악의 관계로까지 발전해 수업을 들어온 스아딘과 시아나는 냉기를 풀풀 날리는 둘의 앞에서 살얼음판을 걷는 기분으로 수업을 해야 했다.

그렇게 한 달 정도가 지난 어느 날 일요일이라 수업도 없고 해서 카렌이 외출할 준비를 하는데 카렌에게는 운 나쁘게도 같은 방에서 지내게 된 로엔이 은빛으로 빛나는 망토를 두르며 일어나더니 카렌을 슬쩍 바라보고는 한마디 말도 없이 나가 버린 것이다.

당연히 카렌은 기분 나쁘다는 듯 로엔이 나간 문을 바라보며 투덜댔다.

"뭐야, 저 녀석. 내가 말 걸 때는 시선조차 주지 않던 놈이 무슨 바람이 불어서 기분 나쁘게 내 얼굴씩이나 바라보고 나가는 거지?"

아무튼 카렌은 외출 준비를 마친 다음 밖으로 나갔다.

복도에서 마침 서류들을 잔뜩 집어넣은 상자를 들고 지나가는 시아나를 만났는데 시아나는 끙끙대면서도 카렌에게 손을 들어주면서 말했다.

"아, 카렌! 어디 나가는 거니?"

"네, 필요한 게 있기도 하고 요즘 세상 돌아가는 것도 알아볼 겸 시장에 좀 다녀오려구요. 왜요?"

그러자 시아나는 마침 잘되었다는 듯 카렌에게 쪽지를 한 장을 건네주며 말했다.

"마침 잘됐다. 나가는 김에 여기 적혀 있는 물건들 좀 사다 줄래? 내가 직접 나가야 하는데 지금 예산 지원을 해주는 토라 제국의 감찰관이 감사를 나와서 좀 바쁘거든. 해줄 수 있겠니?"

카렌은 흔쾌히 그 부탁을 승낙했다.

"그러죠. 어차피 나갈 거 이런 거 사 온다고 나쁠 건 없으니까요."

"고마워."

시아나가 그 말을 남기고 사라지자 카렌은 다시 발걸음을 옮겨 마법의 탑에서 약간 떨어진 시장으로 향했다.

"안녕하세요, 아주머니?"

"아이구, 카렌 군 아냐? 오래간만이네그랴. 그래, 요즘 수업은 잘 받고 있나?"

싹싹하고 예의 바른 카렌은 시장에서 인기가 좋았다. 카렌을 반기는 아주머니의 물음에 카렌은 미리 적어온 종이를 건네며 대답했다.

"네. 그건 그렇고 여기 적혀 있는 물건 좀 주세요."

"어디 보자, 녹차 한 통에 소금하고 설탕 한 봉지……."

종이에 적혀 있는 대로 물건을 큰 종이 봉투에 옮겨 담던 아주머니가 다 담았는지 종이 봉투를 카렌에게 건네주며 말했다.

"모두 20아데나야. 요즘 소금 값이 크게 올라서 23아데나는 받아야 하는데 20아데나에 해주는 거야. 그러니 다음에도 여기 오는 거 잊지 마라?"

"네, 감사합니다. 그럼 많이 파세요.

이런 식의 대화가 몇 번 진행되고 난 뒤 점심때가 다 되어 배가 고픈 것을 느낀 카렌은 근처에 있던 식당으로 들어갔다.

막 자리에 앉아 주문을 하려던 카렌은 식당 안이 이상하게 조용한데다 사람들의 시선이 한곳으로 몰려 있는 걸 느끼고는 호기심에 자신도 그쪽으로 시선을 돌렸다. 그 순간 카렌은 자신의 눈에 보여진 믿을 수 없는 광경에 눈을 크게 뜨고 구석에 있는 테이블에서 시선을 떼지 못했다. 그곳에는 표정이란 게 없는 줄 알았던 로엔이 즐거운 표정으로 하늘에서 내려온 천사같이 보이는 엄청난 미녀 둘과 함께 식사를 즐기고 있었던 것이다.

[음, 여기 식사도 생각보다 괜찮은걸요? 그렇지, 유스?]

[내가 너보다 음식에 대해 뭘 잘 알겠냐, 그냥 먹는 거지. 난 잘 모르겠다.]

[그건 네가 맛에 대한 감각이 떨어져서 그래. 주인님 생각은 어때요?]

"글쎄? 에바의 말이 맞는 것 같은데? 확실히 이 고기 스튜는 맛있어."

[그렇죠? 그렇죠?]

카렌은 벌어진 입을 다물지 못했다. 저 로엔이 웃고 있어? 게다가 저 미녀들은 어디서 나타난 거지? 주인님이라고 부르는 걸 봐서는 예전부터 알고 있는 사이인 듯한데?

카렌이 그렇게 잠시 동안 로엔이 화기애애한 장면을 연출하고 있는 것을 바라보고 있는데 언제나 분위기 좋은 장소에서는 깨는 녀석들이 한두 세트쯤 있기 마련이라는 것을 몸으로 보여주는 듯한 녀석들 셋이 일어나더니 로엔의 탁자로 다가왔다.

"이야, 분위기 좋은데?"

순간 로엔의 표정이 싸늘하게 굳었다. 그 싸늘한 표정에 카렌은 몸이 움츠러드는 걸 느꼈지만 그 건달들은 그렇지 않은 듯했다.

"형씨, 우리도 같이 좀 놀자고. 혼자만 그렇게 예쁜 여자들을 차지하고 있지 말고."

"꺼져라. 셋 셀 때까지 꺼지면 목숨은 남겨주마."

그 건달의 말에 로엔이 차가운 목소리로 응수하자 맨 처음 말을 걸었던 건달은 그 말에 크게 웃으며 로엔을 비웃었다.

"얘들아! 이분이 셋 셀 때까지 꺼지지 않으면 우릴 죽여주시겠단다. 어떠냐?"

"하나."

로엔의 차가운 음성이 그 건달의 웃음 사이를 뚫고 식당 안에 울려 퍼졌다. 그러자 크게 웃어 젖히던 건달은 웃음을 멈추고 인상을 일그러뜨리더니 대뜸 로엔을 향해 주먹을 날렸다.

"이 건방진 자식이!"

턱—

"둘."

로엔은 그 주먹을 황금색 건틀렛 낀 손으로 가볍게 받아내며 수를 헤아려 나갔다. 그제야 사태 파악이 되었는지 나머지 두 건달이 로엔에게 달려들었다.

"셋! 너희들은 살 기회를 저버렸다."

주먹을 받아낸 건달의 팔을 등쪽으로 꺾은 뒤 나머지 두 건달에게 팔을 꺾어놓은 건달을 밀어버려 두 건달의 공격을 막은 로엔은 아까보다 더 낮은 톤의 소름 끼치는 목소리로 말하며 검에 손을 가져다 대었다. 그리고 그와 거의 동시에 백색의 섬광이 번쩍이며 세 건달의 몸을 통과했다.

"벌레만도 못한 것들, 자신의 힘을 어디에 써야 하는지조차도 모르는 쓰레기는 살아 있을 자격조차 없어."

로엔이 피 한 방울 묻어 있지 않은 검을 망토를 펄럭이며 검집에 집어넣자 그 세 건달은 왼쪽 가슴에서 피를 뿜어내며 천천히 쓰러졌다.

"아쿠아 워터 바리어!"

간단한 방어 마법으로 그 세 건달을 둘러싸 피가 다른 곳으로 튀지 못하게 막은 로엔은 망연한 표정으로 세 사람이 죽어가는 광경을 바라보고 있는 식당 주인을 불렀다.

"마스터."

"네? 네!"

혼비백산, 망연자실한 표정으로 서 있던 주인은 로엔이 부르자 그제야 정신이 든 듯 로엔을 바라보며 대답했다. 그러자 로엔은 엄지손가락만한 보석을 하나 꺼내 주인에게 던져 주며 말했다.

"식사대와 식당을 어지럽힌 데 대한 보상입니다. 그럼 이만. 가자, 유스, 에바."

로엔이 유스, 에바와 함께 식당 밖으로 사라져 버리자 남겨진 사람들은 멍하게 그들이 사라진 문을 하염없이 바라보았다.

카렌 역시 정신을 차릴 수가 없었다. 로엔의 의외의 모습을 본 데다가 아무런 가책도 느끼지 못하는 듯한 표정으로 사람을 베어버리는 것을 본 것이 역시 충격이었다. 식사를 하려고 들어왔지만 눈앞에서 사람이 죽어가는 것을 봤는데 식욕이 일어날 리가 없었다.

카렌이 밖으로 나간 것을 시작으로 사람들은 제각기 값을 치르고 식당 밖으로 나가 버렸고 썰렁해진 식당 안에서 주인만이 저 시체들을 어떻게 처리해야 할지 고민하며 처참하지는 않지만 아무튼 죽어버린 세 건달들을 혀를 차며 바라보았다.

"카렌."

카렌이 돌아와 방으로 들어서자 이미 돌아와서 자신의 침대에 누워 있던 로엔이 불렀다. 그동안 로엔이 자신을 부른다는 것은 천지가 개벽해야만이 있을 것이라고 생각하고 있던 카렌은 코트를 옷장 안에 걸다가 놀란 표정으로 로엔을 바라보았다.

"부탁하는데 아까 식당 안의 일은 다른 사람에게는 비밀로 해줬으면 좋겠다."

"아까 내가 거기 있던 걸 알고 있었어?"

카렌이 말로 설명하기가 곤란한 기이한 표정이 되어 로엔에게 반문하자 로엔은 누워 천장을 바라보는 자세 그대로 고개를 끄덕였다.

그때의 일을 떠올리자 갑자기 카렌은 로엔과 같이 있던 여자들에게 신경이 쓰이기 시작했다. 호기심을 참지 못한 카렌은 결국 로엔에게 그녀들에 대해 물었다.

"함께 식사하던 그녀들은 누구야? 난 보지 못한 사람들 같은데?"

그러자 로엔은 시선을 돌려 카렌을 바라보더니 말했다.

"별것 아냐. 나중에 기회가 되면 말할 테니 지금은 모른 체해줬으면 좋겠군."

결국 카렌은 입을 다물 수밖에 없어 다시 둘의 방은 평소처럼 정적만이 흘렀다. 하지만 카렌의 로엔의 대한 평가가 조금은 변했다는 것은 부정할 수 없는 사실이었다.

다시 약 6개월이 지났다. 그동안 로엔은 5대 자연속성의 마법들을 마스터했고, 카렌은 모든 마법을 마스터해 오늘 테스트를 거친 후 대마도사 인증을 받을 때가 되었다.

"오늘은 카렌의 마법 테스트 날인 관계로 수업이 없으니까 로엔 군은 오늘 하루 쉬어도 좋다."

스아딘의 말에 로엔이 가볍게 고개를 끄덕이고는 밖으로 나가자 스아딘은 카렌을 바라보며 말했다.

"카렌은 대마도사 자격 테스트가 있으니 날 따라오도록."

"네."

카렌은 긴장되는 마음을 가라앉히며 스아딘을 따라갔다. 사실 대마도사 자격 테스트는 그리 어려운 것이 아니었다. 각 속성 계열의 최강 마법, 즉 화염계의 플라즈마 헬 게이트와 뇌전계의 레인 오브 라이트닝, 수계의 메일스트롬, 바람계의 토네이도, 대지계의 가이아 드라이버, 정신계의 파워 워드, 암흑계의 블러드 스타, 아스트랄계의 디바인 디스트럭션, 마지막으로 무속성계의 아마겟돈 등 9가지 최강 마법의 구현 원리를 연산식과 함께 설명한 뒤 직접 사용하기만 하면 되는 것이었다.

예전에는 최강 마법을 직접 사용하기만 하면 대마도사 자격을 주었으나 중간을 건너뛰고 어설프게 최강 마법만 배워 사용하는 부정을 저지르는 마법사들이 많았기에 여기에 대해 마법사들의 항의가 잇따르자 결국 중간의 마법을 배우지 않으면 설명이 불가능한 연산식과 구현 원리를 설명하는 것을 여기에 추가해 지금에 이르게 된 것이었다.

스아딘을 따라 카렌이 들어간 곳은 넓은 방이었다. 그 방 가운데엔 7명의 사람이 책상을 앞에 두고 거만한 표정으로 앉아 있었다. 모두 대마도사인 모양이었다.

스아딘이 그들의 앞에 카렌을 세운 후 카렌에게 말했다.

"자기소개를 한 다음 경력을 말하게."

카렌은 심호흡을 한 번 한 다음 또박또박한 목소리로 말했다.

"카렌 미하이언. 21세입니다. 마법 아카데미에서 3년을 배운 후 다시 이곳 마법의 탑에서 1년간 위탁 교육을 받았습니다."

그러자 카렌의 앞에 앉아 있던 자들의 눈에 동요가 살짝 스쳤다.

"호오, 4년 만에 모든 계열의 마법을 마스터했다? 그거 믿기 어려운 말인데, 마스터 스아딘?"

제일 가운데 앉아 있던 은발의 남자가 비꼬듯 말하자 스아딘이 그에게 말했다.

"제가 직접 가르쳤습니다. 이 청년이 모든 마법을 마스터했다는 데 제 대마도사의 직위를 걸고 말할 수 있습니다."

"스아딘 자네가 그렇게 말한다면 일단 믿기는 하겠네. 하지만 마법을 안다 해도 마력의 그릇, 즉 마력 용량이 작으면 마법을 사용할 수가 없지 않은가? 겨우 2년간 연마한 걸 가지고 9계열의 최강 마법 모두를

연속으로 사용할 수 있겠는가?"

"그건 두고 보면 아실 수 있을 것입니다."

스아딘이 얼굴에 미소를 띠며 말하자 은발의 남자는 '으음' 하며 신음 소릴 내더니 카렌에게 말했다.

"좋아, 보면 알겠지. 미하이언… 군이라고 했지? 시작해도 좋네."

로엔은 마법의 탑 뒤쪽에 있는 산의 공터에 누워 있었다.

"낮잠이나 자볼까 했는데 보아하니 낮잠 자기는 글렀군."

무표정한 얼굴로 중얼거리던 로엔은 갑자기 무언가 작게 웅얼거리다 이내 하늘을 향해 양손을 뻗치며 낮게 외쳤다.

"선더 레인 오브 라이트닝!"

"크아아악!"

하늘에서 로엔의 주변으로 강력한 번개가 수없이 떨어지기 시작하며 비명 소리가 터져 나오기 시작했다.

"숨어서 노리지 말고 나오시지? 내 쪽은 그게 더 편하거든."

이윽고 번개가 그치자 로엔은 누워 있는 자세 그대로 중얼거렸으나 주변의 숲에서는 아무런 반응이 없었다. 로엔을 몸을 일으켜 주변을 둘러보았다.

"웃차! 이런이런, 곤란한데 말이지. 아스트랄 디바인 디스트럭션!"

스아딘과 시아나가 아직 가르쳐 주지 않은, 다시 말해 로엔이 아직 익혔을 리가 없는 마법이 그의 입에서 터져 나왔다. 하지만 로엔이 이 마법을 사용했다는 확실한 증거인 다섯 갈래의 빛의 화살이 곧 숲 속으로 빨려 들어가듯 사라지더니 잠시 후 누군가의 절규에 찬 비명 소리가 들려왔다.

“크윽! 어, 어떻게?”

“그러니까 숨어서 노리지 말고 얼른 나오라니까? 그쪽이 나도 편해.”

“괴, 괴물 같은 놈.”

로엔의 주변 숲 속에서 검은 옷에 입은 상처를 입은 듯한 5명과 아직은 멀쩡해 보이는 4명의 사람이 나타나자 로엔은 자리에서 일어나 주위를 둘러보며 무감정한 목소리로 말했다.

“아사신 길드 분들께서 여긴 웬일이시지? 나한테 유감있는 세이레인 제국에서 날 죽이라고 사탕이라도 몇 개 주던가? 아니면, 아아, 그거였군. 아마도 토라 제국에서 아버지를 제거할 미끼로 쓰기 위해 납치해 오라고 풍선껌이라도 줬나 보군.”

“……!”

그들의 눈에 잠시 이채가 스쳐 지나갔다. 그 일단의 무리의 대장으로 생각되는 자가 앞으로 한 걸음 나서더니 로엔에게 말했다.

“대단하군. 과연 듣던 대로 나이트 길드의 초대 마스터 제디스틴 리스나르트의 아들 로엔 리스나르트의 이름이 헛된 건 아니었어. 아카데미에서의 활약은 들었지.”

로엔은 잠시 그를 노려보다가 말했다.

“다 좋은데 내 아버지의 이름은 빼주었으면 좋겠군. 난 그 이름이 별로 마음에 들지 않거든. 그런데 무슨 용건이지? 아까 살기가 없었던 걸로 봐서는 날 납치할 생각이었던 것 같은데 말이지.”

“명답이다. 제국 황실에서 널 필요로 하시는 분이 계신다. 그러니 같이 가줘야겠다.”

복면을 한 자의 말에 로엔의 입가에 비웃음이 걸렸다.

"그래? 고작 아사신 길드를 가지고 날 데려갈 수 있으리라 생각했다는 건가? 그 녀석, 바보로군. 거기다 정보력과 판단력까지 부족해."

로엔의 말에 그는 움찔하며 한 걸음 뒤로 물러났다. 복면에 가려 표정은 보이지 않았지만 손끝을 가늘게 떨고 있는 게 당황하고 있는 것 같았다.

로엔은 가늘게 미소를 지으며 그에게 말했다.

"누군지는 모르겠지만 그에게 전해라. 난 프리 나이트라고 말이야. 설마 프리 나이트를 필요로 할 때 어떻게 해야 하는지조차도 모르는 멍청이는 아니겠지?"

로엔의 말에 그는 다시 한 걸음 앞으로 나서며 말했다.

"그렇다면 우리와 함께 가지 않겠다는 건가?"

"넌 네게 날 납치해 올 것을 명령한 녀석보다 더 멍청이인 것 같군. 내가 지금까지 헛소리를 지껄였다고 생각하나? 그리고 너희들은 날 이길 수 없어."

로엔이 이죽거렸지만 그는 별 반응을 내보이지 않고는 뒤돌아섰다.

"협상은 결렬이로군. 좋아, 일단은 그 말을 전해주지. 돌아가자!"

그 복면의 아사신들이 그렇게 사라져 버리자 로엔은 자리에 누우며 중얼거렸다.

"이제야 잠 좀 잘 수 있겠군. 멍청이들 때문에 아까운 시간만 낭비했어."

"그러므로 근원인 에소드에서 시작된 마나가 자비의 세 축과 엄숙의 세 축을 거쳐 조화를 이루는 티파레스로 모이는데 여기서 마나가 엄숙의 축 상급의 비나와 자비의 축 상급의 쵸크마를 거쳐 티파레스로 향하는 과정에서 필연적으로 케더로 이어지는 마나의 손실이 발생합니다. 마찬가지의 방법으로 엄숙의 축 하급의 호드와 자비의 축 하급의 네자크에서도 말쿠스로 이어지는 마나의 손실이 발생합니다. 이 자연적 마나 사이클에서의 마나 손실을 이용하는 게 바로 마법입니다. 그러니까 비나와 쵸크마에서 케더로 가는 막대한 마나를 이용한 것이 상급 마법, 호드와 네자크에서 말쿠스로 가는 비교적 적은 마나를 이용한 것이 하급 마법인 것입니다. 자비의 축에서는 자연속성의 마법을, 엄숙의 축에서는 대속성 계열의 마법을 사용할 수 있게 하는 마나가 나오는데 이 마나에 인위적으로 초당 1,400체이르논에 상당하는 에너지를 가해 몸속에서 정제해 축적한 것이 마법력인 것입니다."

카렌의 설명이 조용한 방 안을 타고 흐르자 모든 사람들은 미동도 않고 카렌의 설명을 듣고 있었다.

"그런데 인간이 최대로 낼 수 있는 에너지의 한계가 사람이 무언가에 강하게 집중할 때 발생하는 에너지, 초당 약 1,940체이르논으로 알려져 있는 에너지이므로 이 에너지를 마나 정제에 사용하기 위해 마법사들은 주로 명상을 사용합니다."

여기까지가 일반론이었다. 그러나 그 다음에 나온 카렌의 발언은 좌중을 경악시키기에 충분했다.

"그러나 전 이 방법이 별로 효율적이지 못하다고 생각합니다. 명상 시 나오는 평균적 에너지는 최대한 집중한다고 해도 1,500체이르논에도 미치지 못합니다. 거기다 명상 중 잡념이 들어가는 경우에는 최소치인 1,400체이르논에도 미치지 못하는 에너지가 발생하는데 명상시에 잡념은 거의 반드시 발생하기 마련이므로 마나 정제, 축적에 효율적이지 못하고 더구나 오랜 시간이 걸립니다. 그래서 전 다른 방법을 사용했는데 이 방법이 훨씬 효율적임을 확인했습니다."

그 자리에 있던 카렌을 제외한 8명은 경악했다. 명상 외에 마나를 축적하는 다른 방법이 있었다니, 이 사실은 심지어 카렌을 가르치던 스아딘마저도 모르고 있는 사실이었다.

아까 전에 카렌에게 말했던 일행의 대표격으로 보이는 은발의 남자가 흥미롭다는 표정으로 카렌에게 물었다.

"그렇습니까? 과연 어떤 방법인지 궁금해지는군요. 어떤 방법인지 말씀해 주지 않으시겠습니까?"

"그러죠. 이 방법은 제가 마법 아카데미 도서관에서 발견한 『마법학총론』이라는 '아스나트 이프론' 이란 마법사가 지은 책에서 발견한 방법입니다. 이 책에서는 인간뿐만 아니라 모든 종족에서 발생 가능한 가장 강력한 에너지는 센티멘탈 에너지라고 말하고 있습니다. 책에 의하면 인간의 경우에는 초당 약 2,480체이르논이라더군요."

그러자 은발의 남자 옆에 앉아 있던 금발의 남자가 반박했다.

"그 책은 저도 읽어봤지만 그 이론은 단순한 가설에 불과합니다. 그 저서에는 말도 안 되는 황당한 이론들이 내용의 대부분을 차지하고 있었습니다."

카렌은 살짝 웃으며 그 말에 답했다.

"처음에는 저도 그렇게 생각했습니다. 하지만 직접 사용해 보니 대단했습니다. 쓸데없이 명상에 시간을 낭비할 필요가 없을뿐더러 일상생활 중에도 마법력의 축적을 이룰 수 있는 데다 또 명상에 비해 약 두 배 가까운 효율을 자랑합니다."

그러자 은발의 남자가 의자 등받이에 몸을 기대며 말했다.

"그렇다면 그 말을 자신의 마법력으로 증명해 보일 수 있습니까? 2년 동안 모은 마법력이라면 별거 아닐 테니 여기서 한번 그 축적량을 개방해 보시기 바랍니다.”

그의 말에 카렌이 스아딘을 바라보자 스아딘은 고개를 끄덕였다.

“좋습니다. 그럼 마법력을 개방하겠습니다.”

카렌이 눈을 감자 그 방에 있던 모두는 그 순간 카렌의 몸에서 뻗어 나오는 마법력의 폭풍에 기절할 듯 놀랐다. 카렌의 마법력은 보통의 마법사가 10여 년 이상 모아야 할 마법력을 가뿐하게 능가하고 있었고 그만큼 마법력의 폭풍도 강렬하게 퍼져 나왔기 때문이다.

은발의 남자가 눈을 크게 뜨고 카렌을 바라보며 말했다.

“미, 믿을 수가 없어! 이게 겨우 2년 동안 마법을 수련한 마법사의 힘이란 말인가?”

믿을 수 없기로는 스아딘이 더했다. 겨우 2년을 수련한 애송이의 마력이 거의 30년 동안 수련한 자신의 마력의 반에 가까울 정도로 엄청난 것이었기 때문이다.

“하, 하하! 난 지금껏 놀면서 마력을 연마한 거란 말이로군. 하하하!”

카렌이 눈을 떴다. 그리고 그와 동시에 마법력의 폭풍도 씻은 듯 사라졌다. 앞을 바라보자 은발의 남자가 박수를 치면서 카렌에게 말했다.

“정말 대단하군요. 보통의 마법사가 10~15년 동안 수련해야 얻을까 말까 한 마법력을 겨우 2년 동안 수련해서 얻었다니 말입니다. 이것 하나만으로도 당신은 대마법사의 자격이 충분합니다, 카렌 미하이언 군. 하나 역시 각 계열의 극의가 담겨 있는 마법들을 사용할 수 있어야 그 자격이 인정되겠지요? 하실 수 있겠습니까?”

은발남자의 말에 카렌은 가볍게 고개를 끄덕였다. 테스트는 일사천리로 진행되어 마지막 무속성계의 아마겟돈까지 사용한 것을 확인한 은발의 남자가 카렌에게 엄숙한 어조로 말했다.

"카렌 미하이언, 당신을 마법의 탑 제17조 4항의 규정에 근거하여 대마도사로 인정합니다. 여기에 있는 분들 중 카렌 미하이언 군의 대마도사 자격에 이의있는 분은 손을 들어주십시오."

있을 리가 없었다. 각 계열의 마법을 이미 모두 사용한 것을 확인한 데다 아까의 마법 이론과 새로운 마나의 축적법을 발견한 사실을 감안한다면 이는 대마도사가 아니라 현자의 칭호를 주어도 문제가 없을 정도였다.

"그럼 카렌 미하이언은 이 시간부터 마법의 탑 대마법사로 인정되었습니다. 이것은 마법의 탑 본부장인 나 엘케스 폰 카스트레인의 이름으로 마법의 탑 명부에 기록될 것이며 어느 누구도 규정된 사유가 없는 한 이것을 변경할 수 없습니다."

이 선언으로 카렌 미하이언은 세이레인력 1542년에 대마도사의 자격을 획득했다.

"축하한다."

이것이 카렌 미하이언의 대마도사 자격 취득에 대한 로엔 리스나르트의 짧고도 간결한, 또한 무뚝뚝한 감상의 전부였다.

그 말은 들은 카렌은 눈을 크게 뜨고 로엔을 바라보았다.

"너, 오늘 어디 아프냐?"

"어째서 그러는지는 모르겠지만 사람을 병자 취급하는 건 그만둬라."

퉁명스러운 로엔의 말에도 불구하고 카렌은 창가로 다가가더니 커튼을 확 열어젖혀 하늘을 확인했다. 분명 해가 서쪽으로 기울고 있는 것이 카렌의 눈에 들어왔다.

"음, 분명히 해가 동쪽으로 뜬 건 맞는데……."

"내 성격이 이렇다고 인간성까지 이런 줄 아냐?"

결국 로엔이 발작해 카렌을 덮쳤다. 카렌은 로엔의 몸무게를 버티지 못한 나머지 결국 자기 침대 위로 로엔과 함께 뒹굴고 말았다.

"처음이야."

"응?"

카렌이 중얼거리듯 내뱉은 말에 로엔이 의아한 표정을 짓자 카렌은 천장을 바라보며 계속 말했다.

"네가 이런 식으로 나에게 말해 준 거 처음이라고."

로엔은 원래대로의 무표정한 얼굴로 돌아가 카렌의 베개를 끌어안고는 말했다.

"내가 원래부터 이런 건 아냐. 다만 누구도 믿지 못할 뿐이지."

"불쌍하게도……."

"어이어이, 어쭙잖은 동정은 상대의 화만 불러일으킨다는 거 모르나?"

로엔이 그답지 않은 뚱한 표정을 지으며 카렌에게 말하자 카렌이 말했다.

"그래도 누구도 믿지 못하고 산다는 게 왠지 불쌍하게 느껴져. 아무리 불신증에 시달린다고 해도 최소한 한두 명 정도는 믿는 사람이 있기 마련인데 말이지."

"그럼 네가 되어주겠나?"

“응?”

로엔의 질문을 이해하지 못한 카렌이 의아한 얼굴로 로엔을 바라보자 로엔이 자세하게 풀어서 말하기 시작했다.

“네 말대로 내가 누구도 믿지 못하고 산다는 게 불쌍하게 느껴진다면 네가 나의 그 최소한의 한두 명이 되어줄 수 있겠느냐는 말이지. 다시 말해 친구부터 시작하자는 거야.”

마지막 말을 할 때의 로엔의 표정은 조금은 쑥스러운 듯한 표정으로 바뀌어 있었다. 그 말에 카렌의 얼굴이 환해졌다. 카렌은 로엔의 손을 맞잡고는 대답했다.

“물론이지. 나라도 좋다면 말야.”

“카렌, 고맙다.”

로엔은 카렌의 눈을 바라보며 카렌의 손을 힘껏 잡았다. 둘을 배경으로 아름다운 석양이 황혼의 빛을 뿜으며 산 너머로 가라앉고 있었다.

The Sigma

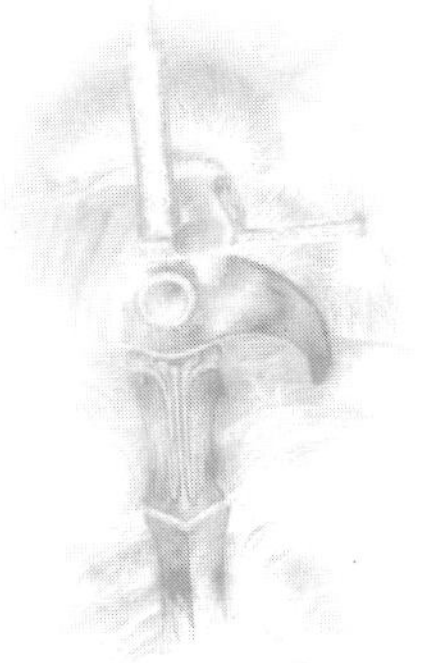

The Sigma

이틀 후 대마도사의 자격을 획득해서 더 이상 이곳에 있어질 이유가 없어진 카렌이 마법 아카데미로 돌아가기 위해 옷가지들과 소지품들을 챙기고 있을 때 막 수업을 마친 듯 로엔이 방 안으로 들어오며 특유의 무감정한 목소리로 카렌에게 말했다.

"스아딘하고 시아나가 널 부른다. 가봐."

로엔은 스아딘과 시아나를 부를 때 유독 이상하게도 존칭을 사용하지 않았다. 하지만 카렌은 그 말투에 이제 면역이 된 듯 별로 신경 쓰지 않는 표정으로 반문했다.

"응? 왜?"

"내가 그걸 알 리가 없잖냐? 아무튼 스아딘의 방으로 가봐."

로엔의 말에 카렌은 손에 들고 있던 마법력을 약간 높여주는 팔찌를 가방 안에다 쑤셔넣고는 알 수 없다는 표정으로 스아딘의 방으로 가서 가볍게 노크했다.

"스아딘님, 카렌입니다."

"아, 들어오게."

카렌은 문을 열고 들어가자 스아딘과 시아나에게 가볍게 고개를 숙여 인사했다.

"자, 여기 앉게나."

스아딘이 권해주는 자리에 앉은 카렌은 단도직입적으로 스아딘에게 물었다.

"무슨 일로 부르셨나요?"

카렌은 스아딘에게 물었지만 그 대답은 시아나가 했다.

"음, 우리 둘이 상의해 보고 결정한 일인데… 카렌, 마법 아카데미의 졸업장을 받은 후에는 우리 밑에서 지내지 않겠나?"

"네?"

카렌으로서는 뜻밖의 제안이었기에 카렌은 눈을 크게 뜨고 시아나를 바라보았다. 이 레트니아가 아무리 대마도사가 넘치는 세상이라 해도 전 대륙에 단 다섯 개만 존재하는 마법의 탑에 들어가기란 그야말로 날고 기는 재주가 없이는 들어가지 못하는 게 보통이었다. 그런데 마법의 탑에서도 상위급에 들어가는 실력자인 스아딘과 시아나가 카렌을 이 마법의 탑에 넣어주겠다고 하는 것이다. 믿을 수 없다는 표정으로 카렌이 시아나를 바라보자 스아딘이 보충 설명을 했다.

"마침 토라 황실에서 궁정 마법사를 요청해 와서 빈자리가 하나 생겼네. 그래서 내가 이 탑의 마스터메이지인 메이테시온님께 자넬 추천했네. 물론 메이테시온님도 허가하신 사항일세. 어떤가? 한번 해보지 않겠는가?"

“그, 그게…….”

카렌은 쩔쩔맸다. 대마도사의 자격을 얻은 다음에 할 일을 생각하지 않은 것이다. 확실히 스아딘의 제안은 구미에 당기는 것이었지만 섣불리 결정할 수도 없는 것이어서 카렌은 망설이다가 결국 스아딘에게 말했다.

“생각할 시간을 좀 주십시오. 대답은 마법 아카데미에 다녀온 후에 하겠습니다.”

“그리하게. 나도 지금 좀 성급히 이야기를 한 게 아닌가 생각했으니 말일세. 그러면 마법 아카데미에 다녀온 후에 나에게 이야기해 주게나.”

“예, 그럼 이만.”

카렌은 스아딘과 시아나에게 인사를 한 후 밖으로 나갔다.

어떻게 할까 골똘히 생각하며 카렌이 자신의 방으로 돌아왔는데 로엔이 보이지 않았다.

“로, 로엔?”

옷걸이에 항상 걸려 있던 로엔의 그 은빛 망토도, 침대의 머리맡에 올려두던 건틀렛도, 벽에 비스듬히 세워두던 검도 없었다. 뿐만 아니라 로엔의 얼마 안 되던 소지품마저도 모두 사라지고 없었다.

“어, 이렇게 된 거지, 이게?”

카렌은 망연한 표정으로 반이 텅 비어버려 썰렁해진 방 안을 바라보며 중얼거렸다.

“음, 확실히 미안하긴 한데… 작별 인사를 못해서 말이지.”

로엔이 마법의 탑을 바라보며 중얼거리자 그 모습에 옆에 있던 복면을 한 남자가 그를 채근했다.

"뭘 중얼거리는 거냐? 전하께서 기다리시게 만들 참이냐? 어서 서둘러!"

그 말에 로엔이 차가운 눈으로 그를 바라보자 그 차가운 눈빛의 의미를 눈치 챈 다른 복면의 남자가 재빨리 검을 뽑아서 로엔의 앞을 가로막았다.

차앙—!

로엔의 앞으로 흰빛이 번뜩이는가 싶더니 금속 부딪치는 소리가 울려 퍼지며 어느샌가 그 복면 남자의 검이 로엔의 검을 막고 있는 게 모두의 눈에 들어왔다. 그러자 모두는 등줄기에 식은땀이 흐르는 걸 느끼며 숨을 죽였다. 로엔의 검이 보이지도 않았던 것이다. 과연 제디스틴의 아들로 실로 놀라울 정도의 쾌검이었다.

로엔이 검을 거두며 자신의 검을 막은 남자를 노려보고는 무감정하게 말했다.

"흥! 너는 그나마 조금 실력이 있는 편이군. 좋아, 이번은 널 봐서 봐주도록 하지. 그리고 뒤에 있는 너, 목숨을 한시라도 오래 보전하고 싶거든 그 혓바닥을 입속에 고이 처박아두는 게 좋을 거야. 게다가 난 너희들에게 끌려가는 게 아니다. 가급적 내 성질을 건드리는 일은 없었으면 좋겠어."

"치잇!"

뒤쪽에 있던 복면의 남자는 분을 이기지 못하고 고개를 돌려 버렸고 로엔의 검을 막은 복면의 남자는 고개를 까닥 숙이고는 로엔의 뒤편으로 향했다. 하지만 다시 걸음을 옮기면서 말한 로엔의 목소리가 그의 발걸음을 멈춰 서게 했다.

"여자는 여자답게 규방에나 앉아 있도록 해. 조금 실력이 있다고 쓸데없이 허리와 가슴에 천을 감아 남자처럼 보이게 하고 나서봤자 누가 알아주지도 않으니까."

"어, 어떻게……?"

그, 아니, 그녀는 뒤를 돌아 로엔을 바라보았으나 로엔은 이미 더 이상 신경 쓰지 않는다는 듯 그 은빛 망토를 펄럭이며 앞으로 나아가고 있었다.

로엔이 사라진 것이 알려져 한바탕 소동이 일어난 뒤 이틀 후 카렌은 자신의 소지품을 다 챙겨 들고는 스아딘을 돌아보며 말했다.

"그럼 전 이만 가보겠습니다. 스아딘님과 시아나님, 그동안 감사했습니다."

"그래, 나도 널 가르치는 보람이 있어서 그동안 즐거웠단다."

"내가 제안한 것, 좋은 쪽의 대답을 기대하겠다."

스아딘의 말에 카렌은 미소를 지어줌으로서 답하며 마법 아카데미로 돌아가는 발걸음을 옮기기 시작했다. 그 모습을 바라보던 스아딘이 무언가 생각난 게 있는지 갑자기 시아나에게 말했다.

"아, 맞아. 수도에 가신 메이테시온님에게서 연락이 왔는데 여기서 사라졌던 로엔 리스나르트가 거기에 있다더군."

"뭐? 어떻게 이틀 만에 수도에? 그건 그렇고, 그 녀석이 뭣 때문에 그곳에 간 거지?"

시아나의 물음에 스아딘이 고개를 저으며 말했다.

"전혀 몰랐었는데 프리 나이트라더군. 자기 아버지처럼 말이지."

"그, 그랬어? 그렇다면 누구의 의뢰로 거기에 간 건지 알아내셨대?"

"아마도."

스아딘의 말에 시아나의 눈이 가늘어졌다.

"그게 무슨 무책임한 소리야? 확실하게 이야기를 해봐."

시아나가 추궁하자 스아딘이 한숨을 내쉬며 말했다.

"메이테시온님도 자세한 건 잘 모르시는 것 같았는데 추측하건대 아마도 황태자 전하 아니면 넷째 전하와 관련된 것 같아."

"그렇다면 나이트 길드 쪽의 움직임은? 제디스틴의 아들이니까 그쪽에 상당한 영향력을 발휘할 수 있을 것 아냐? 어떻게 되었어?"

"현재까지는 아무런 움직임도 없어. 로엔 리스나르트가 그쪽과는 전혀 관련이 없든지 아니면 나이트 길드에서 그를 지지하지 않는 것일 수도 있어. 어쨌든 로엔은 나이트 길드에 등록되지 않은 프리 나이트인 것 같으니까 말이지."

시아나는 안도한 듯한 한숨을 내쉬며 말했다.

"그건 그나마 다행이군. 나이트 길드까지 움직였으면 지금까지 우리가 노력했던 게 모조리 헛수고로 돌아가게 되잖아. 셋째 전하는 좀 어때?"

"여전해. 권력에는 아무런 관심도 없으신 것 같아. 여전히 책만 읽으면서 소일하고 지내서. 그 재능을 썩히고 있으시다는 게 정말 아까울 지경이니까 말야."

스아딘의 말에 시아나는 다시금 궁금한 것을 물었다.

"제디스틴 쪽의 움직임은 어때? 그 대륙 최고의 검사 이스카 폰 블릭스와 한판 붙었다고 들었는데."

"그 녀석, 괴물이야. 정보에 의하면 호각으로 싸우다가 결국 이스카가 박살났어. 뭐, 어쨌거나 이스카는 '불변' 의 육체를 가지고 있으니 죽지는 않았겠지만……."

"뭐야? 정말 대단한데? 그런데 어쩌다가 이스카 같은 괴물과 맞붙게 된 거야? 도대체 무슨 임무를 맡고 있는 건지 알 수가 없으니 말이지."

시아나가 감탄하자 이번에는 스아딘이 한숨을 내쉬었다.

"잘은 모르겠지만 세이레인이 관련되어 있는 것 같아. 그것도 오딘 대신전에 관련된 게 말이지. 그런 냄새가 물씬 풍겨."

"뭐야? 제디스틴이 죽으려고 환장하지 않은 이상 오딘 대신전을 건드릴 이유가 없잖아? 전 대륙의 신관 전사들이 집요하게 달라붙을 텐데?"

시아나가 눈을 크게 뜨고 말하자 스아딘이 시아나를 진정시켰다.

"진정해. 그렇게 흥분할 필요는 없잖아? 일단은 우리하고 관련없는 이야기니까."

"그래도 제딘이 스스로 사지에 뛰어드는 짓을 하려고 하는데……."

"신경 쓸 것 없어. 그렇게 쉽게 죽을 제디스틴이 아닌 데다 설령 죽는다고 하더라도 우리하고는 관계없는 이야기야. 너무 걱정할 필요 없어."

냉정한 스아딘의 말에 시아나가 걱정스럽게 스아딘을 바라보았다.

"정말 제딘이 어떻게 되어도 좋은 거야? 제딘과 가장 친했고 가장 제딘을 잘 알고 있던 건 스아딘 바로 너잖아."

"그래도 하루 정도는 이곳에서 머무르는 게 좋겠지?"

마법의 탑에서 가장 가까이에 있는 마을의 여관에 방을 잡고 짐을 풀던 카렌이 문득 이렇게 중얼거렸다.

"휴, 로엔은 어디론가 사라졌으니 난 다시 외톨이가 된 건가? 마법 아카데미에서도 제대로 된 친구 하나 못 사귀었는데 그나마 마법의 탑에서 친구가 되었다고 생각한 로엔마저 어디론가 사라져 버렸으니…….”

침대에 풀썩 누우며 카렌이 중얼거렸다. 카렌은 한참 동안 천장을 바라보다가 몸을 일으키고는 배를 문지르며 밖으로 나갔다.

“후우, 배고프네? 밥이나 먹어야지.”

1층의 식당으로 내려가 자리를 잡으려고 주위를 둘러보던 카렌은 자리가 꽉 차 있자 멍한 얼굴로 중얼거렸다.

“뭐, 뭐야? 좀 전까지만 해도 텅 비어 있던 자리가 어째서 꽉 차 있는 거지?”

한참 동안 주위를 둘러보던 카렌은 자리가 날 기미가 보이지 않자 아까부터 구석에서 혼자 식사를 하고 있던 갈색 머리를 가진 음침한 분위기의 남자를 발견하고는 그쪽으로 걸어갔다.

“저, 저기…….”

“…….”

한참 식사를 하던 그 남자는 카렌이 말을 걸어오자 고개를 들어 카렌을 바라보았다. 카렌은 그 남자의 시선에 우물쭈물하며 이야기를 계속했다.

“그, 그러니까… 합석 좀 해도 될까요?”

“…….”

그 남자는 다시 고개를 숙여 식사를 계속하더니 금방 식사를 마치고는 자리에서 일어나 카렌을 지나쳐 계단으로 올라갔다. 짧게 말해서 빈자리가 된 것이었다.

“…….”

　카렌은 황당한 나머지 아무런 말도 하지 못하고 그 자리에 서 있다가 뱃속에서 꼬르륵 하는 소리가 울리자 그제야 정신을 차리고는 그 빈자리에 앉았다.

　"도대체 뭐지? 원래 성격이 그런 건가? 마스터! 여기 적당히 끼니를 때울 만한 걸로 1인분만 내와요!"

　곧 식사가 나오자 카렌은 꽤 배가 고팠기에 허겁지겁 식사를 했다. 카렌이 식사를 마치고 기분 좋은 포만감에 느긋하게 후식으로 나온 홍차를 즐기고 있는데 검은 로브를 입고 뒤에 달린 후드를 깊숙이 뒤집어쓴 남자가 카렌의 자리로 다가와서는 말을 걸었다.

　"당신이 이번에 대마도사 자격을 얻었다는 그 카렌 미하이언입니까?"

　"제가 카렌 미하이언이라는 사람이 맞긴 합니다만 무슨 일이시죠?"

　카렌이 찻잔을 내려놓고 그 후드를 깊숙이 눌러써서 얼굴도 보이지 않는 남자를 의아한 눈으로 바라보자 그 남자는 아무런 말도 없이 카렌의 맞은편 의자에 앉으며 말했다.

　"전 나이트 길드에서 나온 사람입니다. 로엔 리스나르트라는 사람 아십니까?"

　카렌은 눈을 약간 크게 뜨고 그를 바라보았다. 대체 이 사람, 아니, 나이트 길드가 로엔에게 무슨 볼일이 있어서 이러는 걸까? 어쨌든 방금 전의 질문에 대답을 한다고 해서 그다지 나쁠 것 같지는 않았기에 카렌은 고개를 끄덕여 그 남자의 말에 긍정의 표시를 했다.

　"그렇다면 그가 지금 어디에 있는지도 아십니까?"

　"모릅니다. 그런데 당신은 왜 제게 이런 질문을 하시는 거죠? 그리고 어째서 나이트 길드가 제 친구의 일에 간섭하는 겁니까? 궁금하군요."

그러나 그 남자는 카렌의 질문에 대답하지 않았다. 그는 잠시 카렌의 눈을 바라보더니 그다지 크지 않은 목소리로 카렌에게 말했다.

"믿을 만한 분이신 것 같으니 알려 드리죠. 로엔 리스나르트님은 지금 이 토라의 수도인 카르이에 있습니다. 그분은 자신의 의지로 그곳에 간 게 아니기 때문에 지금 상당히 곤란한 상태에 처해 있습니다. 당신이 만약 그분의 친구이시라면 제발 수도로 가서 그분을 도와주십시오."

"자, 잠깐만요! 그게 무슨?"

그러나 그 남자는 카렌의 말을 무시하고는 자리에서 일어나 밖으로 나가 버렸다. 카렌은 그 뒷모습을 멍하니 바라보다가 중얼거렸다.

"로엔이 카르이에… 있다고? 어째서 그런 데 있는 거지? 게다가 곤란한 상황이라니……?"

로엔이 카르이에서 상당히 곤란한 상황이라는 말을 들은 카렌은 곧바로 마법 아카데미로 향하던 발걸음을 돌려 카르이로 향했다. 마법의 탑에서 토라 제국의 수도 카르이까지는 보통 사람의 걸음으로 4일 정도 되는 거리에 위치하고 있었는데 그 4일 동안 카렌은 수도로 향하면서 마법력을 축적하는 일에 전력을 다했다. 때문에 카렌의 걸음은 늦어질 수밖에 없어 결국 7일이 지나서야 수도인 카르이에 도착할 수 있었다.

카렌은 수도에 도착하자마자 한 가지의, 그것도 중요한 문제점에 부딪칠 수밖에 없었다.

"이 많은 사람들 사이에서 어떻게 로엔을 찾지?"

수도 시가지의 수많은 사람들 속에서 무슨 수로 로엔을 찾는단 말인가? 카렌이 한숨을 푸욱 내쉬며 중얼거렸다. 사실 이 많은 사람들 속에서 카렌이 로엔을 찾아낸다는 건 거의 불가능했기 때문이다. 한참을 생각했으나 적당한 방법을 찾아내지 못한 카렌은 일단 숙소를 정하기로 하고 가까운 여관으로 들어갔다.

"어서 오십시오! 식사를 원하십니까, 아니면 방을 원하십니까?"

"둘 다요. 식사는 끼니를 때울 걸로 아무거나 주시고 방은 자그마한 1인실로 주십시오."

"네! 저쪽의 빈 테이블에서 기다려 주십시오!"

카렌은 그 종업원이 가리키는 곳으로 걸어가 앉았다. 그때 카렌의 귀에 카렌의 옆 테이블에서 이야기를 나누던 남자의 목소리가 들려왔다.

"그 이야기, 확실한 거야?"

"정말이라니까! 그 은빛 망토는 잊을래야 잊을 수가 없어! 그런 무시무시한 검사가 이 카르이에 있을 줄은 정말로 의외였다니까?"

"살의의 마검이라 불리는 네가 감탄할 정도면 대체 어느 정도라는 이야기야?"

카렌이 거기까지 들었을 때 아까의 종업원이 버터 크림과 빵, 그리고 소고기에 양념을 발라 불에 구운 뒤 야채에 싼 음식을 가지고 왔다.

"식사 왔습니다. 맛있게 드십시오."

"감사합니다."

카렌이 그에게 은화를 두어 개 집어 건네주자 그 종업원의 입이 찢어져라 크게 벌어지면서 90도 각도로 그에게 굽신거리기 시작했다.

"가, 감사합니다! 불편하신 점이 있으면 언제라도 불러주십시오!"

종업원이 굽신거리면서 물러나자 카렌은 빵에 버터 크림을 바르면서 다시금 옆 테이블의 이야기에 주의를 기울였다.

"말도 안 되는 소리 하지 마! 대륙 최고의 검사라는 이스카 폰 블릭스하고 비교하다니 너, 머리가 어떻게 된 것 아냐?"

"나도 믿을 수 없어! 하지만 너도 내 실력 잘 알잖아? 내 눈에조차 검이 보이지 않았다구! 나한테도 단순한 빛줄기가 스쳐 가는 것처럼 보였을 뿐이야! 내 평생에 그처럼 엄청난 쾌검은 처음이었다구!"

"은빛 망토에 쾌검이라……. 로엔이 확실한 것 같군."

잘 익은 소고기를 한 점 입 안에 집어넣으며 카렌이 중얼거리자 그 중얼거림을 들었는지 그쪽 테이블의 남자들이 일제히 카렌을 돌아보았다. 그중 오른쪽에 있던 남자가 자리에서 일어나더니 카렌에게로 걸어왔다.

"난 나이트 길드의 프라이슨이라 합니다. 초면에 실례지만 당신, 그 남자에 관해 아는 게 있습니까?"

갈색 머리를 한 남자가 자기소개를 하며 카렌에게 물어왔다. 카렌은 약간 놀란 표정으로 입에 들어 있는 소고기를 우물거려 삼키고는 고개를 끄덕였다.

"전 얼마 전 대마도사의 자격을 얻은 카렌 미하이언이라고 합니다. 당신이 묻는 사람이 제가 생각하는 사람이라면 그렇습니다. 전 그를 찾는 중이거든요. 그런데 어떻게 제가 조그만 소리로 중얼거린 걸?"

"하하, 여기 이 테이블에 앉은 친구들이 나이트 길드에서도 꽤 하는 축들이거든요. 그런데 당신, 대마도사라구요? 지금 나이가……?"

"21살입니다."

그러자 프라이슨은 꽤 놀라는 눈치로 카렌에게 말했다.

"대단하시군요. 그 나이에 대마도사라니. 아무튼 그를 찾고 계신다니 실례가 되지 않는다면 그에 대해서 말씀해 주실 수 있겠습니까?"

카렌은 그때 막 빵을 다 먹어치우고 절반 정도 남은 구운 소고기에 손을 뻗다가 프라이슨을 돌아보았다.

"좋습니다. 단, 그쪽에서 그를 이 수도의 어디에서 보았는지 말씀해 주신다는 조건 하에 말이죠."

"하하하! 그거야 당연한 거죠. 정보의 교환, 하나를 얻으면 하나를 주는 게 당연한 것 아니겠습니까?"

프라이슨이 호탕하게 웃으며 말하자 카렌은 미소 지으며 말을 꺼냈다.

"그렇다면 믿고 말씀드리죠. 당신이 본 사람이 분명 은빛 망토에 놀라울 정도로 쾌검을 구사하는 자라고 했죠? 그 외에 또 특징이 있지 않았습니까?"

"그 외의 특징이라……."

카렌의 말에 프라이슨은 잠시 그때의 일을 생각하더니 곧 왼 주먹으로 오른 손바닥을 탁 치며 말했다.

"아, 맞아요! 단 일검에 심장을 꿰뚫었고 그 후에 피가 주변으로 튀지 않도록 물의 계열 실드 마법으로 그들의 몸을 감싸더군요! 그리고……."

"아, 그 정도면 충분합니다. 제가 생각하는 사람이 맞군요."

카렌의 말에 프라이슨은 생각을 멈추고 그를 바라보았다.

"서두는 그쯤 하고 진짜를 말씀해 주시겠습니까?"

프라이슨의 말에 카렌은 정색하고 말했다.

"제 생각이 확실하다면 그의 이름은 로엔 리스나르트이고 제 친구입니다. 어째서인지는 모르지만 엄청난 검술을 구사하며 마법도 거의 모든 계열의 마법을 마스터한 걸로 알고 있습니다. 아마도 그라면 대마도사급은 될지도 모르겠군요."

"…리스나르트? 방금 리스나르트라고 하셨습니까?"

프라이슨의 표정이 약간은 험상궂게 변한 것을 카렌은 눈치 챘다.

"그렇… 습니다만……?"

"젊은 나이에 엄청난 쾌검을 구사하기에 누구인가 했더니 전대 마스터의 아들이었단 말인가? 제길, 과연 엄청난 혈통이로군."

프라이슨이 입술을 깨물며 중얼거리자 카렌이 그의 눈치를 살피며 물었다.

"무슨… 잘못된 일이라도……?"

"아, 아닙니다. 참, 그를 어디에서 보셨는지 알고 싶다고 하셨지요? 말씀드리죠. 제가 그를 본 것은 오늘 낮 왕성의 정문 앞에 있는 분수대 근처의 식당이었습니다. 주변 사람들의 말로 들어볼 때 그는 매일 그곳에서 점심 식사를 하는 모양인 것 같았습니다. 그럼 제가 본 건 모두 말씀드렸으니 전 이만."

프라이슨은 눈에 띄게 허둥대며 자기 동료들이 있는 테이블로 돌아갔다. 카렌은 그를 이상한 표정을 지으며 바라보다가 남아 있는 소고기를 마저 먹기 시작했다.

다음날 카렌은 여관의 종업원에게 길을 물어서 왕성 앞 분수대의 식당으로 갔다. 아이스 티를 한 잔을 시켜놓고 느긋하게 앉아서 식당 안의 상황을 지켜보고 있는데 문이 열리면서 로엔이 혼자 은빛 망토를 걸친 채 들어오다가 카렌을 발견하고는 약간은 놀란, 그리고 약간은 기괴한 표정이 되어 카렌에게 다가왔다.

"카… 렌?"

느긋하게 아이스 티를 마시던 카렌이 고개를 한번 끄덕이는 것으로 대답을 대신하자 로엔은 다짜고짜 카렌의 맞은편 의자에 앉더니 카렌에게 말했다.

"지금쯤 마법 아카데미로 가 있어야 할 네가 어째서 여기에 있는 거지?"

"자신을 나이트 길드원이라고 밝힌 사람이 네가 여기에 있다고 해서 말이지. 일단은 실종된 사람을 찾으러 왔다는 걸로 해둬."

"뭐야?"

언제나 무표정하던 로엔의 얼굴이 황당함으로 물들어갔다.

"나이트 길드라구?"

"그래. 그런데 마침 식사 시간인데 이러고 있지만 말고 뭐라도 좀 먹자구. 나 배고파."

로엔은 느긋한 카렌의 태도에 웃음이 나왔다. 마치 자신과 카렌의 성격이 뒤바뀐 것처럼 느껴졌기 때문이다.

"좋아, 나도 일단은 여기에 밥을 먹으러 온 거니까. 뭐 먹을래? 나 돈 많아."

"그래? 그럼 바짝 익힌 T본 스테이크랑 와인하고 후식으로 선데 아이스크림."

카렌이 자기가 먹을 것을 말하자 로엔은 프런트 쪽을 돌아보며 외쳤다.

"마스터! 여기 웰 던 T본 스테이크 둘하고 와인 두 잔 주문이요!"

그러고는 다시 카렌을 바라보며 말했다.

"그런데 나이트 길드라니? 난 나이트 길드원이 아닌데?"

"아니었어? 그 사람이 네가 곤란한 상황에 처해 있다고 널 도와 달라며 아주 간곡히 부탁하길래 여기에 온 건데? 너 나이트 길드랑 무슨 관련 있는 것 아냐?"

"있기는 있는데……."

로엔이 약간 곤란한 표정을 지으며 카렌을 바라보았다.

"사실 아버지가 전대의 나이트 길드 마스터야."

"에에? 그런 거였어?"

카렌이 눈을 크게 뜨고 로엔을 바라보았기 때문에 로엔은 쓴웃음을 지었다.

"이봐, 내가 무슨 빽으로 각종 아카데미와 마법의 탑에 그렇게 쉽게 들어갈 수 있었겠냐? 별로 좋지는 않지만 다 잘난 아버지 빽으로 들어간 거지."

"그런 거였구나? 근데 지금 느긋하게 밥 먹으러 온 것을 보니까 별로 곤란한 것 같지도 않은데? 진짜 곤란한 상황 맞아?"

카렌이 그렇게 묻자 다시 원래의 무표정으로 돌아간 로엔이 대답했다.

"아아, 너에게 말은 안 했지만 내 직업이 프리 나이트거든. 아버지와 같지. 그런데 얼마 전 높으신 분에게서 들어주기 곤란한 의뢰를 받았어."

그때 식당의 종업원이 T본 스테이크와 와인을 테이블에 내려놓으며 말했다.

"식사 나왔습니다. 맛있게 드십시오!"

"매번 감사."

로엔은 적당히 응수하고는 나이프와 포크를 집어 들며 카렌에게 말했다.

"자자, 먹자구. 여기 T본 스테이크는 맛이 기가 막히거든."

"그래."

둘이 식사를 시작하자 잠시 침묵이 둘 사이를 스쳐 갔다.

"그런데 그 곤란한 의뢰란 게 뭐야?"

"황족 암살."

로엔의 대꾸에 둘 사이에 다시금 침묵이 내려앉기 시작했다. 한동안 침묵이 이어지다가 카렌이 침묵을 깨고 다시 로엔에게 말을 걸었다.

"뭐야, 그 황당한 의뢰는? 너, 할 생각은 아니겠지?"

"굳이 하라면 못할 것도 없지만 의뢰인이 마음에 들지 않아."

와인을 한 모금 들이키던 카렌이 황당한 듯 로엔을 바라보았다.

"그 말은 의뢰인이 마음에 들면 할 생각이었다는 거네?"

"뭐, 그런 셈이지. 근데 지금 그 마음에 들지 않는 의뢰인이 날 자꾸 귀찮게 해서 꽤나 귀찮은 생활을 하고 있지."

그때 식당 문이 벌컥 열리면서 몇 명의 병사가 안으로 들어오더니 큰 소리로 외쳤다.

"로엔 리스나르트! 여기에 있는 것 다 안다! 어서 나와라!"

"저렇게 말이지."

작게 자른 스테이크 조각을 입 안으로 밀어 넣으면서 로엔이 말했다.

"로엔 리스나르트! 여기 있는 것 아니까 시치미 떼지 말고 어서 나와라!"

"하아, 너로서도 상당히 괴롭겠는걸? 과연 높으신 분이란 말이로군."

"뭐, 하는 수 없잖아? 내 뒤에는 아버지가 버티고 있으니까 날 이용해 아버지를 움직여 보려는 사람들이 꽤 많거든. 내 입장에서는 좀 화가 나지만 말야."

식사를 마쳤는지 냅킨으로 입을 닦으면서 로엔이 대답했다. 그 모습을 보던 카렌이 작게 한숨을 내쉬었다.

"결국 카르이의 명물 선데 아이스크림은 먹어보지 못하는 건가?"

"로엔 리스나르트! 어서 나오지 못하겠나!"

"이봐이봐, 고작 그런 걸 걱정하고 있었던 거야?"

로엔이 뚱한 얼굴로 말하자 카렌이 볼을 부풀렸다.

"고작이 아니라구. 내가 얼마나 기대하고 있었는데……."

"좋아좋아, 나중에 사줄 테니까 가자구."

로엔이 벗어놓은 망토를 집어 들며 일어나자 순간 병사들이 흠칫했다. 그러나 로엔은 그들을 가볍게 지나쳐 프런트로 가서 종업원에게 물었다.

"T본 스테이크 둘에 와인 두 잔인데 모두 얼마죠?"

"얼른 계산하고 나와. 밖에서 기다릴 테니까."

마법 아카데미 때부터 사용하던 원드를 챙긴 카렌이 밖으로 나가면서 로엔에게 말하자 로엔은 계산서에 사인을 하면서 밖으로 나가는 카렌을 바라보았다.

"원래는 저런 녀석이 아닌 것 같았는데… 언제부터 저렇게 느긋해진 거지?"

"숙소는 어디로 잡아놓았어?"

자신을 찾던 병사들을 바보로 만들어 버린 로엔이 카렌에게 묻자 카렌은 고개를 끄덕여 주고는 아까 나온 식당 쪽을 돌아보며 말했다.

"그런데 그 병사들, 네 옷차림에 대해서조차 듣지 못한 건가? 네게 의뢰한 사람은 널 잡으러 상당히 멍청한 녀석들을 보낸 것 같은데?"

"멍청한 놈들만 보낸 것뿐만 아니라 그 녀석 자체도 멍청하긴 마찬가지지."

로엔이 무감정한 목소리로 자신에게 일을 의뢰한 사람의 품평을 하자 카렌은 납득했다는 듯 고개를 끄덕이며 카렌에게 물었다.

"헤에, 그런가? 그런데 일을 받아들이면 얼마나 주겠대? 그 정도의 일이니까 아마도 돈은 많이 줄 거 같은데?"

"별것 아냐. 백만 아데나랑 수도 마법 길드의 마법사가 제작한 데다가 성직자가 축복까지 해준 무기 강화 주문서 다섯 장하고… 또 뭐 준다고 했더라?"

"히에엑?"

카렌의 눈이 크게 떠지면서 기괴한 소리가 튀어나왔다.

"배, 백만 아데나? 거기다가 성직자가 축복까지 한 무기 강화 주문서 다섯 장까지? 그러면 거의 5백만 아데나 가까이 되는 큰돈이잖아? 그런 엄청난 돈을 아낌없이 쏟아 부을 수 있는 그 미친 녀석의 정체가 뭐야? 그리고 그런 엄청난 돈을 별것 아니라고 하는 넌 도대체……?"

"어이어이, 진정해. 나도 그 정도의 돈은 있어. 보여줘?"

로엔이 한심하다는 듯 망토 안쪽에 묶어 있는 주머니를 꺼내면서 말하자 이내 카렌의 눈이 휘둥그레졌다.

"진짜? 어디어디, 난 지금까지 5백 아데나 이상 가는 큰돈은 구경도 못해봤는데… 너, 예상외로 갑부다?"

"뭐, 내가 좀 부자기는 하지. 그러니까 우리는 지금부터 네가 숙소로 잡은 여관으로 가서 1인실을 잡았을 게 분명한 네 방을 그 여관의 특실로 바꾸는 거야. 좋지?"

로엔의 말에 카렌의 입이 찢어지게 벌어졌다.

"지, 진짜지, 그 말?"

"당연하지. 어딜 봐서 이 로엔 리스나르트님이 보통의 방에서 잘 것 같냐?"

로엔 리스나르트라는 말이 나오자 지나가던 주변의 사람들 중 몇몇 이 흠칫했다. 그리고 그중에 한 남자가 로엔과 카렌의 앞을 가로막고 는 말했다.

"방금 로엔 리스나르트라고 했는가?"

"그렇다. 내게 무슨 볼일이라도 있는 건가? 왜 내 앞을 가로막는 거 지?"

"설마 이런 애송이가 로엔 리스나르트일까 하고 망설이던 중이었는 데 정말이었군."

예기치 않게 길을 가로막혀서 기분이 나빠진 듯 로엔이 얼굴을 차갑 게 굳히며 말하자 그 남자는 다짜고짜 그렇게 말하며 검을 뽑더니 로 엔을 향해서 찔러갔다.

"흥! 느리군. 너야말로 애송이잖아?"

로엔은 냉소와 함께 그 남자의 검을 살짝 피하면서 그의 다리를 걸 었다. 당연한 이야기지만 그 남자는 바닥에 넘어졌으며 그의 목에는 로엔의 검이 들이대어졌다.

"세이레인에서 보낸 녀석인가? 아니면 나이트 길드에서?"

"크윽! 그걸 내가 말해 줄 것 같은가?"

그 남자가 이를 갈면서 로엔에게 말하자 로엔은 그 남자에게서 검을 치운 다음 그 남자의 등을 한번 차주고서 옆에서 아직 상황 판단을 하지 못하고 그대로 서 있는 카렌에게 말했다.

"마법으로 보조를 좀 해줬으면 좋겠는데?"

"으, 응? 어떤 걸로?"

카렌은 로엔이 말을 걸자 정신을 차렸는지 황급히 대답했다. 로엔은 차가운 표정 그대로 주위를 돌아보며 카렌에게 말했다.

"나한테 안티 매직을 건 다음 디텍트 메탈 주문으로 길쭉한 금속, 즉 검을 가지고 있는 녀석들을 구분해서 모두 공격해 줘. 아마도 뇌전계가 가장 좋을 거야."

카렌은 고개를 끄덕이고는 원드를 꽉 붙잡고 연달아 주문을 외우기 시작했다.

"매지컬 · 안티 매직! 매지컬 · 디텍트 메탈! 선더 · 라이트닝 플레일!"

"이런! 마법사다!"

"모두 산개해! 이쪽이 불리하다!"

카렌의 마법 효과가 나타나면서 강력한 전격의 줄기가 주변에 있던 수십 명을 훑고 지나가자 마법의 충격이 상당했던지 사람들 틈에 섞여 기회를 노리던 사람들이 약간 비틀거리며 모두 길가로 튀어 나갔다. 그 뒤는 당연히 수라장.

"싸, 싸움이다! 마법사가 마법을 난사하고 있어!"

"괜히 말려들지 말고 도망가자!"

카렌과 로엔의 주변이 순식간에 썰렁해졌다. 카렌은 약간 지치기는 했지만 실전에서 처음 써본 마법이 그런대로 먹혀들어 가자 자신감이 생겼다.

"좋았어! 또 간다! 매지컬 · 매스 디스인티그레이트!"

"거, 검이!"

"저 마법사, 대마도사급이다! 모두 조심해서 공격해라!"

"하지만 검이 모두 부서져 버렸는데?"

카렌의 마법에 검이 모두 부서져 버리자 카렌과 로엔을 둘러싼 사람들이 당황한 듯 외쳤다. 그들이 혼란에 공격할 타이밍을 잡지 못하는 사이 로엔이 카렌에게 말했다.

"후, 역시 카렌이군. 하지만 배운 것밖에는 쓸 줄 모르는구나."

"에에? 그건 또 무슨 소리야?"

"보여줄 테니 잘 봐둬. 난 마력이 별로 없어서 한 번밖에는 쓰지 못하니까."

그러더니 두 손을 교차시키면서 로엔이 상당히 독특한, 카렌으로서는 한 번도 들어보지 못한 주문을 외우기 시작했다.

"시그마·화이어·윈드·화이어 스톰!"

그러자 로엔과 카렌의 주변으로 말 그대로 화염의 폭풍이 몰아치기 시작했다.

"으, 으아악! 이렇게 강한 마법이 있다는 건 들어본 적이 없어!"

"모두 도망쳐라! 로엔 리스나르트의 처리는 나중으로 미룬다!"

로엔과 카렌의 주위를 둘러싸고 있던 자들은 엄청난 위력의 화염 폭풍에 당황해서 도망치기 시작했다. 로엔은 화염의 폭풍이 사그라들기 시작하자 비틀거리면서 카렌에게 몸을 기대었다.

"하아, 하아! 이럴 줄 알았으면 마법력 수련이나 좀 해둘걸. 카렌, 잘 봤겠지?"

"……."

로엔의 말에 카렌은 할 말을 잃은 채 로엔이 저지른(?) 것들을 바라보았다. 여기저기 아직 완전히 꺼지지 않은 불길이 타오르고 있었고 주변 집들의 벽은 검게 그을리는 등 완전히 난장판이었다. 카렌은 아직까지 이런 마법이 있다는 것을 한 번도 들어본 적이 없었다. 마법사 길드의 계보에서 악마로 지칭되기는 하지만 마법력만큼은 저 신들의 반열에 올라 있다고 여러 마법사들에게 추앙받는 대마도사 데이탄 헬마스터의 저서에서도 그런 마법은 본 적이 없었기 때문이다.

"로엔, 방금 그거 무슨 마법이야?"

"이런이런, 내 말을 헛들었군. 이건 내가 3일간 머리 싸매고 연구한 끝에 개발한 마법이지. 이름하야 '마력 합체술 시그마' 라고 하는 거다. 지금까지는 이거 하나밖에 쓸 수 있는 게 없지만 너라면 더 알아낼 수 있을 거다."

카렌은 이해하지 못하겠다는 듯 잠시 생각에 잠겼다가 로엔에게 말했다.

"원리를 조금 더 자세히 설명해 주겠어?"

"일단은 네가 숙소를 잡아놓은 곳으로 돌아가자. 거기서 이야기해 줄 테니."

『레트니아 사가』 2권에 계속…

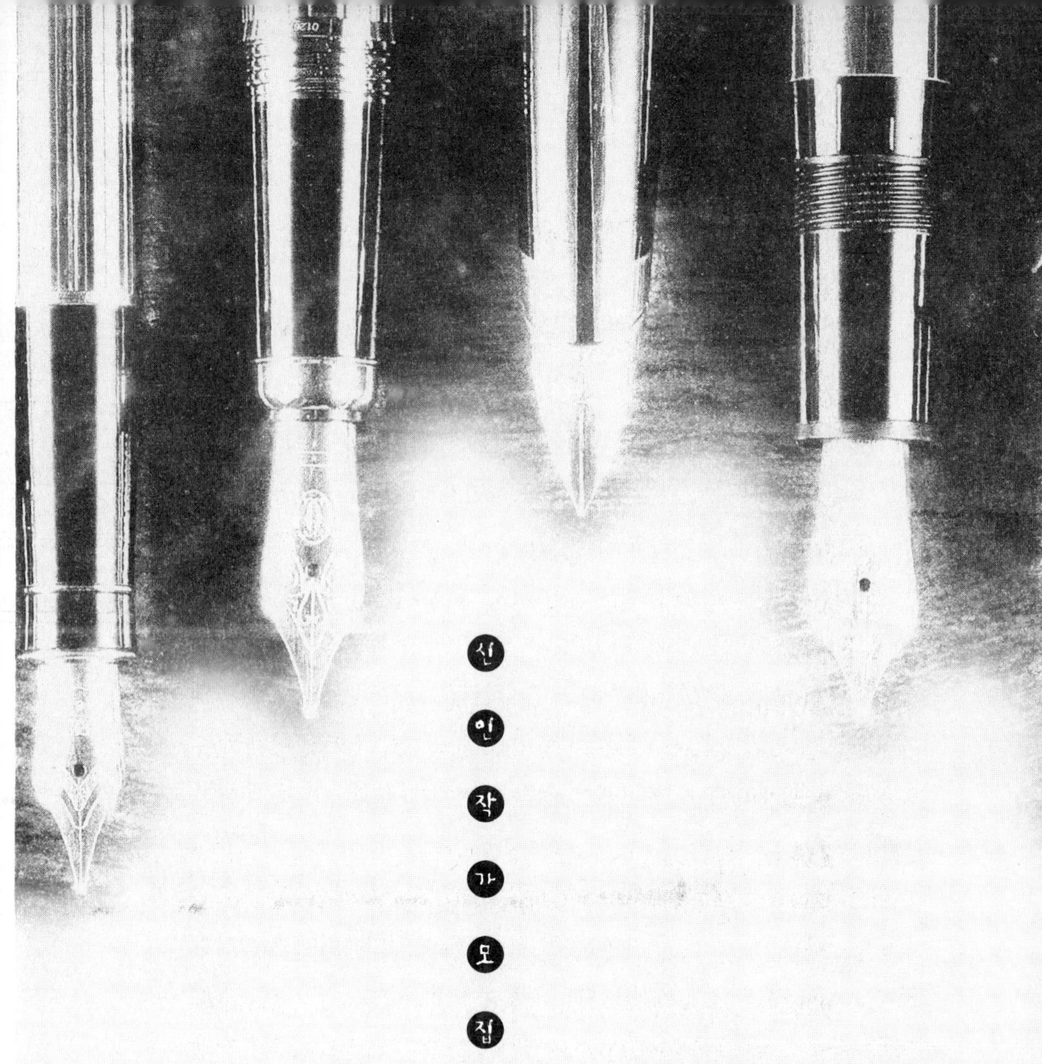

신
인
작
가
모
집

시작이 반이라고 했습니다.
작가의 길에 대한 보이지 않는 벽을 과감히 깨뜨리십시오!
청어람은 작가 지망생 여러분들의
멋진 방향타가 되어드리겠습니다.

저희 도서출판 청어람에서는
소설 신인 작가분들을 모집합니다.
판타지와 무협을 사랑하시는 분들의 많은 참여를 바랍니다.
소정의 원고(A4용지 150매)를 메일이나 우편으로 보내주시면
검토 후 출판 여부를 알려드리겠습니다.

주소:경기도 부천시 원미구 심곡1동 350-1 남성B/D 3F 우편번호420-011
TEL:032-656-4452 · FAX:032-656-4453
http://www.chungeoram.com
e-mail:chungeoram@chungeoram.com